De [illegible]
van '45

Carel Donck/Ella Weisbrod

Zesde druk

NCRV – HILVERSUM

UITGEVERSMAATSCHAPPIJ J.H. KOK – KAMPEN

'De Zomer van '45' is een negendelige TV-dramaserie van de NCRV, geschreven door Carel Donck, Hugo Heinen en Willem Capteyn.

Eerste druk, oktober 1991
Tweede druk, november 1991
Derde druk, november 1991
Vierde druk, december 1991
Vijfde druk, december 1991
Zesde druk, januari 1992

CIP-GEGEVENS KONINKLIJKE BIBLIOTHEEK, DEN HAAG

Donck, Carel

De Zomer van '45 / Carel Donck, Ella Weisbrod, –
Hilversum : NCRV ; Kampen : Kok
ISBN 90-242-3436-0
NUGI 341
Trefw.: romans: oorspronkelijk.

Omslag Theo de Vos
ISBN 90 242 3436 0
NUGI 341

1

Hoog op haar tenen keek Anna reikhalzend uit naar de komst van de bevrijders. Dit was het moment waar ze al die jaren naar had verlangd. Ze had ervan gedroomd, zich geprobeerd voor te stellen hoe het zou zijn, hoe ze zich zou voelen. En nu kwam voortdurend de gedachte bij haar op: ik moet het onthouden, alles in me opnemen – ik moet het kunnen navertellen. Aan wie? Aan m'n kinderen, m'n kleinkinderen . . .

Maar kinderen waren voor Anna Bayens nog ver weg. Ze was pas achttien, woonde nog bij haar ouders thuis, in een klein dorpje in Zeeuwsch-Vlaanderen. In gespannen afwachting was de hele bevolking samengestroomd in de hoofdstraat. Anna's vader, een paar meter bij haar vandaan, keek ernstig, met een bijna plechtige uitdrukking op zijn gezicht. Haar moeder stond, als altijd, aan zijn zij, in zijn schaduw. Ze had haar schort nog voor, pakte zijn hand en wees: een jongen had zich uit de menigte losgemaakt en holde de straat op met een grote vlag in zijn hand. Het doek ontrolde zich met een geluid dat op een zucht leek. Nu pas viel het Anna op hoe stil het was: niemand juichte, niemand lachte zelfs.

Het was begin oktober 1944. Dagenlang was er in de omgeving gevochten. De bevolking had zich schuilgehouden in kelders, onder zware luiken, achter gebarricadeerde ramen. Ze had het dreunen van het afweergeschut gehoord en steeds opnieuw de angstige stilte beleefd die daarop volgde. Was het veraf, dichtbij? Waar zou het nu weer inslaan? Huizen en boerderijen waren verwoest, uitgebrand. En toch was iedere ontploffing ver weg voor de anderen een teken geweest dat ze opnieuw waren gespaard: weer een stapje dichter bij de bevrijding.

Bevrijding? Dat begrip drong maar langzaam tot de mensen door. Ze hadden er iets van gevoeld toen het boven hun hoofden stil werd. De Duitsers vertrokken, maar niemand durfde daar al te zeer op te vertrouwen en slechts weinigen waagden zich naar buiten om te kijken. Hoe vaak was het niet gebeurd dat ze weer terugkwamen en dan wild om zich heen schoten? De bezetter wilde zijn nederlaag nog niet erkennen – om ieder dorp werd zwaar gevochten.

In de verte, bij de eerste huizen van het dorp, werd nu een colonne voertuigen zichtbaar. Als een trage, groene rups, in rook gehuld, kwamen de tanks en jeeps langzaam dichterbij. Anna hoorde, voelde bijna het zachte dreunen van al die zware motoren. Dit waren de bevrijders, de overwinnaars, de Canadezen! Zij hadden de Duitsers verslagen, teruggedreven, lieten zich nu vol trots zien aan de bewoners van het dorp. En zij, Anna, moest alles onthouden, vastleggen, bewaren voor later.

Ze voelde het fotoboxje in haar hand, keek haastig en voor de zoveelste keer of alles goed stond: de lens, het diafragma. Ze had het ding gekregen op haar veertiende verjaardag, in april 1940. Moeder had het bij elkaar gespaard, van de zeeppoeder. Bijna vijf jaar had ze het al, en toch had ze nog maar één rolletje volgeschoten: toen in mei, met haar broer Gees, in de moestuin. Vijf dagen later...

Nee, daar nu niet aan denken! Concentreren op dit moment. Dat kwam nooit meer terug. Kijken, vastleggen, fotograferen... Anna zag de eerste tank als een hoge, donkere schaduw voorbij komen. Keek naar de mannen op de geschutskoepel. Wat een grauwe, afgepeigerde gezichten. Niks glorie of trots van de overwinning – nee, alleen maar pure vermoeidheid van wat ze hadden gezien en doorstaan. Ze keek nu door de zoeker, richtte haar lens op de tweede tank. Een man verscheen op dat kleine vlakje in haar camera. Hij hief zijn hand, zwaaide grijnzend naar de mensen aan de andere kant van de straat. Van haar afgewend, ze zag alleen zijn rug. Dan een ander: haastig zocht ze hem met haar zoeker. Daar kwam een gezicht. Hij keek haar kant op – ze drukte af...

Haar eerste foto van de bevrijding! Anna liet haar toestel een moment zakken, keek het wegrijdende voertuig na. De soldaat die ze had gefotografeerd keek om, glimlachte heel even. Alsof er iets was van herkenning, van een gemeenschappelijk gevoel. Of leek dat zo, dacht ze dat alleen maar...? De menigte rond Anna was aangegroeid – boven het motorgeronk uit klonk nu gejuich. Anna zette zich schrap om niet te worden weggeduwd, draaide de film door, richtte opnieuw haar camera. Ze drukte af: weer en opnieuw en opnieuw...

Een paar uur later leek het hele dorp veranderd. Alsof het opnieuw was bezet, maar nu door vreemdelingen die welkom waren. Tanks stonden breed en log in de veel te kleine hoofdstraat, nieuwsgierig bekeken door de dorpsjeugd. Op het plein van de School met den Bijbel, waar Anna's vader schoolhoofd was en ze met haar ouders woonde, stond een paard voor een kar met stro. Behulpzame handen vulden de strozakken, brachten ze naar het lokaal waar de soldaten zouden worden ondergebracht.

Anna liep rond te midden van al die drukte en genoot. Ze zag haar vader, in druk overleg met de burgemeester en een paar Canadese officieren. Zo zag ze hem het liefst – zo was hij op zijn best: regelend, organiserend, zich bewust van zijn verantwoordelijkheid.

Een eind verder stond een rijdende veldkeuken met dampende gamellen. Kinderen er omheen, die allemaal een bordje kregen. Ouderen op een afstand, watertandend, maar net te beschroomd om zelf te durven vragen.

'Excuse me... miss, right?... you wanna eat something too?' Een vrolijk lachend gezicht keek haar aan. Anna herkende de soldaat op de tweede tank, die van haar afgewend naar de mensen had gezwaaid. Hij stond nu naast de kok, hielp met uitdelen. Ze schudde glimlachend nee, keek hoe hij grappen maakte met de kinderen, liep dan weer verder. De glimlach bleef op haar gezicht, leek daar niet weg te willen. Alsof ze van binnen juichte: een stem in haar die al die jaren had gezwegen, barstte nu los en wilde het wel uitschreeuwen.

Ongemerkt was ze een hoek om gelopen, langs een paar lege trucks, tot bij een open veldje achter de huizen. Hier was het opeens weer rustig. Zou ze hier gaan schreeuwen? Zou ze dat durven? Ach, waarom niet. Ze opende wijd haar mond, zoog haar longen vol... hield toen haar adem in. Want daar, een paar meter verder, zat iemand tegen een boom geleund: een soldaat met een sigaret in zijn hand. Hij sliep, hoofd opzij geleund, mond open.

Ze had hem herkend: hij was het die ze als eerste had gefotografeerd en die daarna had omgekeken. En nu raakte het vuur van zijn brandende sigaret bijna zijn vingers. Anna aarzelde: zou ze hem wakker maken? De sigaret uit zijn vingers nemen? Op dat moment opende hij z'n ogen, keek haar aan met slaperige blik.

'*Your... cigarette.*' Ze wees naar zijn rechterhand. Maar hij had zijn ogen al weer dicht. '*Yes...*' Het scheen hem niet te kunnen schelen of hij zijn vingers brandde. Dan maar niet. '*What's your name?*' Nu waren die ogen weer open en keken haar aan. '*Name?*' '*Yes, your name.*' Anna aarzelde, zei dan zacht: 'Anna...' '*Anna... hello Anna...*' Hij sprak het anders uit – zo had ze haar naam nog nooit gehoord. '*I'm Jim.*' Hij zuchtte diep, glimlach op zijn gezicht, ogen weer dicht. Ze keek naar hem – ook zíjn glimlach bleef. '*Too tired to smoke...*' Hij maakte inderdaad geen aanstalten om iets aan zijn sigaret te doen. Integendeel: zijn hoofd rolde opnieuw opzij, de mond ging weer open. Anna boog zich voorover, nam voorzichtig de sigaret tussen zijn vingers weg en maakte hem uit. Het peukje dat nog over was, legde ze naast hem neer, voor als hij het nog verder zou willen oproken. Daarna kwam ze overeind en keek naar hem.

Die avond was om nooit te vergeten. Vader was veranderd, en met hem veranderde de hele sfeer in huis. Voorbij leek de somberheid die al die oorlogsjaren zo op hen had gedrukt. Hij was opeens weer geestdriftig, vol belangstelling. Had een aantal militairen uitgenodigd om in de huiskamer iets te komen drinken. De verduisteringsgordijnen hoefden niet meer, en er was weer iets van de gezelligheid van vroeger, toen Gees nog leefde. En natuurlijk had hij ze laten luisteren naar muziek op zijn oude koffergrammofoon. De soldaten hadden braaf geknikt: mooie muziek. Eentje had er heimelijk gegaapt, achter z'n hand. Vader had het niet gezien. Joey, de soldaat die ze bij de veldkeuken had gezien, was erg vriendelijk tegen vader geweest. Had met hem gepraat over *Von Suppé*, had één van z'n maten uitgescholden toen die vroeg of dat een Duitser was. '*Shut up, birdbrain,*' had ie gezegd. Vader had zich verontschuldigd voor de slechte kwaliteit: hij had geen naalden meer. Maar dat was allemaal niet erg. Want het enige dat voor Anna telde, was dat Jim er was, samen met haar in die huiskamer. Hij zat aan tafel, hoofd steunend in zijn handen, en keek naar haar. Zij keek terug naar hem, eerst heimelijk en voorzichtig, daarna steeds openlijker. En toen er een doosje lucifers op de grond viel en ze dat allebei wilden oprapen waren hun hoofden ineens heel dicht bij elkaar. Dat maakte die avond tot een avond om nooit te vergeten.

Maar nu, een dag later, was alles al weer bijna voorbij. De troepen gingen verder naar het Westen, waar de Duitsers zich achter de waterlinie hadden verschanst. Zware gevechten wachtten hen daar.

In die drukte van door elkaar heen lopende mensen en trucks die werden volgeladen, had Anna Jim gezocht en gevonden. Blikken over en weer – Anna voelde de spanning tot in haar buik, maar wist niet wat ze moest doen. Toen opeens had Jim haar gewenkt, haar bij haar hand meegenomen naar dat veldje waar ze voor het eerst elkaars naam hadden gehoord. Daar bleven ze staan, hand in hand.

'*I like you, Anna.*' Weer die glimlach. Opeens besefte ze dat ze sinds die eerste keer niet meer met elkaar hadden gepraat. Alleen hier, op dit veldje.

'*Jim . . . say "Jim".*' Hij wilde dat ze zijn naam zei.

'*I must go . . . Jim.*' Maar hij bleef haar hand vasthouden.

'*I'd like to see you again.*' Ze keek hem aan, schudde dan lachend haar hoofd.

'*No.*' '*No? Never?*' '*Never.*'

Ze probeerde ernstig te blijven kijken. Jim's gezicht was een en al ongeloof, maar met een ondeugende schittering in zijn donkere ogen.

'*Never ever?*'

Ze hield het niet langer, lachte voluit. Keek hem stralend aan. En juist nu, nu hun handen als vanzelf elkaar bleven vasthouden, drong de buitenwereld weer tot hen door: een tank ratelde door de dorpsstraat, trucks startten hun motoren, een commandant schreeuwde dat iedereen moest instappen. Jim liet haar hand los, keek nog één keer om en was toen verdwenen.

Anna bleef op dezelfde plek staan, totdat het helemaal stil werd om haar heen. De stilte leek intenser dan ooit, alsof met de Canadezen ook de hele dorpsbevolking was vertrokken. Toen kwam ze in beweging, liep langzaam en in gedachten naar huis. Haar moeder stond in de keuken, keek naar haar met iets van bezorgdheid in haar blik. Maar Anna zag het nauwelijks, ging de trap op naar boven, naar haar kamertje. Daar, van een plankje boven haar bed, pakte ze het Engels woordenboek. Ze bladerde heen en weer tot ze het woord had gevonden: *again*.

Door het kleine dakraam keek ze uit over de daken en weilanden.

'*I want... to see you again*,' fluisterde ze zacht.

'*I want to see you again...*' En daarbij klemde ze het woordenboek tegen zich aan alsof het iemand was die ze wilde vasthouden.

* * *

Maria was al verdwenen, nog voordat haar ouders er goed en wel erg in hadden. Dagen en nachten had ze in die bedompte kelder gezeten met haar ouders, haar broer en zus en nog een paar buren. Haar kleine broertje had geschreeuwd en gehuild bij elke bominslag. Moeder had voortdurend een kruis geslagen, hem in haar armen gesust tot hij van vermoeidheid in slaap viel. En vader – steeds weer had ze gezien hoe bang hij eigenlijk was, al probeerde hij dat krampachtig te verbergen. Ze kon er niet meer tegen – al die mensen, zo dicht op elkaar gepakt. Wilde het wel uitschreeuwen, wild om zich heen slaan. Maar ze moest wachten, wachten tot de bevrijders kwamen.

En nu was het dan eindelijk zo ver. Ze was als eerste de kelder uit gegaan, had de ravage in de woonkamer bekeken. Het leek of er een windhoos doorheen had geraasd: alle ruiten kapot, overal glas en kalk – het beeldje van Maria-met-het-Kind op de vloer tussen de scherven van de theepot. Ze verwondde haar blote voeten aan een glasscherf, maar het kon haar niet schelen. Gretig had ze het raam opengeduwd en was naar buiten gestapt.

Op straat was het nog stil. Een stuk verduisteringskarton waaide omhoog, kwam weer neer tussen de glas- en houtsplinters. In de verte rookwolken, en het naderende geluid van rupsbanden. Om de hoek van de straat verscheen een tank. Hij stopte even, alsof hij nadacht, draaide dan zijn neus en kwam haar straat inrijden. Manschappen te voet kwamen er achteraan, en nog meer wagens en tanks.

Maria rende terug en schreeuwde 'De Canadezen!' Van puur enthousiasme en ongeduld stampte ze er met haar blote voeten bij op de grond. En op datzelfde moment, alsof ze op haar hadden gewacht, kwamen er uit allerlei huizen mensen te voorschijn: haar ouders, broer en zus, haar vader nog wit van de kalk en met knipperende ogen, alsof hij net was wakker geworden.

De smalle straatjes van hun Bredase buitenwijk waren nu gevuld met tanks, jeeps en trucks. En de tanks en trucks waren weer gevuld met mensen: op de geschutskoepels, de spatborden – overal zaten ze te juichen en met vlaggen te zwaaien. Stukken zeep, chocola, pakjes sigaretten werden naar omlaag gegooid. Maria zag hoe haar zus ze vergeefs probeerde te vangen. Ze kreeg een idee: hield haar rok met beide handen aan de zoom omhoog en keek opgewonden, als in extase naar de mannen op een naderende tank.

De tank stopte vlak vóór haar. Maria keek recht in het lachende, gebruinde gezicht van een Canadese soldaat. '*Hey, you...!*' Hij gebaarde dat ze dichterbij moest komen. Maria liet haar rok los, deed een paar stappen naar voren. De soldaat stak z'n hand naar haar uit. '*Come on.*' En op hetzelfde moment tilde hij haar omhoog, zette haar naast zich op de tank. Gejuich, kreten van goedkeuring, bewonderende blikken van haar zus beneden op straat.

Maar daar, juist toen de colonne zich weer in beweging zette, kwam haar vader te voorschijn. In een paar passen was hij bij de tank, en met een ruwe beweging trok hij Maria terug naar beneden, gaf haar een stevige draai om de oren. De tranen sprongen haar in de ogen, niet van pijn, maar van woede en schaamte. Achter zich hoorde ze fluiten en boe-geroep van de soldaten, maar het troostte haar niet. Maria Bloemink was achttien en wilde vrij zijn. Ze nam zich voor om er bij de eerste de beste gelegenheid vandoor te gaan.

Die gelegenheid kwam 's avonds. Vader en moeder en haar kleine broer – iedereen was al naar bed, behalve Maria en haar twee jaar jongere zus. Die liepen op hun tenen langs de overloop, naar een raam aan de achterkant van het huis. Ze schoven het open, keken omlaag. Onder het raam was het platte dak van een schuurtje – van daaruit was je zo beneden.

Vanuit de verte, aangedragen door de wind, klonk zachte dansmuziek. Als een uitnodiging. Maria zwaaide haar been over de vensterbank, maar haar zus, die door iedereen 'Zus' werd genoemd, hield haar tegen. 'Mag ik mee?' Ze keek Maria bijna smekend aan. 'Ik ben al bijna zestien!' Maria schudde nee. 'Dat kan niet. Dat zijn volwassen mannen. En je praat niet eens Engels.' 'Jij ook niet!'

In een van de slaapkamers kraakte een bed – iemand draaide zich zacht kreunend om. Maria legde Zus het zwijgen op. Ze wilde er niet meer over praten. 'Jij blijft hier. Ik zal je alles vertellen. Ja?' En meteen werkte ze zich over de vensterbank, liet zich zakken op het platje. Zus gooide haar één voor één haar schoenen achterna, keek hoe ze van het schuurtje naar beneden sprong en aan de achterkant van de huizen verdween. Daarna schoof ze zachtjes het raam weer dicht.

Maria hoefde alleen maar op het geluid af te gaan. Nu stond ze vanuit het donker te kijken naar de ingang van een grote loods. Daarbinnen was het licht, en vanuit die lichte opening golfde de muziek haar tegemoet. Ze zag andere meisjes naar binnen gaan, maar aarzelde nog. Pas toen de twee MP's bij de ingang uit het gezicht waren verdwenen, rende ze haastig naar voren en glipte naar binnen.

Ergens opzij van de dansvloer, in het halfduister, bleef ze met open mond staan kijken. Ze zag een grote opslagruimte, met een hoog dak, rokerig en rossig verlicht. Overal slingers en lampions. Schijnwerpers gericht op een uit militairen bestaande band. En een vrijwel lege dansvloer. Haastig taxeerde ze de andere meisjes – gelukkig was er geeneen bij die ze kende.

Een soldaat trok haar de dansvloer op, sprak haar toe in een vreemde, Slavische taal. Hij was zichtbaar aangeschoten, en Maria verzette zich. Toen klonk er achter haar een stem: '*Hey, you...!*' Die stem had ze eerder gehoord. Ze keek om, zag het gebruinde gezicht van de soldaat die haar die middag op zijn tank had getild. Hij duwde de Pool een halfvolle fles whiskey in de hand, nam Maria van hem over. De Pool protesteerde nauwelijks.

Op dat moment zette de band een langzaam nummer in: *Moonlight Serenade.* Maria voelde hoe de ander haar dichter tegen zich aan trok, legde voorzichtig haar hoofd tegen zijn schouder. Ze voelde de ruwe stof tegen haar wang, rook de geur van sigaretten.

'*What's your name, pretty girl?*' Ze keek hem niet begrijpend aan.

'*Your name.*' Ze haalde haar schouders op. Hij glimlachte.

'*No name. Even better.*' En hij trok haar weer tegen zich aan. Maria sloot haar ogen, droomde weg op de slepende tonen van de muziek. Dit moment mocht wel eeuwig duren.

Maar na een paar minuten was het nummer afgelopen. De soldaat keek naar de uitgang.

'*Say, honey, I think it's a bit crowded here. Why don't we go and find somewhere quieter. I know a place... a hotel... it's not far from here.*'

'Hotel?' Dat was het enige woord dat ze verstond.

'*Absolutely first class.*'

Het was een louche, smerig hotel, in een buurt van Breda waar Maria nog nooit was geweest. Donkere gangen, overal deuren. Maar de soldaat wist er de weg. Hij nam haar mee een smalle trap op naar boven, duwde lukraak een paar deuren open. Heel even, in een flits, zag ze twee mensen op een bed liggen. Een mannenstem vloekte, weer in die Slavische taal die ze niet verstond.

Eindelijk vonden ze een lege kamer. De soldaat deed de deur op slot, legde Maria neer op de kale matras, kleedde zich haastig half uit. Maria keek naar het plafond, en allerlei gedachten en beelden spookten door haar hoofd. Dat het nu ging gebeuren, en of ze dit allemaal wel aan Zus kon vertellen, en –

De soldaat boog zich over haar heen, kwam bovenop haar liggen. Maria zag het kettinkje om zijn hals met een kruisje eraan, vlak bij haar gezicht. Ze sloot haar ogen, zag in gedachten de Maria-met-het-Kind op de vloer van hun huis, het stuk verduisteringskarton dat over de lege straat waaide. Daarna dacht ze aan niets meer, probeerde zich over te geven aan het moment.

Het was voorbij voor ze er erg in had. Nog helemaal overdonderd zat ze half rechtop tegen de muur achter het bed. Keek naar de soldaat, die kalm een sigaret rookte. Hij keek haar aan.

'*First time, eh? Yes?*' Ze verstond hem niet, glimlachte maar een beetje.

'*What's your name, doll? Tell me...*' Hij wees op zichzelf: '*Me... Bob. Your name?*' En hij wees naar haar. Nu begreep ze het: hij wilde weten hoe ze heette.

'Maria...,' zei ze zacht.

'*Maria?*' Hij scheen opeens heel opgetogen, blij verrast. Bekeek opnieuw haar gezicht.

'*Same eyes... same mouth...*' Hij streek met zijn vinger langs haar gezicht.

'*My mother... also Maria. She died, just before I went off to war.*'

Maria keek hem aan en knikte maar wat. Ze begreep het nog steeds niet, maar voelde dat hij iets droevigs vertelde. Ze zag opnieuw het kruisje om zijn hals.

'*You like this, eh?*' Hij deed het af, liet het haar zien.

'*She gave it to me, my mother. For good luck.*' Ze knikte. Keek hem met grote, verliefde ogen aan.

'*And it works...*' Hij glimlachte. Ze keek naar zijn gebruinde gezicht, zijn blauwe ogen. Sloeg haar armen om hem heen en begon hem hartstochtelijk te kussen.

'Bob. Hij heet Bob, en we gaan trouwen.'

'Echt? Echt waar?!'

'Sstt...!' Maria maakte een bezwerend gebaar naar haar zus, die in het grote tweepersoonsledikant lag. Zelf zat ze op de rand van het bed, nog aangekleed. Verderop lag het broertje te slapen – ze moesten dus fluisteren.

'Gelijk als de oorlog voorbij is.'

'Echt met mekaar trouwen?'

'Hij neemt me mee naar Canada, zegt ie. Met de boot. En dan gaan we daar wonen. En dan mag jij ook komen, later.'

'Hebben jullie het gedaan?'

'Ze gaan weer weg, morgenochtend, want ze moeten nog vechten. Alle Canadezen, Bob ook. Maar daarna komt ie terug. Zo gauw hij verlof heeft, komt ie terug.' Ze stond op, begon zich uit te kleden. Zus dacht na.

'Maar kon je dan met 'm praten, in het Engels?'

'Als je van mekaar houdt, dan begrijp je mekaar gewoon.' Maria zei het met grote overtuiging, alsof het een waarheid was, zo oud als de mensheid. Ze had intussen haar nachthemd aangetrokken, kroop naast Zus in bed.

'Hebben jullie 't gedaan? Helemaal... echt?'

Maria keek opzij naar haar broertje, of die niet stiekem lag te luisteren. Hield haar vinger bezwerend omhoog.

'Als je 't aan iemand vertelt, vermoord ik je!'

'Ik zeg het aan niemand... echt niet.' Ze keek Maria verwachtingsvol aan. Maar die was nog niet tevreden. 'Zweer het.'

Voorzichtig kwamen er twee vingers van Zus boven de dekens uit. Ze keken elkaar aan met een doodernstig gezicht, en op hetzelfde moment wist Zus wat ze wilde weten. Ze pakte Maria beet, onder de dekens, alsof ze haar van pure opwinding door elkaar wilde schudden. Maria glimlachte, maande haar zus tot kalmte. Ze hielden hun adem in, luisterden. Maar niemand had hen gehoord – in het andere bed klonk de rustige ademhaling van hun slapende broertje.

De volgende ochtend sloop Maria opnieuw het huis uit. Ze had die nacht geen oog dichtgedaan. Starend naar de vlek die het maanlicht op de wand maakte, had ze met open ogen gedroomd over Canada, al wist ze niet hoe dat eruit zag. Ze zag besneeuwde bergtoppen en grote, koele bossen. En een groot, houten huis met een brede veranda, waar zij met Bob woonde. Hij kwam in de verte aanrijden op zijn paard en –

Luid ronkend sneed een optrekkende legertruck haar de pas af. Ze stond weer bij de loods waar gisteren het dansen was geweest. Daar, op de parkeerplaats, heerste nu een georganiseerde chaos: tanks lieten hun motoren warmdraaien, soldaten sjouwden met jerrycans en kisten munitie, officieren schreeuwden aanwijzingen en bevelen.

Ze schrok. Was ze te laat? Maar nee, dat kon niet – hij zou haar natuurlijk ook zoeken. Hij zou op haar wachten, had hij gezegd. Ze begon te lopen, tussen de voertuigen en manschappen door. Liep naar een militair met een witte helm, die op een kruispunt het verkeer stond te regelen. Hij keek verstoord op. 'Bob! Waar is Bob?', schreeuwde ze. Hij keek haar een moment stomverbaasd aan, maakte toen een driftig gebaar van 'wegwezen'.

Maria raakte in paniek. Steeds meer trucks met manschappen reden weg – straks zou hij er niet meer zijn. Ze rende heen en weer, wrong zich tussen een groepje soldaten om te kijken of hij er bij was. Stemmen riepen haar na, ze hoorde het niet. Alleen die ene stem, dat ene gezicht . . .

Ergens opzij stond een tank oorverdovend te ronken in een wolk van blauwige walm. Vaag in die wolk, half achter de tank, zag Maria een soldaat in innige omhelzing met een meisje. Voorzichtig kwam ze dichterbij, bleef op een afstand staan. De soldaat stond met zijn rug naar haar toe, maar ze herkende hem meteen. Het was Bob, háár Bob . . .

Maria deed een paar passen terug. Ze zou willen wegrennen, maar iets hield haar tegen. Ze keek en keek naar die gestalte, dat blonde haar, die twee monden die elkaar kusten . . . Toen klonk er vanaf de tank ongeduldig geschreeuw. Bob maakte zich van het meisje los, klom op de tank, zwaaide. Het meisje zwaaide terug, met een verliefde blik in haar ogen. Ze stond nu vlak bij Maria. Maria, die naar hen allebei keek – door niemand opgemerkt.

Die middag kringelde er rook in het kleine stadsparkje van Breda. Tussen de bomen, het puin en de steenbrokken, niet ver van een modderig vijvertje, brandde een vuurtje. Zus zat er gehurkt bij, porde met een stok in de smeulende vlammen.

'Het is een Zonde', zei ze, 'als je het doet voor je getrouwd bent.'

Maria stond niet ver van haar af – somber, onrustig, in zichzelf gekeerd.

'Een Doodzonde. Heb je me zelf verteld. Dan word je verteerd door het vuur van de Engel van de Blauwe Vlam.'

Ze voelde zich trots dat ze dat allemaal wist. Maria schopte nijdig een steen weg.

'Niet als je met mekaar wil trouwen.'

'Trouwen? Maar als ie nou niet terugkomt?' Ze keek tersluiks over haar schouder, wachtend op een reactie. Maria wilde iets zeggen, maar hield zich in. Dan opeens pakte ze een grote straattegel, gooide die met een plof bovenop het vuur. Zus sprong overeind om de vonken te ontwijken.

* * *

In november 1944 was Jim terug in Anna's dorp. Hij had veel aan haar gedacht: aan die avond bij haar thuis, dat afscheid op het open veldje achter de huizen. Tedere herinneringen, die eigenlijk niet pasten bij de gebeurtenissen van dat moment.

Ergens in Zeeuwsch-Vlaanderen hadden ze na hevige gevechten een gemaal op de Duitsers heroverd. Het lag op een strategische plaats, werd zwaar verdedigd. Samen met Joey was hij als eerste bij het woonhuis naast het gemaal. Ze hadden handgranaten naar binnen gegooid, de deur aan flarden geschoten. Naast een machinegeweer vonden ze de lichamen van twee Duitse soldaten. Terwijl Joey de kelder inspecteerde, had Jim iets gevonden: een kapotte koffergrammofoon met gebroken schellakplaten, Duitse *Schlagers*. Hij begon tussen de scherven te zoeken, maar op dat moment werd het huis door hevig artillerievuur getroffen. Joey kwam terug uit de kelder, schreeuwde dat ze weg moesten. De gordijnen vatten vlam, een deel van het plafond kwam met donderend geraas naar beneden. Toen vond Jim eindelijk wat hij zocht: een doosje met naalden voor de grammofoon. Hij stak het bij zich, rende het huis uit dat achter hem instortte.

Nu, met een nauwelijks ingehouden opwinding op zijn gezicht, zette Anna's vader een van die nieuwe naalden in zijn grammofoon. Jim en Anna keken toe.

'*Is it okay, sir?*'

'*Yes, yes. It is beautiful. Thank you.*'

'*Don't mention it, sir. My pleasure.*'

Muziek vulde de kamer, en vader Bayens ging zo op in het genieten daarvan dat hij niet zag hoe Anna en Jim elkaars hand vasthielden, elkaar blikken gaven. Anna beduidde Jim met haar ogen dat ze hem buiten wilde spreken. Op dat moment draaide vader zich om naar Jim.

'*So you're leaving now . . . Jim, wasn't it?*'

'*Yes sir. Our job here is done.*'

'*And where do you go now?*'

Jim maakte een gebaar dat hij het niet zeker wist.

'*Brabant. The rest of Holland.*' Vader knikte. '*Tomorrow?*' '*Yes, tomorrow.*'

Intussen was Anna haastig de trap opgegaan naar haar kamertje, kwam nu terug naar beneden met haar boxje in haar hand. Vader en Jim namen afscheid.

'*Well, thank you again.*' '*Thank YOU, sir.*' '*And good luck.*' '*Thanks.*'

Ze schudden elkaar de hand. Jim gaf Anna een stijf knikje. Anna knikte terug, het fototoestel verborgen achter haar rug.

Ze wachtte vijf minuten, ging toen door de achterdeur het huis uit. Als vanzelf ging ze naar dat veldje achter de huizen, waar ze elkaar voor het eerst hadden gezien. En daar was hij, leunend tegen dezelfde boom als toen. Maar nu sliep hij niet – hij kwam naar haar toe zodra hij haar zag.

Anna, buiten adem, keek rusteloos om zich heen. Er was iets wanhopigs in haar manier van doen. In een opwelling nam Jim haar in zijn armen. Nogal onhandig – het was de eerste keer dat hij haar zo dichtbij voelde.

'*Oh Jim... I cannot say...*' Ze keek hem aan, en hij zag de onmacht in haar ogen: ze zou zoveel willen zeggen, maar dan in haar eigen taal.

'Het is niet eerlijk. Het is –' Hij maakte een bezwerend gebaar, drukte haar dichter tegen zich aan en kuste haar. Ze maakte zich los uit de omhelzing, keek hem aan, kuste hem opnieuw – ernstig en hartstochtelijk. Daarna probeerde ze hem iets te zeggen zonder woorden. Ze wees op zichzelf, legde haar hand op haar hart, daarna op Jim's borst. Jim begreep het, knikte, antwoordde met dezelfde bewegingen. Ze hield zijn hand tegen haar borst gedrukt, en ze kusten elkaar opnieuw.

Kort daarna stond Jim bij een boom, doodstil te wachten tot Anna zou afdrukken. Ze probeerde het lage zonlicht uit haar lens te houden, was onrustig, gehaast. Hij zag het, vroeg wat er was. Nam uit zichzelf een meer ontspannen houding aan: leunend tegen de boom, breed grijnzend.

Anna wilde afdrukken, maar opeens schoof er een ander beeld voor haar ogen, een herinnering: haar broer Gees, zoals ze hem in diezelfde houding had gefotografeerd, vlak voor de oorlog, vlak voordat hij stierf.

Jim zag dat ze huilde, kwam naar haar toe. Hij vroeg niets, legde alleen een arm om haar heen. Anna schokschouderde, zocht naar woorden.

'*It's my brother... he was like you... he died...*'

'*It's okay... it's okay... I know...*' En hoewel ze wist dat Jim dat alles niet kon weten, had ze toch het gevoel dat hij haar begreep, dat hij haar verdriet begreep. Ze hield op met huilen, vond opeens de woorden die ze wilde zeggen.

'*I want to see you again.*'

'*Yes. I want that too.*' Ze keken elkaar aan.

'*We must write.*' '*Write? Where?*' Hij wist het niet, maakte een hulpeloos gebaar. Maar nu was het Anna die hem geruststelde.

'*I find you.*' Ze knikte, heel zelfverzekerd. Jim knikte met haar mee.

'Waar je ook bent... ik zal je vinden...'

Ze keek hem aan, draaide zich toen abrupt om en rende weg, zonder om te kijken. Ze holde door tot aan de achterdeur van haar huis, glipte zachtjes naar binnen, langs haar moeder in de keuken, de trap op naar boven. Daar ging ze op haar bed zitten, hoofd in haar handen, en liet haar tranen de vrije loop.

'*Dear Jim. Write in English is so difficult. To say what I feel. Since my brother is dead I cannot talk to my father and mother. And you are away, and I do not –*'

Anna's gedachtestem ging over in haar eigen taal. Ze fietste over een dijk door de polder, in de richting van een stad in de verte. Daar was een commandopost van het geallieerde leger, en daar wilde ze de brief afgeven die ze in haar jaszak had. Ze kende de inhoud van buiten, herhaalde die in gedachten.

'...Ik weet niet eens of je nog leeft. Ik weet eigenlijk helemaal niets van je. Wie je bent, wat je doet, waar je woont, in Canada... Of je me mooi vindt, of alleen maar aardig... of heel gewoon... Als de oorlog voorbij is, wil ik je zoveel vragen en zoveel zeggen. Maar ik weet niet eens of je me dan nog wilt zien... lieve Jim... En ik weet niet eens waar je nu bent...'

'*Weaver. Okay. This is the number but what's his rank?*'

De man achter het bureau bekeek haar brief. Er ontbrak kennelijk iets aan het adres. Anna begreep het niet, wees onhandig naar het nummer onder Jim's naam. '*Here... this...*'

I need his rank. Is he a private or an officer or what. It doesn't say.'

Z'n ongeduldige toon maakte Anna nerveus. Achter haar liepen mensen in en uit, naast haar stond een vrouw in uniform formulieren te stempelen, en op het bureau ging de telefoon. Het lukt niet, dacht ze, ik kan hem niet bereiken. Ze stond op het punt om de brief weer mee te nemen, toen de vrouw naast haar tussenbeide kwam.

'*Would you like me to handle this?*'

'*Yes, why not. Good idea.*' Hij had de telefoon al opgenomen, leek opgelucht dat hij eraf was. De vrouw nam Anna terzijde.

'Mag ik de brief?' Ze praatte opeens vloeiend Nederlands. Bekeek het adres.

'Ik weet niet waar hij zit. In Brabant... of in de Betuwe...'

'Ik stuur hem naar Engeland. Legerpost via Engeland – klinkt raar, maar het gaat sneller.' Ze ging ergens zitten, veranderde het adres. ' "PTE", gewoon soldaat, dan het legernummer. *4th Canadian Tank Company*, dat klopt, en dan zet je eronder "te velde". Dat wordt dan uitgezocht. Ja?' Ze stond op, wilde de brief bij zich steken. Anna aarzelde.

'Wordt hij nog gelezen? Ik bedoel...'

'Alle brieven gaan via de censuur.' Anna schrok, wilde het uitleggen.

'Het is nogal persoonlijk... en waarschijnlijk is het ook slecht Engels...'

De vrouw keek op haar horloge. 'Vijf uur.' Ze zag Anna's vragende blik.

'Om vijf uur heb ik even tijd. Als je wilt.' Anna knikte gretig.

'Kamer zeven. Links die gang in. Of vraag naar Jenny. Ik vertaal hier.'

En weg was ze. Anna keek haar na, liep toen terug naar de uitgang, waar ze de man achter het bureau in moeizaam gesprek zag met een oudere dame. Hem had ze niet meer nodig – ze had nu de beste hulp die ze kon krijgen. En binnenkort zou Jim, ergens te velde, haar brief lezen!

* * *

'Moeder Maria, help me! Moeder Maria, laat het niet waar zijn alstublieft. Laat het niet waar zijn. Help me, moeder Maria...'

Maria prevelde voor zich uit, terwijl ze zo snel als ze kon de trap op en af rende: tien treden omhoog, en meteen achterwaarts tien treden omlaag.

Ze was alleen thuis – de anderen waren naar de mis. Hijgend en zwetend liep ze maar door, hardop biddend:

'Moeder Maria, zie op mij neer. Ik weet, ik ben zwak geweest. Alstublieft, vergeef me, bescherm me. Zie op mij neer en trek uw handen niet van mij af. Help me, leid me. Ik hield toch van hem? Laat het niet waar zijn, laat het niet waar zijn, laat het niet waar zijn...'

Maar het was wèl waar – Zus zag het aan Maria's blik. Ze zaten naast elkaar op de rand van het ledikant, zwijgend. Zus keek opzij naar Maria.

'Je moet hem schrijven.' Geen reactie. 'Ik zou hem schrijven, die Bob. Misschien kan hij iets doen.' Maria schudde kort haar hoofd, stond op en liep naar het raam. Buiten, op het plaatsje, deed haar moeder de was. Achter haar stond vaders fiets tegen het schuurtje. Maria draaide zich om, keek haar zus aan. Haar blik had opeens iets verbetens toen ze zei: 'Je moet me helpen.'

De plek heette 'De Bult' en lag aan de rand van de stad: een kleine heuvel waarlangs een smalle, met kinderkopjes geplaveide weg naar boven liep. Er was niemand te zien. Het was al bijna donker, en een fietser zou het trouwens niet klaarspelen om hier naar boven te rijden. Toch kwamen er in de verte twee kleine figuurtjes op een herenfiets naar beneden. Met veel gerammel botsten ze op stugge houten banden de heuvel af. Zus voorop, het stuur met de grootste moeite in bedwang houdend – Maria op de bagagedrager, met een van pijn vertrokken gezicht. Onderaan de heuvel keerden ze de fiets, duwden hem weer naar boven. De avond daalde op hen neer, onttrok hen aan het gezicht. Alleen hun gekreun en gehijg en het gerammel van de houten banden was nog te horen.

*   *   *

Wat moest ze doen? Anna had heel even geaarzeld, hoewel ze eigenlijk in haar hart al had besloten. En nu reed ze achterin een jeep door Brabant, richting... ja, waarheen eigenlijk?

Het was december '44. Anna had haar derde brief naar de commandopost gebracht. Op de eerste twee had ze nog geen antwoord, maar Jenny had gezegd dat ze zich daar niet te druk om moest maken, dat de meeste soldaten niet aan schrijven toekwamen. Toen had ze opeens gezegd: 'We gaan vandaag die kant op, als je wilt, kan je meerijden.' Het kon laat worden, had ze gewaarschuwd, en er was een kans dat ze 't niet zouden halen, of dat Jim er niet zou zijn. En Anna wist ook dat ze straks thuis veel vragen zou moeten beantwoorden. Maar toch had ze vrijwel meteen ja gezegd. Er waren wat papieren in orde gemaakt, waarbij Jenny had ingevuld dat Jim haar verloofde was. Verloofde... ze had ervan gebloosd.

Jenny zat voorin naast een Canadese officier. Hij vertelde over het winterfront, en ze vertaalde: dat de rivieren bevroren waren, de bruggen kapot. Dat de geallieerden dus noodbruggen moesten aanleggen, maar dat die niet bestand waren tegen het ijs. Dat de troepen dus moesten wachten...

Anna knikte, keek om zich heen over de besneeuwde weilanden. In de verte stond een groepje mensen rond een dode koe, die ze met messen opensneden. Maar het drong nauwelijks tot haar door, want alleen één woord was in haar gedachten blijven hangen: wachten. Zou Jim op haar wachten, aan haar denken? Was hij werkelijk een beetje haar verloofde? Waarom had hij niet geschreven? Wat zou hij straks zeggen...?

Een paar uur later liep Joey te zoeken naar zijn vriend Jim. Ze waren gelegerd in en om een grote boerderij, in schuren en in grote, groene legertenten. Overal waren soldaten bezig met onderhoudswerk – Jim lag ergens te sleutelen onder een truck. Joey trok hem aan zijn benen eronder vandaan.

'Jim – meteen meekomen. Orders van de commandant.' En hij trok hem met zich mee aan zijn arm. Jim protesteerde zwakjes: 'Joey, wat is dit? Wat is er aan de hand?' Maar Joey luisterde niet, opende de deur van een schuur en duwde Jim naar binnen.

'Hier wachten. 't Kan even duren.'

'Maar wat – '

'Sstt! Bek dicht en wachten. Dienstbevel.'

En dicht sloeg de schuurdeur. Jim stootte tegen een emmer, vloekte binnensmonds, wachtte tot zijn ogen aan het donker waren gewend. Op dat moment ging er aan de andere kant een deur open. Iemand werd naar binnen geduwd, opnieuw klonk Joey's stem: 'Niemand komt binnen. Ik blijf hier staan. Orders van hogerhand.'

Jim begreep er niets van. Hij kwam dichterbij, zag een gestalte roerloos staan in het halfduister. Dat was geen man, dat was...

'Jim...?,' klonk een stem. Jim hield zijn adem in.

'Anna!' En hij haastte zich naar haar toe, nam haar in zijn armen en kuste haar. Van pure opwinding begonnen ze door elkaar heen te praten. Ze schoten in de lach, kusten elkaar opnieuw en opnieuw.

Buiten, voor de schuurdeur die met een balk was gebarricadeerd, hield Joey de wacht. Hij stak een sigaar op, leunde pontificaal achteruit in een oude fauteuil.

Binnen waren Anna en Jim nu zo aan het donker gewend dat ze elkaar konden zien. Anna had zwarte strepen over haar gezicht, van Jim's vuile handen. Ze merkten het nauwelijks – de emotie van het moment maakte hen stil. Jim zuchtte.

'Oh, Anna, laten we hier weggaan.'

'Weg... ja... Naar Canada?'

''t Geeft niet waarheen. Weg van dit alles. Ver weg...'

Hij zuchtte opnieuw. Anna voelde dat hem iets dwars zat. Ze nam zijn gezicht in haar handen, streelde zijn haar. Hij keek haar aan.

'Ik kan er niet meer tegen. Ik kan niet...' Er ging een rilling door zijn lichaam en Anna voelde tranen op haar handen. Ze drukte hem tegen zich aan.

'Ik voel dat ik bij jou hoor...'

'Ja... ik weet het...'

'Wij horen bij elkaar...'
Verloofde... vriend... het maakte voor Anna niet meer uit hoe iemand het noemde. En zelfs was ze niet bang meer om te moeten wachten. Want dat wist ze nu heel zeker: zij hoorden bij elkaar.

'Er is niets gebeurd waarvoor ik me hoef te schamen. Ik zèg toch –' Maar Anna's vader luisterde al niet meer. Hij beende weg, sloeg de deur achter zich dicht. Anna's moeder zat er geschokt en verslagen bij, in haar nachtpon. Anna liep haar vader na: 'Ik heb gezegd dat het me spijt. Het was gevaarlijk. U heeft zich zorgen gemaakt. Het spijt me.'

Hij stond in de keuken, in hemdsmouwen, van haar afgewend. Ademde zwaar.

'Hou je niet van de domme. Ik heb het niet over vandaag.' Anna wilde iets zeggen, maar opeens draaide hij zich om, barstte uit. 'Wat moet jij met die jongen? Jij wilt me alles zeggen, zèg dan alles! In plaats van me te bedriegen, mooi weer te spelen onder mijn ogen.'

'U kent hem. U vond hem aardig...'

'Niets weet ik van hem, niets! Alleen dat jij Engelse brieven schrijft en alles geheim houdt voor je moeder en mij.' Moeder was in de deuropening verschenen, schuw en bezorgd. Ze kende dit soort ruzies, kon er niets tegen doen.

'En als ik u alles had gezegd...'

'...dan had ik het verboden!'

'Maar ik ben verliefd op Jim, ik hou van hem!'

Even viel er een stilte. Toen liep vader terug naar de woonkamer, naar de koffergrammofoon. Hij rukte de kop van de arm – de naald kraste met een akelig geluid over de plaat.

'Waarom een soldaat? Waarom een Canadees? Waarom wéér een jongen in uniform? Ben je dan soms vergeten dat –' Zijn stem stokte, en onwillekeurig gingen zijn ogen naar het portret van Gees op het dressoir. Anna, staande in de deuropening, zag het. Ze schudde langzaam haar hoofd.

'Nee vader, ik ben het niet vergeten. Ik heb ook verdriet om Gees...'

'Ik ben al een zoon kwijtgeraakt.' Hij stond van haar afgewend. Zijn stem klonk gesmoord. Anna ging naar hem toe, aarzelde, zei dan zacht:

'En ik een broer. Ik mis hem ook, vader. Ik mis hem ook . . .'

Ze legde voorzichtig een hand op zijn schouder. Hij weerde die niet af.

* * *

Maria wist dat dit moment zou komen. Ze wist het zodra ze de stem van haar moeder hoorde: 'Maria . . .' Het was op een maandagmiddag in december. Moeder was in de keuken bezig met het opvouwen van de was. Nu stond ze in de deuropening en keek naar Maria die, gekleed in een winterjas, lusteloos tegen het schuurtje leunde. Ze wenkte: Maria moest binnen komen, op een stoel gaan zitten. Moeder aarzelde.

'Ik wacht op iets. Al een tijdje. Ik mis iets, bij het wasgoed.' Maria keek al die tijd strak naar de grond. Heel langzaam kwam er een traan, even later nòg een. Moeder vermoedde iets, maar ze wilde het zeker weten. 'Maria . . .'

Op dat moment kon Maria zich niet langer beheersen. Ze sprong op, viel haar moeder snikkend in de armen. Moeder streelde haar dochter troostend over de rug. Maar haar stem klonk bezorgd.

'Kind toch . . . kindje, wat heb je gedaan?'

Als antwoord klonk enkel gesnik. Ook moeder kreeg het te kwaad.

'Stil maar. We vinden wel een oplossing. Stil maar. Kalm maar . . .'

Het klonk als een bezwering. Maria huilde vol overgave, ook omdat dat nu eindelijk kon. Ze hoefde het niet meer geheim te houden, niet meer alles alleen te doen. Iemand zou wel een oplossing vinden. Dat voelde als een opluchting.

* * *

'Lieve Anna . . . waarom lukt het me niet om je een brief te sturen? In gedachten praat ik heel vaak met je, en toch . . . Ik weet wel dat je niet alleen romantische dingen wilt horen. Maar wat moet ik dan schrijven? Dat het Eerste Kerstdag is?

Dat we op patrouille zijn? Dat ik aan je denk . . .?'

Een groepje soldaten, onder wie Jim, hield halt in een besneeuwde boomgaard, ergens in de Betuwe. De omgeving zag er prachtig, bijna idyllisch uit: ongerepte sneeuw, zondagochtendstilte. Maar de soldaten hadden daar weinig oog voor. Er werden sigaretten gepakt, iemand gaapte hartgrondig, en men speculeerde of er die avond kalkoen zou zijn bij het eten.

Toen was er opeens, vanuit het niets, een schot. De jongens doken, bijna automatisch, in een greppel. Iemand gebaarde: sigaretten uit! Er werd wéér geschoten. Een tak versplinterde. Iemand vloekte binnensmonds: welke gek haalde 't in z'n hoofd om vandaag te willen vechten? Het schieten ging door. Wat gingen ze doen? Er op af? Of terugtrekken? Men besloot tot het laatste. Ze trokken zich terug achter een houten schuur, wachtten af. Die Duitsers zouden vanzelf wel weggaan. Iemand klaagde over z'n verloren sigaar, wilde een nieuwe opsteken.

Maar het schieten begon opnieuw, en tot hun verbijstering zagen ze hoe zes Duitse soldaten zich uit de struiken losmaakten en al schietend recht op hen afrenden. De Canadezen waren zo verbluft dat ze aanvankelijk vergaten tegenvuur te geven. Totdat één van hen half omhoog kwam en zijn mitrailleur op hen leegschoot. Hij maaide de Duitsers neer, schoot luid schreeuwend veel te lang door.

Daarna volgde een diepe stilte. Iemand giechelde nerveus: 'Wie wil er nou dood met Kerstmis?' Een ander gromde: 'Bek dicht!' Ze kwamen overeind, gingen kijken. Eén van de Duitsers lag op zijn buik. Iemand rolde hem om met zijn voet en schrok. Ze keken in het gezicht van een jongen van hooguit zestien jaar! Ook de anderen bleken van dezelfde leeftijd. Waarschijnlijk hun eerste gevecht, en meteen ook hun laatste.

Er werd geen woord meer gezegd – de sfeer was bedorven. Jim keek nog één keer naar de Duitse jongens in hun te grote, stukgeschoten legerjassen en met hun onhandige pothelmen. Daarna draaide hij zich om, ging de anderen achterna.

'Lieve Anna . . . het is Kerstmis en vanavond is er kalkoen, één van de jongens heeft het zelf gezien. En ik maak dingen mee die ik niet kan schrijven, ook al zou ik het willen...'

Die nacht zat Jim op zijn brits bij het licht van een kaars te schrijven. Of schrijven... hij wilde wel, maar kreeg geen letter op papier. Hij staarde in het kaarslicht, luisterde naar het gesnurk om zich heen, probeerde zijn gedachten te ordenen.

Met zacht gestommel kwamen twee soldaten de slaapzolder op. Ze hadden verlof gehad en zo te zien behoorlijk gedronken. Een van hen, Joey, zag dat zijn vriend Jim nog wakker was, ging naar hem toe.

'Jim... hee Jim... dit is Ron, een vriend van me. We zaten samen in kamp Shilo, in Manitoba. Ron Callahan – dit is Jim Weaver.' De mannen knikten naar elkaar. Ron, te dronken om op zijn benen te staan, ging op een leeg bed zitten, stak een sigaret op. Joey praatte opgewonden, op gedempte toon.

'Weet je wat hij me vertelde? Hoe hij meiden versiert? In elke stad waar hij komt, bedenkt ie een andere naam: in Tilburg heet hij Tom, in Breda heet hij Bob... Breda – Bob... begrijp je? De eerste letter.'

'Anders raak ik in de war, Jimmy-boy. En dat mag niet.'

'En als die meid dan vertelt hoe ze heet, dan zegt ie: Gôh, dat kan geen toeval zijn – mijn moeder heet net zo. En dan vertelt ie over het kruisje dat zijn moeder hem heeft gegeven, en dat dat geluk brengt...'

'...en dan gaan ze allemaal plat'. Joey vond het een goeie grap, zo te horen. Merkte niet dat Jim zich zat te verbijten. Rons oog viel op het stuk papier op Jims schoot.

'Jim weet daar alles van, hè Jim. Schrijft aan z'n liefje...' En met een snelle beweging griste hij het weg. 'Kom op. Lees voor. Laat es horen...' Jim probeerde vergeefs het papier terug te pakken. Ron ontweek hem.

'Er staat niks op! Niet één verdomde rotzin!'

Een paar soldaten, wakker geworden, riepen om stilte. Joey probeerde zich ermee te bemoeien, maar kon in zijn dronkenschap weinig uitrichten. Ron ging door.

'Heel goed, Jimmy. Je móet ook niks schrijven. Geen adres

geven, geen naam. Want die meid van jou ligt nu lekker in bed met een andere kerel. Een Canadees, een Hollander, misschien wel een Mof. Voor tien sigaretten is ze te krijgen. Voor een handvol sigaretten zijn ze allemáál te krijgen . . .!'

Terwijl Jim probeerde het papier terug te pakken, was Ron achteruitgelopen. Nu sloeg Jim hem vol op z'n kaak zodat hij ruggelings over een brits tuimelde. Gevloek, consternatie – bijna iedereen was wakker. Jim wilde Ron verder te lijf, maar Joey hield hem tegen. Ron veegde wat bloed van zijn gezicht. Even leek het of hij zou terugslaan, maar in plaats daarvan kwam er een grijns op zijn gezicht.

'Kom op, man . . . ik maakte maar een grapje.' En hij stak zijn hand uit, als gebaar van verzoening. Maar Jim rukte zich los van Joey, nam de hand niet aan. Hij was woedend – zo woedend was hij nog nooit geweest.

* * *

Maria hield zich in. Zittend achterin een legertruck, haar tas op schoot, zag ze uit haar ooghoeken de soldaten naar haar kijken. Ze voelde hun nieuwsgierigheid, hun meewarige blikken, hun leedvermaak. Maar nog liever beet ze haar tong af dan dat ze voor hun ogen één traan zou laten. Nee, die lol gunde ze hen niet.

Ze had al heel wat doorstaan – dit kon er ook nog wel bij. Minstens een uur had ze in de achterkamer zitten wachten, terwijl haar ouders in de voorkamer met meneer pastoor praatten. Ze moest daar blijven zitten, voor als ze haar nodig hadden. Zus speelde op het plaatsje met de bal, en ze was slaperig geworden van het eindeloze gestuiter, het tikken van de klok, de stemmen in de andere kamer.

Toen verschoof er een stoel. Vader schraapte zijn keel, opende de schuifdeuren: of ze even wilde komen. Meneer pastoor had een van haar handen in de zijne genomen en op zachte toon op haar ingepraat. Gedwee had ze geluisterd, ja geknikt – maar ze had niet echt verstaan wat hij zei. Het was iets over zonde, waarvoor ze vergiffenis moest vragen, en dat ze binnenkort ergens heenging waar ze haar kind zou krijgen.

Ze had vooral zijn klamme handen gevoeld, waarmee hij haar dwingend vasthield, had uit haar ooghoeken Zus door het raam zien kijken.

Een van de soldaten achterin de truck bood haar een sigaret aan. Ze schudde nee. Meneer pastoor, die naast haar zat, zou het haar natuurlijk verbieden, maar eigenlijk had ze 't best willen proberen. Misschien waren deze jongens wel niet zo slecht. Zouden ze Bob kennen? Waar zou die nu zijn? Ergens aan 't vechten? Of met een ander meisje? Zou hij ooit nog aan haar denken...?

Oppassen – flink zijn, niet huilen. Liever aan iets anders denken. Maar aan wat? Aan die laatste nacht met Zus? Ze hadden niet geslapen, de hele nacht gepraat. Zus vond dat ze hem moest zoeken, dat ze net zo lang moest zoeken tot ze die Bob ergens vond. Als hij hoorde dat ze in verwachting was, dan zou het wel weer goed komen, dacht ze. Maria wilde er niets van weten. Zoeken? Hoe dan, en waar? Nee – diep in haar hart wist ze dat ze van die Bob niets meer hoefde te verwachten. Ze moest het allemaal zèlf doen, in haar eentje.

Intussen was de truck langzamer gaan rijden. Maria zag een hoge muur, met bomen daarachter – in de verte het dak van een groot gebouw. Ze stopten. De klep ging neer. De pastoor wilde haar helpen met uitstappen, maar ze negeerde zijn uitgestoken hand, sprong met haar koffertje naar buiten. In de muur was een ijzeren poort met een klein luikje erin. De pastoor belde daar aan. Het luikje ging open en weer dicht, daarna ging de grote deur op een kier – een non keek haar aan. De pastoor nam afscheid, gaf haar nog een laatste goeie raad. Maria hoorde zijn stem, verstond niet wat hij zei. Ze hoorde de pastoor weer instappen, de auto wegrijden. Ze voelde de blikken van de soldaten op zich gericht.

Maar ze gaf geen krimp, ging achter de non aan naar binnen. Over een brede oprijlaan liepen ze naar de hoofdingang van het klooster. Het zag er groot en somber uit, met dikke muren en kleine ramen. Achter die ramen zag ze meisjesgezichten, die haar nieuwsgierig bekeken. Ze probeerde aan niets te denken, liet het allemaal over zich heenkomen. Ze ging naar binnen, een grote hal door, een stenen trap op met uitgesleten treden. Haar voetstappen klonken hol. Ze rook een etenslucht, en ergens van beneden hoorde ze gerammel van messen en vorken.

Boven, aan het eind van een lange gang, kwam ze in een grote slaapzaal. Ze kreeg een bed aangewezen, had tien minuten de tijd om wat uit te pakken – daarna moest ze zich melden in de hal. Maria keek naar het smalle bed, het piepkleine kastje ernaast. Wat moest ze uitpakken? Ze had niks.

Ze ging op het bed zitten. In de gang hoorde ze deuren slaan – alles klonk hol in dit gebouw. Toen hoorde ze vlakbij zacht gekraak, iets dat op een zucht leek. Ze keek, zag in een hoek van de slaapzaal een meisje op bed liggen. Ze lag gekleed bovenop de dekens, handen voor haar zwangere buik, alsof ze die wilde beschermen. Maria knikte naar haar. Het meisje reageerde niet, keek haar aan met een starende, ondoorgrondelijke blik. Had ze pijn? Verdriet? Er was iets in die blik dat Maria week maakte, alsof ze iets van zichzelf zag. Ze wendde zich af, boog haar hoofd, en begon stilletjes te huilen.

2

Het was 13 maart 1945. Anna fietste tegen de wind in over een smalle landweg. Ze was op weg naar Eede, een klein plaatsje aan de Belgische grens. Jenny had haar verteld dat daar die ochtend de Koningin het land zou binnenkomen, en daar wilde ze bij zijn. Ze voelde het fotoboxje in haar jaszak, verheugde zich op de plechtigheid. Nog nooit had ze de Koningin gezien, en nu zou ze getuige zijn van een historische gebeurtenis.

Daar in de verte moest het zijn: een grote drom mensen, kinderen met oranje sjerpen, marechaussées. Haastig zette ze haar fiets neer en kwam dichterbij. Een paar mannen schudden een zak meel uit, dwars over de weg. Dat was kennelijk om de grenslijn aan te geven – bij gebrek aan verf. Anna zag hoe een fotograaf dat moment vastlegde, kalm en geroutineerd. Hij keek even op, glimlachte naar haar. Een beroepsfotograaf, dat kon je zo zien.

Ze pakte haar eigen boxje, zocht een goed plaatsje en tuurde de weg af. Opnieuw was er diezelfde spanning als toen in oktober, toen haar dorp wachtte op de komst van de Canadezen. Ook toen praatten de mensen gedempt, alsof ze de gewijde sfeer niet wilden verstoren. Ook toen had ze gedacht: dit moet ik vastleggen, onthouden. En wat was er sindsdien veel gebeurd. Op het filmpje in haar toestel had ze nu foto's van Jim . . . Waar was Jim? Dacht hij aan haar? Lééfde hij nog?

De mensen weken uiteen. Twee zwarte auto's kwamen aanrijden, voorafgegaan door motorordonnansen. Stopten vóór de witte streep. Een heer opende het portier van de voorste auto – Koningin Wilhelmina stapte uit. Ze was gekleed in een lange jas met bontkraag. Anna kreeg haar in de zoeker van haar toestel, zag hoe ze even als een generaal om zich heen keek. Daarna knikte ze kort naar de hoogwaardigheidsbekleders en schreed plechtig over de streep meel – kalm, om de fotografen de kans te geven dat moment vast te leggen. Toen werd het doodstil, en klonk haar heldere stem:

'Landgenoten. Het is met diepe vreugde en innige dankbaarheid, dat ik zoëven voet heb mogen zetten op Nederlandse bodem. Dat ik, na zo lang van u gescheiden te zijn geweest, eindelijk weer in uw midden mag zijn...' Anna staarde naar de handen van een man en een vrouw vlak vóór haar, die elkaar vasthielden. Iedereen voelde de plechtigheid van het moment – alleen de beroepsfotografen bleven hun werk doen.

'Maar wij allen weten: er is nog geen reden tot uitbundigheid. In andere delen van ons land wordt nog zwaar gevochten. Velen van ons leven nog in onzekerheid over het lot van hun dierbaren, van wie ze zijn gescheiden. Mannen en vrouwen die in dienst van de vrijheid bereid zijn hun leven te wagen...' Opeens schoot Anna vol. Ze beet op haar tanden om ertegen te vechten, maar de tranen kwamen tòch. Ze zag hoe een fotograaf zijn camera op haar richtte – dezelfde die tegen haar had geglimlacht. Ze keek recht in zijn lens, terwijl de Koningin verder ging:

'Wij zijn in gedachten bij hen. We bidden God om hun behouden terugkeer. En wij zullen niet rusten voordat het grote doel is bereikt: dàt vaderland geboren doen worden, dat bewijzen moet dat de talloze offers niet vergeefs zijn geweest...' Anna liet haar tranen de vrije loop, alsof de woorden van de Koningin speciaal voor haar en Jim waren bedoeld. Ze hoorde het klikken van de camera, maar het deerde haar niet.

Nu, een kwartier later, was bijna iedereen weer verdwenen. Alleen de streep meel herinnerde nog aan de plechtigheid. En ook die zou niet lang blijven, want de wind kreeg er vat op: wat zojuist nog een grens was, verwaaide als witte stof.

Met haar fiets aan de hand stond Anna bij de fotograaf, die bezig was zijn cassettes op te bergen.

'Waarom wil je die foto zo graag?'

'Ik wil hem aan iemand sturen.'

'Ah... Man? Broer? Vader? Vriend?' Hij keek haar aan

met een open, nieuwsgierige blik. Normaal zou het Anna verlegen maken, maar bij deze man voelde ze zich op haar gemak. Ze zweeg, glimlachte. Hij ging verder met inpakken.

'Zeg maar niet. Wat gaat het me aan? De ene helft van Nederland is de andere helft kwijt. En dat gaat nog jaren duren...' Hij gaf haar een blocnote en een pen. 'Schrijf je adres maar op. Het kan even duren, want er is niks te krijgen. Geen streep verf voor de Koningin, geen papier voor de fotograaf.' Anna legde de blocnote op haar zadel, begon te schrijven. De man keek, met weer die levendige, nieuwsgierige blik.

'Ik zag je aan iemand denken toen ik die foto's maakte.' Anna keek op, aarzelde. Het leek alsof hij haar gedachten raadde.

'Hoe heet ie? Je wilt het kwijt. Zeg maar.'

'Hij heet Jim. Een Canadees...' De man knikte.

'Ik hou van hem. Maar ik weet niet eens of hij nog leeft. En of het ooit iets kan worden, tussen ons.' Ze begreep het zelf niet: wat maakte haar opeens zo openhartig? Een wildvreemde man, minstens twee keer zo oud als zij... Misschien was het wel dáárom, en door de innerlijke kracht die hij uitstraalde. Het gaf haar steun. Hij nam de blocnote van haar aan.

'Wat kan je anders doen dan wachten. En geduld hebben.' Hij las haar naam.

'Geduld wordt beloond, Anna Bayens. Ook wat die foto betreft.' Ze glimlachte. Bedankte hem. Stapte op haar fiets. Hij knikte haar bemoedigend toe: 'Anna en Jim – klinkt goed!'

Ze keek om, lachte, en iets van zijn zelfverzekerde kracht kwam op haar over. Anna en Jim... Ze reed nu voor de wind terug naar huis.

* * *

Het kwam voor Maria als een schok – een zachte rilling door haar lijf, waardoor ze alles vergat. Weg was de pijn die de harde bidbank in haar knieën veroorzaakte, vergeten de saaie sleur van het ochtendgebed. Hier, in de kapel van het

Tehuis, te midden van al die biddende meisjes, voelde ze voor het eerst haar kind! Het bewoog binnenin haar, het lééfde – háár kind! Ze keek naar het beeld van Maria-met-het-Kind boven het altaar, en op hetzelfde moment leek de kleine kapel gevuld met gezang en hemelse muziek. Ze zag de strakke blik van de moeder-overste op zich gericht, haalde diep adem, begon opnieuw aan haar 'Wees gegroet'. Maar diep van binnen, achter haar gesloten ogen, haar prevelende lippen, juichte ze het uit.

Liza had het gezien. Zij was het meisje dat op bed lag toen Maria voor het eerst op de slaapzaal kwam. Ze waren vriendinnen geworden, onafscheidelijk. Liza kende het gevoel, had Maria's reactie gezien. Toen ze achter de moeder-overste aan de kapel uit liepen, zorgde Liza ervoor dat ze wat achterbleven, en op het moment dat niemand keek, trok ze Maria haastig met zich mee. Ze verborgen zich in een nis van de lange, hoge gang, begonnen opgewonden te fluisteren.

'Je voelde het...! Ik zag het aan je.' Maria knikte, voelde even haar buik onder de lange, grijze jurk. 'Ik dacht dat het nooit zou gebeuren.' 'Raar gevoel, hè? Net of er van binnen iets tegen je aanklopt.' Maria glimlachte dromerig:

'Niet iets... iemand...' Ze keken elkaar aan, en van ontroering gaf Liza haar vriendin een kus op haar wang. Op hetzelfde moment merkten ze dat het stil was geworden om hen heen. Liza keek om een hoek – de gang was leeg. Ze pakten elkaars hand, en terwijl ze haastig achter de anderen aanrenden, voelde Maria dat er iets was veranderd: ze liep voorzichtiger nu ze iets... iemand... had om te beschermen.

* * *

Rons maag rommelde. Joey, gehurkt naast hem, hoorde het en glimlachte. Maar Ron had zwaar de pest in. Net aangekomen, na een lange vermoeiende rit, moesten ze meteen op patrouille. En die uitslover van een sergeant had natuurlijk juist de mannen uitgezocht die het eerst bij de kantinewagen stonden. Ron had geroepen dat het niet zijn gewoonte was te vechten met een lege maag, maar dat had het alleen nog maar erger gemaakt. Bek houden en meekomen.

Het was een routineklus. Volgens de inlichtingen was het gebied veilig, maar ze moesten het zeker weten. De patrouille had zich gesplitst: twee man naar rechts, Jim en een ander rechtdoor, Joey en Ron naar links. In de verte, bij een watertoren, zouden ze weer samenkomen. En dan terug en eten, als er tenminste nog wat over was.

Joey en Ron hadden het lastigste stuk: dichtbegroeid, onbegaanbaar terrein. Ze hadden het uitgekamd, maar natuurlijk was er niemand – de Duitsers hadden zich allang teruggetrokken. Joey maakte zich op voor een laatste spurt naar de rand van het bos, dook toen opeens in elkaar. Ron kroop onhoorbaar door de struiken naar hem toe. Ze hielden hun adem in en keken: op een landweg, een tiental meters verder, stond een Duitse jeep: leeg, niemand in de buurt te zien.

Was dit een val? Lagen er sluipschutters op de loer? Ron maakte een omtrekkende beweging, terwijl Joey, geweer in aanslag, hem rugdekking gaf. Maar er gebeurde niets. Ron stapte lachend op de jeep af, wenkte Joey. Hij wees op een aan flarden gescheurde achterband: kennelijk hadden de Duitsers de jeep in hun haast achtergelaten.

Voorzichtig liepen ze er omheen. Joey bekeek een mapje dat op de voorbank lag, met de foto van een vrouw erin. Ron schroefde de dop van een jerrycan open en rook benzine. Hij wilde hem optillen, maar Joey maakte een bezwerend gebaar: niet aankomen! Ron gooide lachend de jerrycan over zijn schouder: geen paniek – hij had de zaak al op *booby traps* gecontroleerd. En nu geen gezeur meer: instappen. Ze zouden die sergeant eens gaan verrassen met hun oorlogsbuit.

Hij wees op de plaats naast de bestuurder, ging zelf achter het stuur zitten. Joey aarzelde nog steeds: ‘Laten we gaan lopen. ’t Is nog maar een klein eindje – ’ Zijn stem stokte toen hij een zachte klik hoorde. Het kwam van onder de plaats waar Ron zat – alsof er een knop werd ingedrukt. Ze verstijfden allebei. Joey zei iets van ‘Verroer je niet’, en wilde helpen. Maar Ron stuurde hem weg, siste tussen zijn tanden dat hij moest rennen voor z’n leven. En meteen startte hij de jeep, reed schreeuwend de weg af, het bos in.

Hij kwam maar een paar meter ver: de jeep knalde tegen een boom en spatte als een handgranaat uit elkaar. Benzine verspreidde zich – Ron wankelde als een brandende fakkel op Joey af. Die stond een moment verbijsterd, duwde hem op de grond en doofde met zijn jas de vlammen. Hij boog zich over hem heen, keek in zijn geblakerde gezicht. Ron's ogen stonden dof, alsof hij al ver weg was.

'Stom... stomme manier om dood te gaan...' Joey schudde zijn hoofd, wilde het nog niet opgeven: 'Stil! Ik ga hulp halen. Hou vol!' Maar het had geen zin – dat voelden ze allebei. 'Blijf bij me', kreunde Ron. Hij maakte een hulpeloos gebaar naar het kruisje om zijn hals, wilde het eraf halen. 'Geef dit... aan Eva... mijn vrouw...' Joey knikte. Hij wilde alles wel beloven, zo lang Ron het maar volhield. 'Zeg haar... het spijt me... ik hou van h –' Ron kon alleen nog maar hijgen. Hij rukte aan het kettinkje – het brak. Toen begonnen zijn ogen te breken, en een zacht gereutel kwam uit zijn binnenste. Joey schudde hem vertwijfeld door elkaar: 'Ga niet dood. Verdomme! Hou vol. Alsjeblieft...'

Zo troffen Jim en de andere patrouilleleden Joey aan: snikkend gebogen over Rons dode lichaam, zich aan hem vastklampend als een kind aan zijn moeder.

Die avond was Joey opvallend stil. Joey, de gangmaker, de regelaar, de man die altijd vol verhalen en grappen zat, stond ergens terzijde en staarde voor zich uit. De anderen lieten hem met rust – niet uit onverschilligheid, maar omdat men uit ervaring wist dat je dit soort dingen alleen moet verwerken. Alleen Jim, die Joey vanuit zijn ooghoeken in de gaten hield, kwam op een gegeven moment naast hem staan. Ze leunden tegen de motorkap van een auto, rookten een sigaret.

'Hee Jim, weet je wat ik dacht? Weet je wat we moeten doen als we terug zijn?' Terug? Jim begreep het niet goed. Terug in Canada? Joey knikte.

'Dan gaan we vissen. Op de meren.'

'Vissen?'

'Ja. We nemen mijn boot, en we gaan naar het noorden. Ik

ken de goeie plekjes daar. Alleen jij en ik. Iedereen kan barsten.' Jim knikte.

'Klinkt goed.'

'Klinkt goed? Man, dat is het beste wat er is.' Joey gooide z'n sigaret weg, sloot zijn ene hand om de andere, die hij tot een vuist ineengeklemd hield.

'Vissen. Alleen jij en ik. En iedereen kan barsten...' Hij knikte verbeten. Heel even opende hij zijn vuist en keek naar het zilveren kruisje dat hij daar al die tijd had vastgeklemd.

* * *

Anna voelde zich woedend, schuldig, verward. Ze was op weg naar de commandopost om een brief voor Jim weg te brengen, maar terwijl ze verbeten doorfietste, maalde het in haar hoofd. Wat deed ze verkeerd? Wat was er fout aan haar liefde voor Jim? Vader zag haar niet meer staan: die keek dwars door haar heen, alsof ze lucht was. En dus deed zij hetzelfde, praatte ook niet meer met hèm. Moeder zei dat ze hetzelfde karakter hadden: allebei even koppig, en dat het alleen maar erger was geworden sinds de dood van Gees. Maar was dat allemaal háár schuld? Moeder zei: als jij je verlooft met die jongen, dan ga je vroeg of laat met hem mee naar Canada, en dan blijf ik hier achter, met hem. En met die 'hem' had ze vader bedoeld – haar man, die ze steeds moeilijker kon bereiken. Anna had bijna medelijden gekregen met haar moeder. Wat deed ze haar ouders allemaal aan? Maar dan nam de woede weer de overhand: moest ze dan eeuwig thuisblijven, alleen voor de lieve vrede tussen vader en moeder? Mocht ze dan Jim niet schrijven, alleen omdat hij soldaat was, net als Gees? Waarom mocht ze niet gewoon verliefd zijn en daarvan genieten?

Ze gaf haar brief af bij Jenny en kreeg er een terug. Een brief van Jim! Hij schreef er één tegen drie van haar, dus had ze niet kunnen wachten en op een bank in de hal van de commandopost de brief gelezen. Hij schreef dat de jongen die de postzak elke ochtend ophaalde, was neergeschoten door een sluipschutter. Ze hadden eerst die sluipschutter moeten opsporen – het waren er twee – voordat ze bij die postzak konden komen. Drie doden voor een paar honderd brieven – die van Anna had er ook bij gezeten.

Anna liet de brief zakken op haar knieën, voelde de tranen in haar ogen. Natuurlijk – hij schreef ook dat het hem speet dat hij niks vrolijkers kon schrijven, maar het resultaat was toch dat Anna zich wéér schuldig voelde. Een brief die mensenlevens kostte, haar liefde die anderen ongelukkig maakte – wat moest ze daaraan doen...?

Jenny was na haar ontmoeting met Anna teruggegaan naar het kantoor van David, waar ze werkte. David Sullivan was een Canadese officier met een vriendelijk, jongensachtig gezicht. Hij had Jenny aangenomen, ongeveer een half jaar geleden. Lerares Engels was ze, maar eigenlijk vond ze dat een saaie baan, die ze zeker niet haar hele leven wilde houden. Dus toen de bevrijders kwamen, had ze spontaan haar diensten als vertaalster aangeboden. Ze was gescreend, zodat ze toegang had tot vertrouwelijke en geheime documenten. Ze vertaalde brieven en officiële stukken, maar het leukste werk vond ze het 'tolken'. Dan zat ze bij besprekingen met Nederlandse autoriteiten en moest inspringen als men elkaar niet begreep, of ze ging er met David op uit, bijvoorbeeld voor een ontmoeting met Zeeuwse verzetsmensen. Op die manier had ze hem veel over haar land verteld, en David luisterde graag. Ze hadden trouwens één hartstocht gemeen, en dat was film. Ze kenden beiden hun klassiekers en citeerden daaruit, al had David er in Montreal waarschijnlijk meer gezien dan Jenny in Terneuzen. Zo hadden ze, terwijl niemand daar verder iets van merkte, een heel bijzondere verstandhouding.

Terwijl Jenny achter haar bureau iets afhandelde met een collega, zag ze uit haar ooghoeken hoe David treuzelde bij een archiefkast. Hij wachtte tot ze alleen waren, nam een dossier uit de kast, begon erin te bladeren. Stilte – maar Jenny wist dat er iets zou komen.

'Jenny...?'

'Mm?'

'Had ik je verteld dat ik binnenkort word overgeplaatst?'

'Mm.'

'Had ik ook gezegd waarheen?'

'Ja. Naar de Generale Staf in Apeldoorn. Volgende maand.'

'*Apple-dorn* . . . that's right.' Hij knikte, bladerde quasi-achteloos in z'n dossier. Jenny ging door met haar werk, hoewel ze wist dat er nog méér zou komen.

'Ik zal een andere tolk moeten zoeken.'

'Die vind je wel.'

'Denk je?'

'Absoluut. D'r zijn genoeg vrouwen die goed Engels spreken. 't Hoeft trouwens niet per se een vrouw te zijn.' David knikte, in gedachten. Jenny was gestopt met schrijven, keek naar Davids rug. Hij draaide zich om.

'Ik zal je missen. Als tolk.'

'Ik jou ook. Het werk, bedoel ik.'

'Wat ga je doen?'

'Ik weet het niet. Weer lesgeven . . .' Ze zei het zonder veel enthousiasme. David haalde een formulier uit het dossier, zette het dossier terug in de kast, legde het papier voor Jenny neer. Ze zag wat het was, maar liet dat niet merken.

'Wat is dit?'

'Een aanvraag voor overplaatsing naar *Apple-dorn*.'

'Voor wie?'

'Kijk maar . . .' Ze keek nu naar wat ze allang had gezien.

''t Staat op mijn naam.'

David knikte: 'Je hoeft alleen maar even te tekenen. Rechtsonder.' Jenny schoof het papier terzijde: 'Je maakt een vergissing, David.' Heel even was hij van z'n stuk gebracht. Wilde ze niet? Ze schoof een la van haar bureau open, haalde er een formulier uit.

'Het moet in tweevoud.' Ze legde het formulier naast het andere, en David zag tot zijn verbazing dat het al helemaal was ingevuld. Zij had hetzelfde gedaan als hij, en daarna rustig gewacht tot hij erover zou beginnen! Ze tekende nu beide formulieren, keek met een triomfantelijke glimlach naar hem op.

* * *

Liza was de brutaalste van het hele stel. Ze durfde het meest, was voor niemand bang, had altijd rare ideeën. Ze maakte grappen onder het eten, tijdens de mis, en hoewel ze vaak straf kreeg, hield ze daarmee ook de moed erin bij de andere meisjes. Maria was haar beste vriendin, en was daar trots op.

Maar nu mochten ze niet meer met elkaar praten. Ze waren bij Zuster Ignatia geroepen, de moeder-overste. Die had gezegd dat dit een moeilijke tijd was, en dat het moeilijkste nog moest komen. Maar dat ze dan wèl moesten meewerken. En dat de Heilige Moeder niet graag zag dat de meisjes te veel met elkaar praatten, elkaar het hoofd op hol brachten met allerlei onverstandig gebabbel. Ze moesten het allebei beloven. Maria had aarzelend ja geknikt, maar Liza had onverschillig haar schouders opgehaald. Een moment had er felle woede gevonkt in de ogen van Zuster Ignatia, maar ze had zich beheerst, Liza enkel even quasi-speels in haar wang geknepen.

Het was nacht, en ze hadden al de hele dag geen woord gewisseld. Wel af en toe een vluchtige blik, maar het was niet meer zoals vroeger. Maria voelde zich schuldig: had ze niet te gauw ja gezegd, had ze zich niet méér moeten verzetten?

Daaraan lag ze te denken, toen ze naast zich een zacht geritsel hoorde. Een gestalte doemde op naast haar bed: het was Liza, in haar nachthemd. Ze legde een vinger op haar lippen, boog zich naar Maria: 'Schuif es op.' Maria, wat angstig, maakte plaats. Liza kwam naast haar onder de dekens liggen. Ze fluisterden zacht, met hun hoofden dicht bij elkaar. Legden hun handen op elkaars buik en voelden elkaars kind bewegen, met een mengeling van ontzag en ontroering. Zo bleven ze liggen, met gekruiste armen, elk een hand op elkaars buik. Liza keek naar haar vriendin: 'Wat ga jij doen, als het er is? Terug naar je vader en moeder?' Maria zuchtte – ze wist het nog niet. Toen kreeg Liza een idee: 'Weet je, waarom gaan we niet bij elkaar wonen? Ik pas op jouw kind, en jij op dat van mij. Dan hebben we allebei nog een beetje vrij, af en toe. En dan verdienen we om beurten het geld.' Maria keek haar vriendin met grote ogen aan: 'Denk je dat dat kan? Ik bedoel: zijn we niet te jong?' 'We zijn toch ook niet te jong om een kind te krijgen?' Maria knikte. Dacht erover na. Eigenlijk was het helemaal niet zo'n gek plan...

* * *

Bij de bevrijdingsfeesten leek Joey weer helemaal de oude. Gezeten op een *carrier*, dikke sigaar tussen z'n tanden, liet hij met een brede grijns het gejuich van de bevolking over zich heenkomen. Jim, op een andere wagen, was minder in de stemming. Hij voelde zich onrustig en ongeduldig. Wat had hij eraan om zich hier in een of ander Overijssels dorp door de plaatselijke schonen te laten kussen, terwijl hij maar één meisje in zijn gedachten had. Begin mei was het, en hij had Anna nu al meer dan vijf maanden niet gezien. Brieven had hij na de winter weinig meer geschreven. Hoe moest hij daar, tussen de gevechten en de voortdurende troepenverplaatsingen door, de tijd en de rust voor vinden? En nu, nu het hele land was bevrijd en uitzinnig feestvierde, nu voelde hij zich opgesloten: in de parades waaraan hij moest deelnemen, tussen de juichende inwoners van dit dorp. Wanneer was hij zèlf eindelijk vrij om te gaan waarheen hij wilde? En àls hij eenmaal vrij was – hoe kwam hij bij haar, in Zeeland...?

Joey had iets geregeld. Hij nam zijn vriend mee naar een boer, die een motorfiets zou hebben, een *Norton*. Jim kon het nauwelijks geloven. Hoe had die dat ding al die tijd verborgen gehouden voor de Duitsers? Maar het was hem kennelijk gelukt, want er werd onderhandeld op het erf van de boerderij. Vijfhonderd sigaretten zou hij krijgen, een paar nylonkousen, en – de boer maakte een gebaar van wassen – ja, natuurlijk, zeep kreeg hij ook. Jim werd ongeduldig: die boer deed zich onnozeler voor dan hij was – voor alles wat hij kreeg mocht hij dat ding wel verkopen, en dat terwijl Jim hem keurig zou komen terugbrengen. Hij wou die *Norton* nu wel eens zien. Dééd hij het nog? Hij wees op z'n horloge en maakte een gebaar: *Norton*? Waar is de *Norton*? De boer knikte: *Norton*! Ja, natuurlijk: *Norton*. En hij maakte een gebaar naar zijn zoons die om hem heen stonden, nam Jim en Joey mee naar de boomgaard naast het erf. De zoons renden weg, kwamen terug met elk een schop. Ze zochten bepaalde plaatsen op, die ze afmaten met een bepaald aantal passen vanaf een bepaalde boom, en begonnen daar verwoed te graven. Jim en Joey keken stomverbaasd toe, terwijl de boer naar z'n gravende zoons wees en maar bleef roepen: *Norton, Norton, Norton*. Joey begreep het, barstte in bulderend gelach uit. Bij Jim kon er zelfs geen wrange glimlach af. Hij kon het niet helpen, dacht er enkel maar aan hoe lang het zou duren al die onderdelen op te graven, schoon te maken en in elkaar te zetten – hoe lang hij nog zou moeten wachten . . .

Heel ver weg, alleen op haar kamertje, wachtte ook Anna. Zij had de overgave van de Duitsers, de definitieve bevrijding, als een plechtig moment met haar ouders beleefd. Vader had een fles wijn opengemaakt, die hij de hele oorlog lang had bewaard. 'Voor als we weer vrij zijn', had hij destijds gezegd toen hij de fles in de kelder weglegde. Bombardementen en beschietingen hadden het glas niet kunnen breken, en nu had hij voorzichtig de kurk losgemaakt en ingeschonken. Echte wijnglazen hadden ze niet, maar met wat daarvoor doorging hadden ze geklonken. En toen was gebeurd waar Anna en haar moeder heimelijk bang voor waren: vader had een moment gekeken naar de foto van Gees op de schoorsteenmantel, en had iets gemompeld dat hij zo had gehoopt dat ze dit met z'n vieren – Moeders houding was meteen verkrampt, en Anna had zich ingehouden, maar geweten dat ook dit moment weer was bedorven. Nodeloos bedorven, want ieder dacht op zijn manier natuurlijk aan Gees – dat hoefde vader niet apart te benadrukken. Ze had zich op haar kamertje teruggetrokken, en terwijl ze zich – het was al laat – langzaam uitkleedde, hoorde ze van beneden de muziek uit de koffergrammofoon. *Von Suppé* . . . Herinneringen kwamen terug aan die avond in oktober, toen ze daar met z'n allen zaten en zij en Jim zich beiden bukten om iets op te rapen. Hun hoofden waren toen dicht bij elkaar, en – Beneden bleef de naald steken in een barst in de plaat. Hetzelfde fragment herhaalde zich een paar keer – daarna stilte. Anna luisterde roerloos, maar er kwam niets meer.

Ongeveer op hetzelfde moment reed, ergens in Nederland, een jeep over een kronkelige landweg. Hij ging langzamer rijden naarmate de weg slechter werd, stopte ten slotte waar het weggetje overging in een weiland. David Sullivan, achter het stuur, bestudeerde een stafkaart en keek om zich heen: rondom in het maanlicht enkel weilanden – nergens een teken van leven te zien. David zuchtte: 'We halen het niet, naar *Apple-dorn*. Ik ben bang dat we ergens de verkeerde afslag hebben genomen...'

Jenny, naast hem, stak twee sigaretten tegelijk aan, zoals Bette Davis dat deed in de film, gaf er één van aan David en leunde met een tevreden zucht achteruit. 'Dank je, *darling*...' Het duurde even voordat David opkeek van z'n kaart. 'Hier heb ik altijd van gedroomd', legde ze uit. 'Jij en ik, 's nachts in een jeep. De verkeerde afslag... de goeie maan...'

'Aha – ik begrijp het.' Hij vouwde de kaart op, sloeg een arm om haar heen.

'Wat doen we?' Ze stapte uit, pakte een dekzeil en twee dekens achter uit de jeep. Hij zag wat ze van plan was, reed de jeep naar de kant van de weg. Daarna pakte hij een zaklantaarn, lichtte haar bij terwijl ze een slaapplaats maakte in het gras.

'Uit dat ding. We hebben genoeg aan het maanlicht.' Hij deed het, kroop naast haar onder de dekens. Samen keken ze omhoog naar de sterrenhemel. Hij zuchtte:

'Bevrijding...'

'Mm...?'

'Met jou...'

'Mm...' Ze kropen tegen elkaar aan, kusten elkaar.

Het was Jim uiteindelijk tòch gelukt. Hij had geholpen met het in elkaar zetten van de *Norton*. Hij was kalm gebleven, had geprobeerd zich niet op te winden. En eindelijk, na een hele ochtend van gepruts en gesleutel, mocht hij het ding starten. Dat was, na een paar vergeefse pogingen en angstige momenten, óók gelukt, had gejuich teweeggebracht op het boerenerf. Jim had z'n leren kap opgezet, z'n motorbril, had Joey nog eens op z'n schouder geslagen en was er toen met daverend lawaai vandoorgegaan. De feestende mensen in het dorp stoven uiteen, en op een buitenweg, toen hij de snelheid van de motor opvoerde, had al zijn opgekropte energie zich ontladen in een woeste indianenkreet.

Na een dag lang rijden door Nederland, na omwegen vanwege versperringen en opgeblazen bruggen, was Jim bespat met modder en grijs van het stof in Anna's dorp aangekomen. Moeder, bezig op het bleekveld, had gezien hoe ze elkaar om de hals vlogen. Ze wist hoe Anna had gewacht, gehoopt, verlangd – besefte hoe gelukkig haar dochter nu moest zijn.

En nu zat Jim in de voorkamer met vader een sigaar te roken. Het kistje stond op tafel, naast een kruik jenever, die Jim ook had meegebracht. Ze bliezen de rook uit, knikten goedkeurend, wisten eigenlijk niet wat ze moesten zeggen. Moeder kwam binnen met vier koppen thee op een blad, deelde rond.

'Ik rook meteen dat het goeie thee was', zei ze. 'Vertaal dat es, Anna.' Anna vertaalde, Jim knikte en glimlachte. Daarna dronken ze thee en was het stil. Totdat Jim zijn keel schraapte. 'Meneer Bayens – ik wil graag met u praten. Onder vier ogen, als dat kan...' Vader keek hem onderzoekend aan. Knikte dan.

Zo liepen ze korte tijd later over een dijk, ergens buiten het dorp. Weilanden rondom – hoog boven hen vogels in een Hollandse wolkenlucht. Vader wees over de weilanden, legde uit in gebrekkig Engels dat van daar tot aan de dijk alles onder water had gestaan. Dat ze altijd tegen de zee hadden moeten vechten. Jim knikte. Ze hadden de Duitsers overleefd, ze zouden de zee er ook wel onder krijgen.

Vader keek naar Jims jonge, open gezicht. Wat een kracht en vertrouwen in de toekomst spraken daaruit. Waar kwam dat vandaan, waar had hij dat geleerd?

'Bent u een gelovig man, Mr. Weaver?'

'Ja, meneer. Anglicaans, zoals de meeste Canadezen.'

'Wij zijn gereformeerd. Anna heeft u dat waarschijnlijk wel verteld.' Jim knikte. 'En ik kan niet toestaan dat mijn dochter trouwt met iemand die niet gereformeerd is.' Jim knikte opnieuw – ze liepen een tijdje zwijgend verder. Toen begon Jim te vertellen. Dat in zijn dorp iedereen Anglicaans was. Dat hij nauwelijks wist dat er ook andere religies bestonden, tot hij in het leger kwam. Dat het leger één grote smeltkroes was van verschillende godsdiensten. Dat iedereen weliswaar in dezelfde bijbel geloofde, en in dezelfde God, maar dat iedereen verder toch heel verschillend was. Als bijvoorbeeld de katholieke jongens de beste soldaten waren, dan zou dat de zaak een stuk eenvoudiger maken. Maar zo simpel lag het niet. Neem nu hun eigen geval: hij, mijnheer Bayens, zou liever een schoonzoon willen die Hollander was, en gereformeerd. Terwijl hij, Jim, Canadees was, en Anglicaans.

'Dus, Mr. Bayens – wat gaan we daaraan doen?' Vader Bayens aarzelde, was even sprakeloos. Na die woordenstroom had hij zo'n vraag niet verwacht, zo'n praktische, bijna on-Nederlandse vraag. En voordat hij iets kon zeggen, kwam Jim met wéér zo'n vraag: 'Vertelt u eens: hoeveel tijd kost het voor een Anglicaanse jongen om gereformeerd te worden?' Dat bracht vader nog méér in verwarring. Onhandig begon hij:

'Ja, eh . . . hoeveel tijd hèbt u?'

'Ik moet morgenochtend terug zijn bij mijn onderdeel. Het spijt me.'

Maar in ieder geval bleef hij eten. Moeder Bayens had enorm haar best gedaan en met het weinige dat er was toch iets bijzonders gemaakt. Anna had de tafel in de voorkamer feestelijk gedekt, met het mooie servies en bestek dat ze anders nooit gebruikten. En er was nog wat over van de wijn, die vader zo lang had bewaard.

Of het nu dáárdoor kwam, of gewoon omdat de oorlog voorbij was en hij nu eindelijk was herenigd met Anna – maar Jim voelde zich zichtbaar op z'n gemak. Hij at met smaak, vertelde honderduit over zijn oorlogservaringen:

'Op *D-day*, bij de landing in Normandië, hadden we een aalmoezenier aan boord. Hij wenste ons *good luck* en zei dat ie ons nog een paar woorden uit Exodus zou meegeven: drieëntwintigste hoofdstuk, vers tweeëntwintig.' Anna zag hoe vader – verrast – even ophield met eten.

'Over Mozes. De Heer beveelt Mozes de Israëlieten terug te brengen naar Kanaän.' Jim knikte: '*Right*. Maar we kregen die woorden nooit te horen, want vanaf de kust werd er geschoten, en de *aal* werd bang.' Anna genoot ervan om Jim zo te horen vertellen. Ze zag hoe vader geïnteresseerd luisterde.

Jim knikte goedkeurend naar moeder. 'Dit is heerlijk eten, mevrouw. Zo goed heb ik het in lang niet gehad.' Moeder glunderde, al verstond ze niet ieder woord. Schepte opnieuw zijn bord vol. Maar vader wilde de rest van het verhaal horen.

'Exodus, zei u?' Hij pakte de familiebijbel erbij, las de regels voor in het Nederlands: 'Maar zo gij zijner stemme naarstiglijk gehoorzaamt, en doet al wat ik u spreken zal, zo zal ik uwer vijanden vijand en uwer wederpartijders wederpartij zijn.' Jim knikte, al had hij natuurlijk niet verstaan wat vader zei. 'Ja – zoiets als dat God aan onze kant stond, en dat ie de Moffen es flink op hun donder zou geven.' Vader kuchte wat, maar was ogenschijnlijk niet geschokt. Anna zag hoe hij aandachtig luisterde naar Jim, die zonder enige schroom verder vertelde. 'Weet u, meneer – ik weet niet hoe u over dat soort zaken denkt – ik zou het graag es willen horen – maar ik denk dat die *aal* ons beter wat ouderwetse teksten had kunnen geven, die dag. U weet wel wat ik bedoel: dat soort oude vertrouwde dingen uit het Oude Testament . . . iets als "oog om oog, tand om tand". Ik kan u wel zeggen: dat hadden we verdomde hard nodig, die dag.'

Anna zag hoe Jim, ondanks zichzelf, geëmotioneerd was geraakt. Vader knikte ernstig. Jim was zichtbaar in zijn achting gestegen.

Een paar dagen later stond Jim in het kantoor van zijn commandant. Om te kunnen trouwen hadden de soldaten toestemming nodig van de legerleiding, en meteen na zijn terugkomst uit Zeeland had Jim een aanvraag ingediend. De commandant zette zijn paraaf op het formulier, legde het onder een dikke stapel.

'*Okay*, soldaat Weaver, ik zeg het je eerlijk: ik geef je niet veel kans.'

'*Sorry, sir* – waarom is het zo moeilijk?'

'Omdat ik het zeg, Weaver. Is ze zwanger?'

'Móet dat dan?'

De vijandigheid was voelbaar aan beide kanten. De commandant zuchtte.

'Geloof me, Weaver – die huwelijken wèrken niet. Dat heeft de geschiedenis geleerd. En als commandant zeg ik dan: niet doen. Ga lekker uit met die meid, neem het ervan, zorg dat ze niet zwanger wordt, maar – ' Hij onderbrak zichzelf toen hij Jims blik zag, kwam van achter zijn bureau vandaan en ging vlak vóór hem staan. 'Eigenwijs, hè? Soldaat Weaver weet het beter.' Jim gaf geen krimp. Keek strak voor zich uit. '*Sorry sir*, hebt u enig idee hoe lang het kan duren?' De commandant boog zich nog iets verder naar Jim toe.

'Ik zal je een geheim vertellen, Weaver. Ik heb zeer betrouwbare informatie dat ons onderdeel al binnen een paar maanden teruggaat naar Canada. En ik ben bang dat we jouw aanvraag niet zo snel kunnen behandelen. We zijn nogal achter op het schema, weet je.'

Hij had het gezegd alsof hij zout in een wond strooide. Jim staarde voor zich uit, probeerde zijn emotie te verbergen. De commandant was weer gaan zitten: '*Okay*, soldaat Weaver. Je kunt gaan.' Jim salueerde mechanisch, draaide zich om, ging de deur uit – met een waas van woede voor zijn ogen.

* * *

De weeën kwamen te vroeg bij Maria. En wéér was het bij de ochtendmis, dat het kind zich aandiende. Aanvankelijk had ze niet eens door wat er aan de hand was. Krampen in haar buik had ze wel vaker, vanwege de tochtige gangen, de onverwarmde kamers. Maar dit was anders: een felle pijn, steeds vaker en steeds heftiger.

Ze had, met haar knieën op de harde bank, dóórgebeden alsof haar leven ervan afhing. Of liever nog: het leven van haar kind. Want haar eerste gedachte was dat ze gestraft zou worden: dat het kind iets ergs zou overkomen vanwege de zonde die zij had begaan.

Zo, met gevouwen handen, was ze in elkaar gezakt. Daarna was alles heel snel gegaan. Handen hadden haar opgetild, de kapel uit gedragen. Ze had vaag de reacties van de meisjes gehoord, en in een flits zag ze het verschrikte gezicht van Liza. Ze was op een bed gelegd, en nu reed ze op dat bed de gangen door. Deuren gingen open, werden weer achter haar vergrendeld – ze kwam in een gedeelte van het Tehuis waar ze nog nooit was geweest.

Vanuit de verloskamer, in een zijvleugel van het gebouw, klonk een hartverscheurend geschreeuw. Onhoorbaar voor de meisjes in het hoofdgebouw, vanwege de vele gangen en deuren die ertussen zaten. Maar de twee nonnen die Maria vasthielden, ging het door merg en been.

Ze lag op bed in een kleine, kale ruimte. Achter de hoge ramen, boven de matglazen onderkant, zag ze bomen in de felle zon. Aan de andere kant van het bed, met een doek in haar handen, stond Zuster Ignatia. Maria, uitgeput en bezweet, liet zich terugzakken in de kussens. Ze hijgde zwaar.

'Ik ben zo bang . . . ' Haar stem klonk zacht. 'Ik ben zo bang dat het kindje doodgaat . . . dat ik het kwijtraak . . . ' Ignatia knikte: 'Het is vroeg: tweeëndertig weken. Maar als God het wil, blijft het in leven.' Intussen vouwde ze de doek in haar handen, bond die voor Maria's ogen. 'Je krijgt dit voor', zei ze zacht, 'dan kun je je beter concentreren.'

Maria's eerste impuls was om de doek weer voor haar ogen weg te trekken. Maar de nonnen hielden haar handen vast, en op hetzelfde moment overviel haar een nieuwe golf van pijn, dieper en heviger dan alle voorgaande. Het leek alsof haar lichaam uit elkaar scheurde. Ze schreeuwde het uit, en voor haar verduisterde ogen zag ze opeens een kruisje heen en weer zwaaien. Het kruisje om de hals van Bob, over haar heengebogen in die gore hotelkamer. Toen ze daar lag, en ook haar ogen sloot. Die nacht toen alles begon . . .

's Middags, op een van de heetste dagen in juni, werd Maria's kind geboren. Nonnen waren druk in de weer met bakken warm water, zeep en handdoeken. Ze legden het huilende kindje op een weegschaal. Het was klein, fragiel, bijna doorzichtig – maar het leefde.

Maria, met de blinddoek nog voor, hoorde haar kind huilen. Ze hijgde van uitputting, snikte geëmotioneerd. 'Mag de doek af?' Maar het leek alsof niemand luisterde. Een van de nonnen vroeg zacht aan Ignatia of het kind meteen moest worden aangelegd. Ignatia knikte.

De nonnen gingen naar het bed, hielpen Maria om rechtop te gaan zitten. Maria smeekte nu of alsjeblieft de blinddoek af mocht. Maar in plaats daarvan werden haar polsen met leren riemen vastgemaakt aan de zijkant van het bed. Maria schrok, raakte in paniek.

'Wat is er? Waarom doen jullie dit? Ik wil m'n kindje zien...' Ignatia legde een hand op haar voorhoofd.

'Rustig maar. Het is heel goed gegaan.'

'Maar waarom mag ik het niet zien?'

'Omdat het beter voor je is.' Beter? Maria begreep het niet. Intussen knoopte een van de nonnen Maria's nachthemd open. Het kindje werd aan haar borst gelegd, hield onmiddellijk op met huilen.

Op het moment dat ze het kind voelde, vergat Maria haar blinddoek. Haar adem stokte, en een schok van ontroering ging door haar lichaam.

'Het drinkt! Ik voel het: het drinkt...' Ze hoorde het zachte smakken van het drinkende kind, liet haar tranen de vrije loop. Vanwege haar blinddoek kon ze niet zien hoe, staande rondom haar bed, ook de nonnen het te kwaad kregen. Alleen Ignatia's gezicht bleef strak, al legde ze teder een hand op Maria's voorhoofd.

Een paar uur later werd Maria wakker, na een onrustige slaap. Ze lag in een kleine cel met hoge ramen, een soort eenpersoonskamertje. Buiten werd het al bijna donker. Wat was er allemaal gebeurd? Waar was haar kind? Ze voelde nog de pijn in haar hele lichaam, en een lichte hoofdpijn van het schreeuwen en het huilen. Onwillekeurig ging ze met haar handen naar haar borsten. Ze voelde de opgezwollen tepels. Daar had ze haar kind gevoeld, háár kind... Waar zou het nu zijn?

Er klonken voetstappen in de gang. Een grendel werd weggeschoven, en Zuster Ignatia kwam binnen, gevolgd door een non met een kop dampende bouillon op een blad. Ze zette het blad neer en verdween, terwijl Ignatia Maria overeind hielp, haar rug ondersteunend met kussens.

'Heb je geslapen?' Ze ging op een stoel bij het bed zitten. 'Bouillon met ei, om aan te sterken.' En ze gaf Maria de dampende kop. Maria nam hem niet aan.

'Waar is mijn kind? Wanneer mag ik het zien?' Ignatia's gezicht verstrakte.

'In dit Tehuis mogen de meisjes hun kinderen niet zien, Maria.' Maria keek haar met grote ogen aan, schudde nietbegrijpend haar hoofd.

'Er zijn mensen, goed katholieke mensen, die dolgraag een kindje willen, maar bij wie dat na jaren nog steeds niet is gelukt. De kinderen die hier geboren worden, worden door zulke mensen grootgebracht.' Langzamerhand begon de waarheid tot Maria door te dringen. Ze schudde haar hoofd, was nog steeds niet in staat een woord uit te brengen.

'Meestal worden de kinderen meteen na de geboorte opgehaald. Maar omdat dat van jou zo vroeg geboren is, en nog zo zwak, zul je het een tijdje zelf moeten voeden. Als je het kind zou zien en het zou aanraken, dan zou je er te veel aan gehecht raken, en dan zou het des te moeilijker voor je zijn als het straks wordt weggehaald . . .'

Maria, die op haar lippen beet, tegen haar tranen vocht, hield het opeens niet meer uit. 'Maar ik wil het zèlf houden!' Ignatia keek haar hoofdschuddend aan.

'Je bent achttien, je bent zelf nog een kind. Hoe moet je ervoor zorgen? Het kind heeft geen vader – waar haal je het geld vandaan om het een goeie opvoeding te geven?' Maria zweeg. Staarde voor zich uit.

'Je moet dit zien als een offer. Misschien dat door dit offer de doodzonde waarin het kind is verwekt je wordt vergeven.'

Ze keken elkaar aan. Maria was sprakeloos, overdonderd. Ignatia stond op, wees op de kop bouillon, wilde naar de deur gaan. Opeens klonk achter haar een stem.

‘Zuster Ignatia – ’ Ze draaide zich om. Zag de smekende blik van Maria.

‘Ik wil het zo graag weten – is het een jongen of een meisje?’

Ignatia zweeg, schudde langzaam haar hoofd. Daarna draaide ze zich om en ging naar buiten. Maria bleef alleen achter in haar cel, luisterde als versteend naar het geluid van de grendel die werd dichtgeschoven.

⋆ ⋆ ⋆

‘Luister nou es. Heb ik je ooit belazerd? Heb ik je ooit in iets betrokken waar je later spijt van had? Hm? Die *Norton*, die deed het toch ook?’ Joey, met een dikke sigaar in z’n mond achter het stuur van de jeep, maakte een weids gebaar. ‘Kijk nou es om je heen, geniet van het uitzicht. Dit is de Veluwe, ’t is zomer. En die papieren zijn legaal – geloof me.’

Jim bekeek nog één keer de stapel formulieren, de indrukwekkende stempels. Het zag er overtuigend uit, maar bij Joey wist je dat nooit helemaal zeker. En het was toch vreemd: waarom hadden zij tweeën nu opeens deze ‘speciale opdracht’?

Ze reden over een grote oprijlaan naar een wachthuisje waar twee soldaten stonden. Joey liet de papieren zien, presenteerde joviaal twee sigaren. De soldaten salueerden – ze mochten door.

Terwijl ze verder reden, viel Jims mond open van verbazing. Voor zijn ogen zag hij een klassiek landhuis met een bordes, torens en vleugels aan weerskanten, omringd door een prachtig aangelegd park. Ze stopten voor de ingang. Jim keek langs de gevel omhoog, slaakte onwillekeurig een kreet van bewondering. Joey knikte: ‘Zeg dat wel’, en ging hem voor naar binnen.

Ze kwamen in een grote hal met een marmeren vloer. Rondom waren hoge deuren – een brede trap met eikehouten leuning ging naar boven. Twee portretten, van Hitler en Mussert, stonden tegen de muur, een hakenkruisvlag er overheen. Jim zag de Duitse opschriften boven de deuren – dit was kennelijk een hoofdkwartier van de bezetters geweest. Maar wat deden ze hier? Wat moesten ze doen? 'Schoonmaken', zei Joey, 'De nazi-geur uit dit huis wassen.'

'Wij? Met z'n tweeën?'

'Wacht maar. Hulp is onderweg...' En weer had hij die ondoorgrondelijke, maar veelbetekenende grijns.

Anna had een telegram gekregen: in verband met de huwelijksaanvraag van soldaat Jim Weaver zou ze op die-en-die dag worden opgehaald voor het vervullen van enige formaliteiten. De tekst was in het Engels, gaf verder geen informatie over hoe en wat en waar. En ook de chauffeur die Anna kort daarna kwam halen, wist niets anders te vertellen dan dat hij opdracht had haar naar een bepaald adres op de Veluwe te brengen. Vader probeerde vergeefs de man uit te horen. Hij vertrouwde het niet, maar durfde zijn dochter ook niet tegen te houden. En Anna had haar koffertje al gepakt.

Nu zette de chauffeur haar af voor het bordes van het landhuis. Anna stapte uit. Ook zij keek omhoog langs de imposante gevel. Toen zag ze Joey, bovenaan het bordes, en iets in zijn blik gaf haar opeens een tintelend gevoel van naderende spanning. Ze wilde haar telegram te voorschijn halen, maar Joey knikte, riep over zijn schouder: 'Soldaat Weaver!' Daar was het weer: dat gevoel in haar buik dat er iets stond te gebeuren. Ze zag Jim het bordes opkomen, liet haar koffer vallen. Met een wilde kreet vlogen ze elkaar in de armen.

Joey, bovenaan het bordes, knikte goedkeurend. In de verte, waar de jeep die Anna had gebracht juist was verdwenen, naderde een andere jeep met nieuwe gasten. Anna zag hem het eerst, begon te schreeuwen van opwinding toen ze Jenny en David herkende. David stapte uit, keek hoofdschuddend omhoog naar Joey, met een glimlach, alsof hij wilde zeggen 'Ik had het kunnen weten'. Ook Jim begreep nu dat Joey dit alles had georganiseerd. Hij had dit landhuis uitgezocht, telegrammen gestuurd, stempels en pasjes geregeld. En legaal of niet – zijn organisatietalent was perfect. Jim zag de stralende gezichten van de anderen en besefte opeens hoe voorzichtig en gezagsgetrouw hij eigenlijk was. Het was zomer, de oorlog was voorbij, en hij was verliefd – waar zou hij eigenlijk bang voor zijn? Hij wilde zijn vriend bedanken, wist niet hoe, begon van pure opwinding en enthousiasme met hem te stoeien.

Toch werd er die middag hard gewerkt. Joey had in de hal een koffergrammofoon neergezet, en op de vrolijke tonen van '*Give me five minutes more*' namen ze met z'n allen het huis onderhanden. Het stof werd uit de meubels geklopt, de Duitse opschriften weggeschuurd. De portretten van Hitler en Mussert werden buiten op een hoop gegooid, samen met de hakenkruisvlag en een paar reusachtige houten adelaars. David stak er met genoegen de brand in.

Jim en Anna waren boven bezig, in een riante badkamer. Jim dweilde de marmeren vloer, Anna poetste de koperen kranen. Ze voelde zich heerlijk ontspannen nu ze van huis weg was, wilde alles wat in haar opkwam met Jim delen.

'Ik moet steeds tegen mezelf zeggen: dit mag, dit is goed. Je hoeft je niet schuldig te voelen. Laat ze maar zeggen wat ze willen – dit is belangrijk.' Ze zei het vooral ook tegen zichzelf, maar Jim begreep het. Via de enorme spiegel keken ze elkaar aan.

'Wat zeg je straks tegen je ouders?'

'Dat ik in Amersfoort ben geweest voor een medische controle, in verband met het huwelijk.' Ze verzon het. Jim wist het, maar ging erin mee.

'En, wat was de uitslag?'

'Ik ben helemaal gezond.'

'Gefeliciteerd.' Hij kwam naar haar toe, kuste haar.

'Daarna moest ik een dag wachten, en werd ik nòg een keer onderzocht.'

'Waarom nòg een keer?'

'Voor de zekerheid. En omdat de eerste keer zo goed beviel.' Ze sloeg haar armen om Jim heen, kuste hem opnieuw. Van beneden, vanuit de hal, klonk zacht de muziek.

Tegen het einde van de middag was het huis van 'nazi-geur' bevrijd. En nòg was Joey's arsenaal aan verrassingen niet uitgeput. Op zijn aanwijzingen werd buiten op het bordes de tafel gedekt, compleet met kandelaars, en het porseleinen servies dat bij het huis hoorde. Daarna kwam hij aandragen met een paar dozen, met daarin lekkernijen die ze in geen jaren hadden gezien, laat staan gegeten: kip, zalm, *corned beef*, kaas, *sandwiches*, wijn, champagne... De anderen vroegen allang niet meer waar hij dat alles vandaan haalde, maar volgden zijn advies: geniet ervan.

En zo zaten ze bij het vallen van de avond rond de tafel. Het was zwoel, windstil. In de verte, achter de bomen van het park, ging de zon onder in een rosse gloed. Joey schonk de glazen nog eens bij – David stak een sigaret op, leunde tevreden achterover.

'Een jaar geleden zaten we in Normandië...' De anderen knikten.

'En volgend jaar... Wat doen we over een jaar?' Niemand wist het, maar allemaal dachten ze erover na.

'Laten we een reünie houden.'

'Ergens in Canada.'

'In Montreal.'

'Of bij mij, in het noorden, bij de meren. Huren we een boot. Gaan we vissen.' Het was Joey, die dat zei. Jim keek van opzij naar hem, herinnerde zich het gesprek vlak na Rons dood. Maar hij zei niets, en zo was het weer stil – ieder bezig met zijn eigen gedachten. Tot opeens Anna de stilte doorbrak.

'De grens is een streep meel, die wegwaait in de wind...' Ondanks haar gebrekkige Engels klonk het bijna als een gedicht. De anderen keken haar aan, lachten een beetje, maar niemand vroeg om uitleg, en ze leek ook niet van plan om die te geven. Jim pakte haar hand, keek naar haar met een mengeling van verliefdheid en bewondering.

Het was al laat, tegen middernacht. Zwoele, lome muziek zweefde weg over het park. Jim en Anna dansten ergens op het terras, dicht tegen elkaar aan. Af en toe fluisterden ze iets tegen elkaar – heel intiem, alsof er buiten hen niemand op de wereld bestond.

Op de voorgrond, bij het licht van de kaarsen, zaten de

anderen aan tafel. Ze keken naar Jim en Anna. Toen boog David zich naar voren. Zijn stem klonk zacht.

'Ik moet jullie iets vertellen. Ik heb geïnformeerd naar hun huwelijksaanvraag.' Jenny en Joey keken hem vragend aan. Hij schudde zijn hoofd.

'Afgewezen. 'k Heb geen idee waarom.'

Ze schrokken. Onwillekeurig keken ze naar Jim en Anna, die van dit alles niets hadden gehoord. Ze waren opgehouden met dansen, kwamen naar hen toe. Anna had een glans in haar ogen, alsof er een voortdurende gloed in haar brandde.

'Weet je dat dit de kortste nacht is?' Ze knikten: eenentwintig juni.

'Over een paar uur wordt het weer licht. Laten we opblijven, vannacht.' Joey was intussen naar de grammofoon gegaan. Hij zette de muziek uit, klapte in zijn handen.

'Weet je wat? *Let's have a wedding.*' Een huwelijk? De anderen keken hem verbaasd aan.

'Waarom wachten tot Sint Juttemis, tot je toestemming krijgt van een of andere commandant. Jullie houden toch van elkaar?' Jim knikte, maar begreep het nog niet. Joey hield vol. 'De oorlog is voorbij. De zomer is begonnen. D'r zijn hier vrienden, getuigen. Wat wil je nog meer?' Jenny zag hoe het idee Anna opwond, viel Joey als eerste bij. Jim sputterde nog tegen. 'Maar zo'n huwelijk is toch niet geldig, niet officieel?' Joey werd bijna kwaad. 'Voor wie trouw je nou eigenlijk – voor jezelf, voor Anna, voor ons – of voor een stelletje penelikkers?'

Jim keek wat hulpeloos naar Anna, zag haar stralende blik. Intussen werden om hen heen de voorbereidingen getroffen: de etensresten weg, het kleed van tafel, een kandelaar aan weerskanten. David wond de veer van de koffergrammofoon op, zocht passende muziek uit. Jenny boog de beugels van twee champagnekurken tot een paar ringen. Joey ging achter de tafel staan, met Anna en Jim tegenover zich, de getuigen aan weerszijden. Uit zijn hoofd begon hij de formaliteiten voor te lezen, alsof hij dat al honderd keer had gedaan.

Anna voelde Jims hand in de hare, twijfelde een ogenblik of ze waakte of droomde. Maar dit was echt: ze hoorde Jims voornamen opnoemen, de frases die ze zo vaak in films had gehoord – zijn jawoord. En toen was zij aan de beurt:

'*Do you, Anna Bayens, take Jim to be your lawful wedded husband, to have and to hold from this day forward, until death do you part?*'

'*Yes, I do,*' zei ze met heldere stem. Daarna gaf Jenny de ringen en verklaarde Joey hen tot man en vrouw.

Het was allemaal als in een roes gegaan. Ze hadden nog wat gedanst en gedronken, daarna hadden Anna en Jim zich teruggetrokken in het huis. Bij kaarslicht hadden ze elkaar gewassen, in het grote bad met de koperen kranen. Liefkozend hadden ze elkaar ingezeept, gekust, afgedroogd. En zo, rozig van de wijn, het badwater en de emoties, waren ze in de naastliggende slaapkamer in het grote bed gekropen, in elkaars armen. Ze wisten niet dat Joey, Jenny en David intussen het huis en het park hadden verlaten, omdat ze hen voor die nacht alleen wilden laten.

Vroeg in de ochtend werd Anna wakker in het grote hemelbed. Ze zag en voelde Jim tegen zich aan, keek een ogenblik naar zijn slapende gezicht, om opnieuw te beseffen dat dit echt was, dat ze niet droomde. Toen hoorde ze een geluid, dat haar kennelijk had gewekt: een auto, die buiten stopte op het grind. Dichtslaande portieren, voetstappen, mannenstemmen. Waren dat Joey, David en Jenny? Nee, het waren vreemde, onbekende mannenstemmen.

Ze maakte Jim wakker, die overeind kwam, ook luisterde. De mannen waren het huis binnengegaan, kwamen de trap op. Jim stond op, schoot haastig wat kleren aan, ging de gang op. Anna hoorde hun stemmen, in het Engels.

'Wat doet u hier? Wie bent u?' En Jim die zijn naam noemde, zei dat ze hier waren op gezag van Joey – 'Joey? Welke Joey?' 'Joey MacKenzie, *sir*.' Nooit van gehoord. En waar was die Joey MacKenzie dan wel? En wat deed soldaat Weaver hier? Waar was zijn uniform?

Anna dook weg onder de dekens toen ze de stemmen dichterbij hoorde komen. Ze hoorde Jim roepen: 'Nee, niet die deur!' Maar het was al te laat: twee MP's kwamen de slaapkamer binnen, keken verbaasd naar Anna's verschrikte gezicht boven de dekens. Wie was dat? Jim, verslagen naast hen staande in zijn hemd, stamelde:

'Dat... dat is mijn vrouw...'

* * *

Liza hield het niet langer uit. Sinds die dag dat bij Maria de barensweeën waren begonnen, had ze haar niet meer gezien. En als ze naar haar vriendin vroeg, kreeg ze te horen dat die allang weer terug was naar huis. Dat klopte niet, want haar spullen waren uit haar kastje gehaald en ergens opgeborgen – dat had ze toevallig gezien.

Dus op een ochtend had Liza gezegd dat ze zich niet goed voelde. In plaats van in bed te blijven, was ze er tussenuit geglipt, naar de vleugel waar de nonnen hun kamers hadden – het gedeelte waar zij nooit mochten komen. Daar had ze zich een tijdlang verstopt in een kast met dweilen en bezems. Tot ze een kind hoorde huilen. Ze zag een oude non met een in doeken gewikkeld kind door de gang lopen, was haar gevolgd.

De non ging een kamertje in aan het eind van de gang, en kort daarna stopte het huilen. Liza had het gevoel dat ze móest zien wat er daar binnen gebeurde. Maar hoe? Boven de deur zaten een paar kleine ruitjes, hoe kwam ze daar bij? Ten einde raad had ze lukraak een paar deuren geopend, tot ze ergens een bidbankje zag staan. Dat had ze meegenomen, had het tegen de muur gezet en was er opgeklommen. Ze stond daar wankel, kon maar heel even kijken.

Ze keek door het ruitje, en op hetzelfde moment begonnen haar knieën te trillen. Ze gleed weg, viel bijna van het bankje. Ze had het weer teruggezet, had een WC gezocht waar ze zich een moment kon opsluiten. Daar, met haar bezwete hoofd in haar handen, kreeg ze een geluidloze huilbui. De beelden die ze in die paar seconden had gezien, kwamen steeds opnieuw voor haar ogen. Het geblinddoekte gezicht van Maria, dat haar aankeek zonder haar te zien. Haar polsen, met leren riemen aan de stoelleuningen vastgebonden. Het kindje, dat door de non aan Maria's borst werd gehouden. Liza dacht aan haar eigen kind, dat ze nog bij zich droeg, en voelde een enorme woede in zich opkomen.

Ze had een kwartier gewacht, was toen teruggegaan naar Maria's kamertje. Maria schrok op toen Liza binnenkwam. Ze vielen elkaar in de armen – Liza begon haastig te fluisteren.

'Ik heb het gezien, daarnet. Ik heb alles gezien.' Maria, in verwarring door de plotselinge ontmoeting, begreep niet precies wat Liza allemaal had gezien.

'Ze pakken me m'n kindje af, Liza. Ik heb het nooit mogen zien. Mag het niet eens vasthouden.' Liza had haar besluit genomen. 'We gaan vannacht samen weg. Met je kindje.' Dat bracht Maria nog meer in verwarring. Het klonk aanlokkelijk, maar...

'Het kan niet, Liza. Het is nog te zwak. Het mag nog niet naar buiten.' Liza wilde protesteren, maar Maria schudde haar hoofd.

'Ga jij. Jij kunt nog weg. Jij draagt je kind nog bij je.' Ze kwam overeind, duwde de aarzelende Liza met zachte drang naar de deur.

'Ga alsjeblieft. Voor het te laat is.' Liza wilde protesteren, maar ze voelde dat Maria gelijk had – dat het niet anders kon. Ze omhelsden elkaar nog één keer ten afscheid, toen ging Liza terug de gang op. Maria ging weer op bed liggen, staarde met grote ogen naar het plafond.

* * *

Ongeveer op hetzelfde moment, in een vrijwel even kleine cel, ergens in Nederland, lag Jim op zijn brits. Er klonken voetstappen in de gang, de deur ging open, en de bewaker liet een officier binnen.

'Kom overeind, Weaver. Hier is een luitenant Harrison voor je.' Luitenant Harrison? Jim begreep er niets van. De officier wachtte tot de bewaker was verdwenen, zette toen zijn pet af. Jim stond perplex.

'Joey!' Joey legde een vinger op zijn lippen. Hij sprak haastig, op gedempte toon.

'Luister, Jim, we hebben niet veel tijd – je boot gaat op vrijdag. . .' Terwijl hij verder praatte, haalde hij een aantal formulieren te voorschijn.

'Dit is een bevel tot vrijlating van een zekere soldaat Weaver, compleet met stempel en handtekening. We kunnen zó door deze deur naar buiten – wij tweeën. En dan verdwijn je gewoon. Zo makkelijk als wat.' En hij knipte met z'n vingers. Jim reageerde niet. Zijn blik stond somber, dreigend.

'Waar was jij die ochtend?' Joey's zelfverzekerde houding verdween op slag.

'Ik had er geen idee van, eerlijk. We wilden jullie gewoon met rust laten.'

'"Alles legaal, Jim." Dat heb je gezegd.'

'En dat wàs het ook. Iemand heeft ons belazerd.'

'Jíj, Joey – jíj hebt ons belazerd. Je wist dat die papieren niks waard waren. Je hebt ons gewoon – ' Jims stem stokte. Hij keek naar Joey en vloog hem aan. Joey deed geen moeite zich te verdedigen. Hij viel achterover op de vloer van de cel – het zilveren kruisje viel uit zijn zak. Van buiten de cel klonk de stem van de bewaker.

'Alles in orde, luitenant?' Joey krabbelde overeind, riep dat alles *okay* was en dat hij geen hulp nodig had. Daarna raapte hij de formulieren bij elkaar.

'Dat huwelijk was toch nooit doorgegaan, Jim. Niet officieel, tenminste.'

'Wie heeft je dat verteld? David?' Joey knikte, deed de papieren terug in zijn zak. Ze stonden tegenover elkaar, keken elkaar aan.

'Hoe laat gaat je boot?'

'Vijf uur 's middags. Uit Hoek van Holland.' Joey knikte. Hij had het kruisje met het kettinkje opgeraapt. Jim zag het.

'Wat is dat?'

'Dat was van Ron. Voor z'n vrouw, z'n weduwe. Hij gaf het aan me vlak voordat hij stierf.' Joey aarzelde. Speelde met het kruisje tussen zijn vingers.

'Weet je, ik ben bang van dat ding. Ik wou het weggooien, maar ik kòn het niet. Ik heb het geprobeerd, maar het lukte me niet...' Hij keek Jim aan met een hulpeloze blik. Jim raadde zijn gedachten.

'Geef maar hier. Ik neem het wel mee.'

'Zou je dat willen doen? Wacht even, dan geef ik je het adres.' Zichtbaar opgelucht haalde Joey een stukje papier te voorschijn, gaf het aan Jim. De bewaker klopte op de deur: het was tijd om te gaan. Jim stopte het kruisje met het adres bij zich – zo stonden ze voor het laatst tegenover elkaar.

'Sorry Joey, voor daarnet.'

'Geeft niet. Ik had het verdiend. *Good luck*, Jimmy...'

'Tot ziens...' Ze deden een stap naar elkaar toe, sloegen onhandig de armen om elkaar heen.

* * *

Zonder het te beseffen was Maria zich gaan verheugen op de momenten dat haar kind bij haar was. Want al was het een kwelling dat ze het niet kon zien, niet zelf kon vasthouden – toch vormden die korte sessies het enige contact dat ze met haar kindje had. Ze voelde dan tenminste het kleine mondje aan haar borst, hoorde de tevreden geluidjes die het maakte, rook iets van de geur van dat kleine lichaampje dat zij had gebaard.

Dus toen op een dag weer de deur van haar kamertje openging, zat ze al klaar in haar stoel – klaar voor de blinddoek en de riemen om haar polsen. Maar in plaats van de non die haar altijd de blinddoek voordeed, kwam alleen Zuster Ignatia binnen – zònder haar kind. Het duurde even voor het tot Maria doordrong wat dat betekende. Ignatia glimlachte.

'Ik heb goed nieuws: je mag vandaag naar huis.' Maria's handen klemden zich vast aan de leuningen van haar stoel. Met een blik vol haat keek ze op naar Ignatia.

'Waar is het? Waar is mijn kind?'

'Maria, ik heb je alles uitgelegd. Het is beter zo – later zul je dat begrijpen. Later zul je blij zijn dat het zo is gegaan.' Maria sloot haar ogen, schudde haar hoofd. Een moment bleef ze zo roerloos zitten, toen haalde ze haar handen van de stoelleuning weg. Stond op.

'Waar is Liza?' Ze keek Ignatia recht in haar ogen.

'Liza is een heel dom meisje. . .' Maria knikte, en er was heel even iets van triomf in haar houding. Liza was gevlucht, Liza was veilig. Zij had tenminste haar kind nog. En het was die kleine troost, die kleine overwinning, die Maria de kracht gaf om met opgeheven hoofd achter Ignatia aan te lopen naar de ontvangstruimte opzij van de hal, waar haar koffertje al klaarstond en waar haar ouders en Zus wachtten. Zus zag Maria's koele blik en sloeg haar ogen verschrikt neer. Dit was niet meer de grote zus die ooit alles met haar deelde – dit was de harde blik van een volwassene.

* * *

Anna was in de tuin aan het werk. Vanuit de school klonk het eentonige gedreun van een klas, die de tafels van vermenigvuldiging opzei. De hete zomerzon brandde op haar gebogen rug, maar het deerde Anna niet. Verbeten wiedde ze het onkruid uit een perk – alsof ze met haar handen bepaalde gedachten uit haar hoofd wilde rukken.

Sinds haar thuiskomst na die eenentwintigste juni was het goed mis. Anna had alle verantwoordelijkheid op zich genomen, zich verzet tegen vader die meteen de schuld aan 'die Canadezen' had gegeven. Ze had geprobeerd uit te leggen dat het een feest was geweest, iets wat ze allemaal samen hadden gewild, en niet een of ander smerig spelletje, zoals vader had gesuggereerd. Alleen het geïmproviseerde huwelijk had ze verzwegen – dat hield ze voor zichzelf.

Maar het maakte niets uit, want vader had toch zijn oordeel al klaar. Het gebeurde had hem daarin bevestigd, en nu negeerde hij Anna volkomen, alsof ze voor hem niet meer bestond. Zelfs moeder kon daaraan niets meer veranderen. En zo kwam het dat Anna de eenzaamheid zocht, liefst buitenshuis. Van Jim had ze niets meer gehoord. Ze verwachtte ook niet anders, vreesde het ergste. En dat ergste was voor haar niet de straf of het feit dat het huwelijk niet zou doorgaan – waar ze wèrkelijk bang voor was, was dat dit alles haar en Jim uit elkaar zou drijven.

Ze was zó in gedachten bezig, dat ze de jeep niet hoorde die de hoek om kwam en voor hun huis stopte. En zelfs moest Jenny een paar keer roepen, voordat ze overeind kwam en opkeek. Anna zag hoe Jenny ongeduldig wenkte, zag David naast haar aan het stuur. Ze deed haar schort af, haastte zich dwars door de bloemperken naar de jeep. Daar, na een paar woorden van Jenny, stapte ze achterin. Moest zich met beide handen vasthouden toen de jeep optrok en wegreed.

Onderweg vertelde Jenny wat er aan de hand was: dat Jim oneervol was ontslagen, onder speciale geleide werd teruggestuurd naar Canada, met de boot die die middag om vijf uur uit Hoek van Holland vertrok. Vijf uur – dat betekende dat ze nog iets meer dan een uur de tijd hadden. En dat met al die omwegen, de bruggen die nog niet waren hersteld . . . dat haalden ze nooit.

Anna verbaasde zich over haar eigen kalmte. Alsof ze besefte dat paniek hen nu alleen maar zou tegenwerken. Ze konden niet méér doen dan dit – het was al heel wat dat ze haar apart waren komen halen. Jenny vertelde verder over de nasleep van die paar dagen op de Veluwe: hoe David vergeefs had geprobeerd de zaak te schikken, hoe ze er zelf met een berisping waren afgekomen . . . Anna luisterde, maar de woorden drongen niet echt tot haar door. Met haar hoofd in de wind keek ze strak voor zich uit, ogenschijnlijk kalm. Maar van binnen bad ze, prevelde ze, maalde het in haar gedachten: opschieten . . . geen oponthoud . . . ik wil het halen . . . ik wil hem nog één keer zien . . .

Op hetzelfde moment reed Jim in een gesloten truck richting Hoek van Holland. Hij zat tussen een twintigtal andere gestraften, maar wat ieders vergrijp ook was geweest, niemand maakte zich veel zorgen. Integendeel: het vooruitzicht dat men terugging naar Canada verguldde de straf. Bij iedereen – behalve bij Jim. Hij wilde niet op deze manier weggaan uit het land dat nu al zoveel voor hem betekende. Hij was er gekomen als overwinnaar, had er zijn eerste grote liefde gevonden, zich nog nooit zo gelukkig gevoeld. En nu ging hij weg onder bewaking. Was het dan een misdaad om van iemand te houden, met iemand samen te willen zijn . . .?

De jeep met David, Jenny en Anna reed met grote snelheid langs loodsen, over rails, onder hijskranen door. Een paar controleposten waren ze al gepasseerd, maar er zouden nog andere volgen. In de verte stak het troepenschip met zijn gigantische contouren boven de loodsen uit. Bijna half zes – het kon elk moment wegvaren.

Aan het eind van de kade was een laatste controlepost, bij een afrastering. Daarna verder rijden was onmogelijk, want achter de afzetting heerste een chaotische drukte. Legertrucks reden af en aan, soldaten sprongen eruit, werden pelotonsgewijs opgesteld en afgemarcheerd. Over de loopplank ging een voortdurende stroom soldaten met bepakking het schip op.

Terwijl David inpraatte op een paar MP's ging Anna de auto uit. Ze rende naar een deel van de afrastering waar ook andere vrouwen stonden, drong zich naar voren. De vrouwen schreeuwden, zwaaiden uitzinnig naar soldaten die ze herkenden. Anna's ogen tastten zoekend de rijen af. In de verte zag ze een truck, die stopte bij een kleinere loopplank aan de achterkant van het schip. De soldaten die daar uitstapten, werden bewaakt...

Ze schreeuwde Jims naam, maar niemand hoorde het. Ze maakte zich los van de vrouwen, wrong zich door het gewoel heen, langs terugrijdende trucks, tussen kisten en containers door – totdat opnieuw de afrastering haar de weg versperde. Ze schreeuwde uit alle macht zijn naam. Jim, twintig meter verder, keek om. Hij wilde zich losrukken van zijn bewakers, maar ze hielden hem tegen, duwden hem verder de loopplank op.

Anna zag hem verdwijnen in de romp van het schip. En terwijl de scheepshoorn secondenlang alles overstemde, sloeg ze snikkend de handen voor haar gezicht.

3

Waar was de oorlog? Bij zijn terugkeer in Canada zocht Jim – onbewust en tevergeefs – naar sporen ervan. Ruïnes, gewonden, littekens – ze waren er niet, of tenminste, niet zichtbaar. Op de boot was hij nog te midden van militairen – daar ademde alles en iedereen nog herinnering aan de oorlog. Maar toen hij de rijk gevulde etalages in Halifax zag, besefte hij dat het leven er gewoon was doorgegaan. Hij keek om zich heen naar al die goedgeklede, weldoorvoede mensen, zette ze in gedachten af tegen de ellende die hij in Europa had gezien, en dacht: ze moesten eens weten.

De formaliteiten werden snel afgehandeld. Zijn straf bestond uit oneervol ontslag en het inhouden van zijn premie, waarbij dat laatste het meest pijn deed. De premie was een beginkapitaal, bedoeld om soldaten te helpen bij hun terugkeer in de burgermaatschappij. Jim had er Anna's overtocht mee willen betalen, maar dat kon nu niet. Hij zou moeten werken en wachten – vooral dat laatste.

Intussen naderde zijn bus, na een reis van enkele dagen en nachten, het kleine dorpje in *Saskatchewan* waar hij woonde. Stopte bij een halte even buiten het dorp. Jim zeulde z'n plunjezak naar buiten, keek de wegrijdende bus na – hoorde de stilte. Hij zag het witte kerkje, de verspreide huizen eromheen. Daarachter, aan de voet van de heuvels, de *grain elevators*, de houten graansilo's die overal bovenuit staken. Het dorp zag er nog precies zo uit als hij het zich herinnerde.

Hij hees de plunjezak op z'n schouder, ging de brede straat in die dwars door het dorp liep. Wat was het stil. Waar was iedereen? Wat voor dag was het trouwens? Een man die aan de kant van de weg met zijn auto bezig was, keek hem na. Jim keek niet om, voelde zich ongemakkelijk. Dit was zijn dorp, maar hij hoorde hier niet – niet meer. Hij wilde naar huis, naar zijn ouderlijk huis, en tegelijkertijd wilde hij weg.

Verdwijnen, alsof hij hier nooit was geweest.

'*Hey, Jim*. . .' De stem kwam uit de ijzerwinkel op de hoek. Jim bleef staan, keek door de open deur de donkere winkel binnen. '*Jimmy*. . . *over here*.' Jim ging aarzelend naar binnen, herkende toen Sydney, een oud-klasgenoot, zoon van de eigenaar. Ze keken elkaar wat onwennig aan.

'*You're back, huh?*' Jim knikte.

'Hoe is het met je familie?'

'Kan ik jou beter vragen. Ik heb ze nog niet gezien.'

'O, die zijn *okay*, denk ik. . .' De jongen stak een sigaret op, keek naar Jim met een glimlach die hem irriteerde. Waarom was hij eigenlijk niet in dienst geweest? Had zijn vader hem eruit gekregen? Voor geld? Ach, het kon Jim ook niks schelen – hij wilde weg. Hij draaide zich om naar de uitgang.

'Trouwens eh. . . nou ik je zie. . .' Jim bleef staan. Sydney aarzelde.

'Je bent ons nog twintig dollar schuldig.' Hij zag Jims gezicht, trok nerveus aan z'n sigaret.

''t Heeft geen haast. Maar nou je d'r bent. Ik dacht – je bent het vast vergeten. Ik heb het hier nog ergens staan.' Hij gebaarde naar het boek achter de kassa. Jim moest een moment diep ademhalen om kalm te blijven, ging zonder een woord te zeggen de winkel uit. Hij zag niet hoe Sydney hem nakeek, met nog steeds die enigszins meewarige glimlach op zijn gezicht.

Jim liep verder de dorpsstraat in, ging toen opzij, tussen twee huizen door, naar een smallere weg, evenwijdig aan de dorpsstraat. Hier stonden losstaande huizen met kleine tuintjes eromheen, en ook hier was niemand te zien. Jim zette z'n plunjezak neer, keek naar een van de huizen. Toen bracht hij twee vingers naar zijn mond, floot zacht een paar tonen. Hij wachtte. Floot nog eens, dezelfde tonen. Opeens klonk er geritsel, gestommel, en om de hoek van het huis kwam een grote hond aanrennen. Het dier holde recht op Jim af, nam een reuzesprong en duwde hem in zijn enthousiasme totaal omver.

'Rustig Bertha, kalm maar. . .' Half achterover liggend knuffelde Jim het harige beest. De eerste in Canada die blij was met zijn komst. Blij? – dat was voorzichtig uitgedrukt. Bertha was door het dolle heen – ze zou Jim met haar grote tong en natte snuit wel willen opvreten.

Kort daarna zat hij aan de keukentafel te eten. Bertha, naast hem, volgde met haar ogen iedere beweging van zijn lepel. Aan het aanrecht sneed zijn moeder wat brood bij, terwijl ze intussen honderduit praatte.

'Als ik dat had geweten, dat je vandaag al kwam. Had je niet kunnen schrijven? Of had je daar geen tijd voor?' Ze zette het brood op tafel.

'Wil je wat drinken? Wil je bier? Ik kan Jane iets laten halen...' Jane, Jims zestienjarige zus, zat achterstevoren op een stoel naar haar broer te kijken.

'Hij is magerder geworden. Vind je niet? In z'n gezicht.' Jim grijnsde naar haar. Moeder kwam erbij zitten aan tafel, keek toe terwijl hij at.

'Je hebt natuurlijk weer niks fatsoenlijks te eten gehad, onderweg. Als ik het had geweten... En vader zit in de nachtploeg. Die komt pas heel laat thuis.'

'Dat heb je al drie keer gezegd, ma.'

Jim liet z'n moeder en zus praten, at onverstoorbaar verder. Ongemerkt gaf hij Bertha een stukje brood, dat dankbaar smakkend werd verzwolgen.

De buitendeur vloog open en Benny, Jims veertienjarige broer, kwam opgewonden binnen met twee vriendjes achter zich aan.

'Jim! Ik heb Art en Chester verteld dat jij Duitsers hebt neergeknald. Maar ze geloven me niet.' Moeder wilde protesteren, maar de jongens namen luidruchtig bezit van de keuken.

'Benny zegt dat je 'n bajonet had, op je geweer.'

'Heb je ze neergestoken? Man tegen man?'

'Natuurlijk niet. Hij had een mitrailleur. Een bren. Rattattattat...'

'Jongens, alsjeblieft! Jim is moe.' Jim, glimlachend, stak zijn handen omhoog, alsof hij zich overgaf.

Eindelijk was er rust. Benny was weer naar buiten, Jane haalde iets te drinken, en Jim zat in Benny's slaapkamer op het kleine bed. Zijn eigen slaapkamer was in gebruik, verhuurd aan een collega van vader. Moeder had het uitgelegd: de man was weduwnaar, had nog geen huis, en ze konden het geld goed gebruiken. Benny kon zo lang wel beneden op de bank, totdat ze er iets op hadden gevonden.

Ze legde een paar handdoeken naast het bed, streek even met haar hand door Jims haar.

'Ben je moe? Ja – je bent moe, hè?' Jim reageerde niet.

'Holland... dat is toch het laatste land waar je bent geweest? Die waren zeker wel blij dat jullie kwamen...' Jim knikte. Maar zijn stem klonk als uit een andere wereld.

'Ik ga werk zoeken.' Moeder, met het beddegoed bezig, keek verbaasd op.

'Jij? Ga nou maar eerst es lekker uitrusten. En je hebt toch die premie?' Jim schudde nee, leek verder geen verklaring te willen geven. Moeder keek hem een ogenblik onderzoekend aan, herinnerde zich toen opeens iets. Ze ging naar haar kamer, kwam terug met een gesloten envelop.

'Dit kwam een paar dagen geleden. Vader wou 'm openmaken, maar ik dacht, het is misschien –' Voordat ze haar zin kon afmaken, had Jim de brief uit haar handen gegrist en opengemaakt. Hij had Anna's handschrift herkend, en las, in haar eenvoudige Engels: 'Lieve Jim. Ik heb lang moeten huilen, die dag dat ik je zag weggaan, op dat schip. Ik kon niet bij je komen, en we konden niet met elkaar praten. Ze hebben jou gestraft, en mij ook. Waarom? Wat hebben we fout gedaan?'

Jim prevelde de woorden mee, terwijl hij las. Leek alles om zich heen te vergeten. Zijn moeder keek wat onzeker toe, zonder iets te durven zeggen. 'Ik kon je niet vertellen wat ik toen voelde, en wat ik nu zeker weet. Nu moet ik je in een brief schrijven wat ik je zo graag zelf had willen zeggen: Lieve Jim, ik ben zo in verwarring. Ik ben blij en bang tegelijk. Jim – ik ben in verwachting. Ik krijg een kind. Een kind van jou...!'

Moeder was weer naar beneden gegaan, naar de keuken.

Nu hoorde ze Jim de trap af komen. Ze wilde hem vragen over de brief, maar iets in zijn blik hield haar tegen. In zijn hemdsmouwen, zoals hij daar boven op bed had gezeten, liep hij langs haar heen naar buiten. Ze keek hem na, zag hoe hij om de hoek van het huis verdween.

En zo werd het nacht. Jim wist dat ze zich thuis zorgen maakten, maar hij kon er niks aan doen. Hij wilde alleen zijn, tot zichzelf komen, zag er tegenop alles te moeten uitleggen. Hij had door de velden gelopen, naar vertrouwde plaatsen, waar hij vroeger als kind had gespeeld. Had Anna's brief telkens opnieuw gelezen, en in gedachten met haar gepraat – bijna alsof ze er was.

Maar in werkelijkheid was ze heel ver weg – dat besefte hij maar al te goed. Er moest iets gebeuren: hij moest iets gaan doen om die enorme afstand te overbruggen. Hij ging terug naar huis, sloop onhoorbaar langs de achterdeur naar binnen. Bertha lag in haar mand in de keuken, Benny op een bank in de kamer. Jim schreef een briefje, legde dat op de keukentafel. Hij trok zijn jas aan, pakte z'n plunjezak, die nog beneden stond. Bertha kwam uit haar mand, rekte zich uit, kwam kwispelend naar hem toe. Jim hurkte bij het beest neer, knuffelde haar langdurig, kwam met moeite weer overeind. Voorzichtig ging hij door de achterdeur naar buiten. Bertha bleef achter in de keuken, zachtjes piepend.

'Lieve Anna. Vandaag, toen ik thuiskwam, heb ik je brief gekregen. En ik moet je eerlijk zeggen dat ik schrok. Ik ben in de war door wat je schreef, maar ook blij. Ik hoop zo, dat alles goed met je gaat. Met jou, en met ons kind...'

Jim liep terug door de dorpsstraat, terug naar de bushalte aan het begin van het dorp, waar hij maar zo kort was geweest. In de verte, achter de heuvels, brak het eerste ochtendlicht door.

'Ons kind – dat zal ik nooit vergeten – is een kind van liefde. Zo voel ik dat, en ook dat ik van je hou. Ik zou het beter willen zeggen, maar... Ik blijf niet thuis. Ik heb hier niets te zoeken. Ik weet niet waar ik heenga. Zodra ik een vast adres heb, en werk, laat ik het je weten...'

Onwillekeurig bleef hij staan bij de ijzerwarenzaak op de hoek. Hij liep naar de winkeldeur, voelde in zijn zakken, vond twee biljetten van tien dollar. Tevergeefs zocht hij naar een brievenbus. Hij probeerde het geld onder de deur door te schuiven, wat niet lukte, en opeens voelde hij een felle woede bij zich naar boven komen. Hij pakte een vuilnisvat van de stoeprand, slingerde dat met kracht door het glas van de winkeldeur. Door het gat gooide hij de dollarbiljetten er achteraan.

Met een gevoel van opluchting hees Jim de plunjezak weer over zijn schouder en liep verder. Achter hem, als een vertraagde reactie, viel een losgeraakt stuk glas met veel gerinkel uit de sponning.

⋆ ⋆ ⋆

Anna hoorde het glasgerinkel aan haar voeten. Bijna dacht ze dat ze zelf zou vallen, maar ze kon zich nog vasthouden aan de leuning van de keldertrap. Met veel moeite stapte ze over de scherven heen, zette de drie weckpotten die ze nog in haar hand had op de keukentafel.

Moeder veegde de scherven op, keek haar onderzoekend aan.

'Lieverd... Anna... wat is er?' Anna probeerde iets te zeggen, maar haar lip trilde. Moeder deed het gas uit onder de ketel op het fornuis en hurkte bij haar neer.

'Je moet ook voorzichtig zijn. Dat heb ik je toch gezegd? Niet te zware dingen tillen, niet te veel in één keer...' Ze zocht een schone zakdoek in haar schortzak, gaf die aan Anna. 'En je moet je verder geen zorgen maken. Ook niet om je vader.'

'Maar hij zei...'

'Wat hij gisteravond zei, dat was een eerste reactie. Wat had je dan verwacht? Hij maakt zich zorgen, net als ik. We hadden het ons allemaal zo ànders voorgesteld.' Anna, nog nasnikkend, knikte kleintjes.

'Maar natuurlijk blijf je gewoon hier in huis als het zover is. En als ze hier in het dorp willen praten, dan moeten ze maar praten.’ Anna knikte, een beetje gerustgesteld, maar ook somber. Onwillekeurig legde ze een hand op haar buik. Moeder kwam weer overeind, keek met gemengde gevoelens naar haar dochter.

‘Heb je al wat van hem gehoord?’ Anna schudde nee.

‘Je vriendin . . . ook niet?’

‘Nee.’

‘Maar hij wéét toch wel alles? Je hebt het hem toch geschreven?’ Anna knikte. Het kostte haar moeite zich goed te houden. Moeder zag het. Zei maar niets meer.

* * *

Hij reageerde niet op het roepen van zijn naam. David keek nog eens goed, maar het was hem toch echt: Joey. Hij had zo te zien de leiding bij het ontruimen van een huis: in burger, sigaar in zijn mond, gaf hij aanwijzingen aan twee mannen, die antiek meubilair in een vrachtauto laadden. Het was najaar 1945, ergens in een Apeldoornse villawijk.

David parkeerde z’n jeep, begroette Joey met een blik van verbazing.

‘Ik dacht dat jij allang terug was. Wanneer ga je?’

‘Ik ga voorlopig nog niet terug, *sir*. Ik heb hier zaken te doen.’ Hij maande een van de mannen met een doos kostbaar glaswerk tot voorzichtigheid, nam David mee naar een stapel schilderijen die al in de vrachtauto stond.

‘Hier: Italiaans, achttiende eeuw. Belangstelling?’ Maar David was meer geïnteresseerd in Joey dan in zijn handelswaar.

‘Wanneer ga je dan terug? Jouw hele compagnie is toch al lang geleden vertrokken?’ Joey knikte. ‘Weet ik, maar ik heb iets meer tijd nodig. Eerst moet ik dit zaakje verhandelen voor een partij *corned beef*, en dan is er het probleem van de papieren. Ik heb geen paspoort.’ ‘Geen paspoort?’ ‘Nou ja, ik heb er wel een, maar dat is vals.’

David begon het te begrijpen. Hoe ingewikkelder zijn verhalen werden, des te duidelijker zag hij dat Joey in zekere zin niet meer bestond. Officieel wàs hij al in Canada: hij had zijn eigen papieren voor veel geld verhandeld. Zelf had hij nu verschillende identiteiten: een van iemand die al terug was, een ander van iemand die al dood was. Hij had zelfs even moeten denken, toen David zijn naam riep.

Maar zelf scheen Joey daar niet onder te lijden. Hij presenteerde de verhuizers, die even pauze namen, een sigaar – vroeg David in het voorbijgaan of hij geïnteresseerd was in een naaimachine, zo'n ouderwetse trapnaaimachine. Of anders Jenny misschien? David schudde glimlachend nee.

Die middag, in de officiersmess, vertelde David het verhaal aan Jenny. Dat hij hem natuurlijk had gewaarschuwd, want het was niet legaal wat hij deed, maar dat Joey had gezegd dat David zich geen zorgen hoefde te maken, dat hij zich wel zou redden.

Ze aten verder. David keek af en toe heimelijk naar Jenny, met een blik in zijn ogen alsof hij op iets broedde. Toen begon hij te vertellen over een droom die hij die nacht had gehad: hij was met zijn broer bij de vijver in *La Fontaine Park*, waar ze een zelfgemaakt bootje lieten varen. Jenny luisterde geamuseerd, vroeg ten slotte aan David of hij haar iets probeerde te zeggen. David knikte.

'Ik ga binnenkort terug naar Montreal.'

'Dat weet ik.'

'En nou zijn er twee mogelijkheden.'

'Nummer één...'

Jenny hield van dit soort conversaties. Alsof ze in een film speelden, alsof de dialogen al voor hen waren geschreven. Dat kon ze alleen met David.

'Eerste mogelijkheid: ik ga terug, jij blijft hier. We schrijven elkaar. Eerst vaak, daarna minder. Ik dring erop aan dat je een keer naar Canada komt, maar dat komt er voorlopig niet van...' Jenny knikte: 'Dure reis.'

'Precies. En trouwens – binnen een paar maanden ontmoet je hier iemand die heel aardig is en bovendien nog Nederlands spreekt.' Jenny schudde haar hoofd: 'Mogelijkheid één bevalt me niet. Twee.'

'Twee: ik vraag je ten huwelijk. Jij zegt ja. We gaan naar

Canada, en we trouwen in de mooiste kerk van Amerika: de *Notre Dame* in Montreal...'

'...en we leven nog lang en gelukkig.'

'Precies.' David leunde tevreden achterover, begon een toastje te smeren. Jenny dacht na.

'Je vergeet een mogelijkheid. Mogelijkheid drie.'

'En die is...?'

'Jij vraagt me ten huwelijk. Ik zeg ja. We trouwen in Terneuzen en jij blijft in Nederland.'

Davids mes bleef een moment boven het toastje hangen. Jenny zag het en genoot. Ze had het initiatief van David overgenomen.

'Denk vooral niet dat ik niet nieuwsgierig ben naar Montreal en naar de *Notre Dame*. Misschien iets voor een huwelijksreis?' David legde het toastje neer, schudde zijn hoofd.

'Dit wordt me te ingewikkeld...' Hij leek uit het veld geslagen. Jenny legde een hand op zijn arm.

'Wacht even. We zijn het voorlopig eens over het eerste gedeelte van mogelijkheid twee.' David moest even denken.

'Eh... ik vraag je ten huwelijk, jij zegt ja, we trouwen?'

Jenny knikte. Glimlachte. Bijna ongemerkt kwam het initiatief weer bij David.

'David – is dit misschien een huwelijksaanzoek?'

'Reken maar.' Hij boog zich over de tafel heen en kuste haar. Jenny sloeg een arm om hem heen: over de tafel gebogen zoenden ze elkaar uitgebreid. Iemand aan een tafeltje naast hen begon zachtjes op de tafelrand te trommelen. Anderen namen het over, en binnen de kortste keren was de hele officiersmess gevuld met lawaai en gejuich.

* * *

Op een koude bank in een Bredase kerk zat Zus te wachten tot Maria klaar was met de biecht. Het duurde lang, deze keer. Maria was vrijwel steeds aan het woord: haar gefluister klonk opgewonden en nerveus. Zus probeerde er af en toe iets van op te vangen – tevergeefs.

In het biechthokje praatte Maria geëmotioneerd tegen de

pastoor, die ze achter het houten raamwerk nauwelijks kon zien. Haar stem klonk dringend.

'Als je denkt dat je leven niks waard is – is dat dan een doodzonde?' De pastoor aarzelde. Zulke directe vragen kreeg hij niet dagelijks. Maria ging door.

'Alles heeft toch een oorzaak? Het kan toch niet voor niets zijn, dat ik me zo ongelukkig voel?'

'Maria, het spijt me – maar dit is niet de juiste plaats of het juiste moment om over die dingen te praten. Het sacrament van de biecht is niet bedoeld om . . .'

'Maar ik wil het wéten. Ik wil een antwoord. Ik kan met niemand praten, en ik begrijp het niet. Ik kan toch niet doen alsof, tegen u zeggen dat ik uit de koektrommel heb gesnoept of zo?' Haar wanhoop was oprecht. De pastoor voelde zich opgelaten.

'Maria, heb je hier al met je ouders over gepraat? Dat zijn verstandige, gelovige mensen.' Maria schudde haar hoofd – ogenschijnlijk onaangedaan.

'Ze zijn bang voor me, want ze begrijpen het niet. Ze zeggen dat alles nu voorbij is, en dat ik moet proberen te vergeten, niet achterom moet kijken, want dat is niet goed. En dat ik maar veel moet bidden. Ik wil heus wel bidden, maar als ik dat doe krijg ik ook geen antwoord.' Ze zweeg bokkig. Wachtte op een antwoord van de pastoor, dat niet kwam.

'Toen ik een kind moest krijgen, wisten jullie niet hoe gauw jullie me moesten helpen. En nu, nu ik niet weet hoe ik verder moet . . .' Ze kon haar tranen niet meer bedwingen. De pastoor, in het nauw gebracht, probeerde alleen nog maar wat te sussen.

'Kom nou, kom nou, lieve kind . . .'

'Het moet toch mijn schuld zijn? Ik weet het niet meer. Ik heb een kind, maar ik ben geen moeder. Zeg me dan toch wat ik moet doen . . .?' Zus, buiten in één van de kerkbanken, had die laatste woorden opgevangen. Ze huilde zachtjes mee – uit solidariteit, leek het wel.

* * *

Op een ochtend kwam Anna thuis van haar zoveelste vergeefse tocht naar de commandopost. Alweer geen brief van Jim – hij was kennelijk nog steeds onderweg, op zoek naar werk. De commandopost werd binnenkort opgeheven: de laatste Canadezen gingen daar weg. Dus moest ze Jim schrijven dat hij zijn brieven naar haar ouderlijk huis stuurde. Maar hoe kon ze hem bereiken als ze geen adres had? Zijn ouders schrijven, in Canada? Hadden die contact met hem? Wisten die wie zij was?

Toen ze, met al die vragen in haar hoofd, de keuken binnenkwam, voelde ze dat haar ouders hadden gepraat. Het had met haar te maken – er was een afwachtende sfeer. Moeder keek haar vragend aan, en Anna haatte het dat ze weer nee moest schudden: geen brief.

'Vader en ik hebben gepraat,' begon moeder, en ze keek naar vader, in de hoop dat die het van haar zou overnemen. Maar hij wendde zich af, sloeg zijn ogen neer. Kennelijk had hij er moeite mee, met wat er was besproken. Toen zag ze op tafel een bruine envelop liggen, en met een schok schoot het door haar hoofd: oh God, een brief van Jim. Er is iets ergs gebeurd. Ze hebben die brief gelezen en daarover gepraat.

Maar de brief was niet van Jim. Het waren de foto's van de plechtigheid in Eede. Die fotograaf had dus woord gehouden. Hij was ze komen brengen, werkte hier ergens in de buurt. Prachtige foto's van haar, in tranen, met de koningin op de achtergrond. Anna bekeek ze – haar ouders keken voorzichtig over haar schouder mee. Snel las ze het briefje dat erbij zat, en heel even hoorde ze weer die geruststellende stem die had gezegd: Anna en Jim – klinkt goed.

Toen kreeg ze dan eindelijk te horen waarover haar ouders hadden gepraat. Het kwam erop neer dat vader haar zwangerschap anders was gaan bekijken. Moeder had hem er kennelijk van overtuigd, dat het allemaal samenhing: de dood van Gees aan het begin van de oorlog, en nu, nu die oorlog voorbij was, een kleinkind. Nieuw leven, als een Teken des Verbonds, misschien zelfs als een vingerwijzing van Hogerhand.

Anna merkte hoe ze innerlijk, en daarna ook zichtbaar, nee

begon te schudden. Ze hoorde haar vader zeggen dat ze het samen moesten accepteren, dat ze samen verantwoordelijk waren, zag de afwachtende blik van haar moeder, en besefte opeens hoe groot de afstand tussen hen was. Hier stond zij, die zich zorgen maakte over Jim, hunkerde naar brieven van hem, zelfs aan hem dacht tijdens een toespraak van de koningin. Die dat nieuwe leven dat in haar groeide alleen maar zag als een bewijs van hun liefde, als een belofte dat ze ooit weer samen zouden zijn. En daar stonden haar ouders, die Jim zelfs al niet meer betrokken in hun gedachten en vrome plannen. Die ervan uitgingen dat hij haar in de steek had gelaten. Die zich lieten voorstaan op hun welwillende houding. Ze hoorde haar moeder zeggen dat ze verstandig moest zijn, dat haar vader haar de hand reikte. Hoorde haar vader zeggen dat ze die jongen beter kon vergeten, dat ze samen de consequenties moesten dragen. En kon zelf enkel maar zeggen en herhalen: ik wil dit niet, ik wil dit niet, ik wil dit niet. En om te voorkomen dat de woede, die langzamerhand bezit van haar nam, de overhand zou krijgen, wendde ze zich af en vluchtte het huis uit.

Anna ging naar buiten, het dorp uit, de dijk op. Ze had ruimte nodig, en vooral wind – om haar woede te koelen, haar hoofd schoon te waaien. Ze sloeg haar jas om zich heen, liep met voorovergebogen hoofd tegen de wind in. Het liefst zou ze doorlopen, nooit meer terugkomen. Want hoe moest het straks verder? Wéér die eindeloze stiltes, vader die haar niet zag staan. Die blikken van 'zie je wel', als er weer geen bericht was van Jim. Hoe lang zou het duren voor hij geld had voor haar overtocht? Zou hun kind dan al geboren zijn, of nog niet. . .?

Ze was zó in gedachten, dat ze pas na een tijdje hoorde dat iemand haar naam riep. 'Anna. Anna Bayens!' Ze keek, zag in de verte werklui die bezig waren de dijk te versterken. Maar zij waren het niet, die riepen. Toen zag ze iemand zwaaien: een man, in de luwte van een bouwkeet. En ze herkende hem meteen: de fotograaf, die ze in Eede had ontmoet en die haar zojuist de foto's had gebracht.

Anna rende naar hem toe. Ze zag weer die levendige blik,

die nieuwsgierige ogen die alles leken te zien. Ze riep al van ver:

'Bedankt meneer. Bedankt voor de foto's.' Hoe heette hij eigenlijk? Op het briefje stond 'Willet'. Was dat zijn voor- of zijn achternaam? Ze wist het niet, maar wilde toch nog iets zeggen.

'Ze zijn prachtig!'

'Dat wilde ik horen.' Hij keek heel even op, ging daarna door met het opzetten van zijn statief. Hij observeerde de werklui, hield een hand voor zijn ogen alsof hij daarmee een kader wilde maken. Anna keek toe.

'Ik maak een fotoserie over de wederopbouw. Dus ik ben nog wel even bezig.' Weer die glimlach. Daarna, met een simpel gebaar, beduidde hij Anna dat ze moest helpen. Ze hield het statief vast, terwijl hij iets aan een van de poten verstelde.

'Hoe is het met je vriend, de Canadees?'

'De Canadees is terug naar Canada. En ik ben hier.' Ze zei het kalm, net zoals ze zich voelde. De vanzelfsprekendheid waarmee ze hem hielp, waarmee ze praatten, gaf haar rust. Willet knikte. Wees naar een plek waar ze moest gaan staan, een paar meter verder. Door de lens keek hij naar haar.

'Anna Bayens, ben je in verwachting?' Anna schrok heel even.

'Is het al te zien?'

'Aan je gezicht.' Hij richtte zich op, wenkte dat ze weer terug kon komen. Anna keek hoe hij een aantal foto's maakte van de werklui, die met kruiwagens zakken zand aansleepten. Ze besefte opeens hoe graag ze de hele middag bij hem zou willen blijven, hem helpen, met hem praten. Maar hij moest verder, als hij hier klaar was. En zij moest terug naar huis. Willet schroefde de camera weer van het statief.

'Anna en Jim. Dat was het toch?' Ze knikte, wendde haar blik af naar de krijsende meeuwen boven zee. Hij kwam naar haar toe, sloeg vriendschappelijk een arm om haar heen. Heel even lag het op Anna's lippen om te zeggen: neem me mee, weg van hier. Maar ze zei het niet, glimlachte naar hem.

* * *

Het was een romantische reclameplaat, nog uit de oorlogstijd: een deel van de wereldbol, met daarop de Atlantische Oceaan. Daarboven wolken en vanuit die wolken, aan weerszijden, kwamen de hoofden van een gehelmde soldaat en een mooie, jonge vrouw. Ze bogen zich boven de oceaan naar elkaar toe en kusten elkaar. Daaronder stond de tekst: *Tonight I leaned across 10.000 miles and kissed you...*

Jim, aan een hoektafeltje in het cafetaria, kon er zijn ogen niet van afhouden. Hij schrok op toen de dienster hem zijn maaltijd bracht en terwijl hij at zochten zijn ogen opnieuw de plaat. Anna, Europa, Holland... de helft van de tijd was hij in gedachten nog dáár. Maar wat had hij daaraan – die dagdromerijen brachten hen niet dichter bij elkaar. Tot nu toe had hij alleen nog maar gereisd, zich met heel weinig in leven gehouden. Een paar eieren, 's ochtends bij een boer in wiens schuur hij sliep – daar moest hij het de hele dag mee doen. Vandaag was hij meegelift met een vrachtrijder, had hem aan het eind van de dag geholpen met uitladen en van de paar dollar die hij daarmee had verdiend, zat hij nu te eten. In de grote steden aan de Westkust was werk te krijgen – daar moest hij heen. Vanavond laat kroop hij in een goederentrein die hem verder naar het Westen zou brengen – als alles goed ging, was hij morgen aan de voet van de *Rocky Mountains*. Daar ergens ook woonde de weduwe van Ron, aan wie hij dat kruisje moest brengen. Vervelend, dat oponthoud – maar hij had het Joey beloofd. Als hij maar eenmaal een vaste verblijfplaats had, dan kon hij Anna weer schrijven. Die had al wekenlang niks van hem gehoord.

'Lieve Anna... vannacht heb ik me 10.000 mijl ver voorover gebogen en je in gedachten gekust. Ik wou dat je hier was. Aan schrijven kom ik niet toe, maar ik denk veel aan je. Ik hou van je, Anna. Hou nog even vol...'

Het was aan een zijweg van de *Trans Canada Highway*, in een verlaten gebied. De chauffeur van de vrachtwagen, een vriendelijke oude man, maakte een omweg en bracht hem tot voor de deur. Veel te ver om te lopen, en dikke kans dat hij het niet eens zou vinden. Vroeger was daar een goedlopend wegrestaurant, wist de man. Dat was voor de oorlog, toen de hoofdweg daar langs liep. Maar nu...

Jim stapte uit en keek om zich heen. In de verte de besneeuwde toppen van de *Rocky Mountains*. Op de voorgrond een vervallen, houten gebouw met wat schuren eromheen. Niets dat herinnerde aan het wegrestaurant, of het moest het vermolmde uithangbord zijn dat in het hoge gras lag. Op een door onkruid overwoekerde parkeerplaats stond een auto zonder wielen. Een eind verder stond een auto met aanhangwagen voor veevervoer.

Jim keek nog eens naar het papiertje waarop het adres stond, hoorde toen een paard hinniken achter een van de schuren. Hij liep om het huis heen en zag een man en een jonge vrouw bij een kleine stal bezig met een zwart paard. De man wilde het paard uit zijn box halen, maar het dier verzette zich. De man werd driftig, wilde het briesende dier slaan. De vrouw hield hem tegen.

'Nee! Blijf met je poten van hem af.'

''t Is míjn paard. Ik heb ervoor betaald.' Maar de vrouw pakte zonder een woord te zeggen de leidsels uit zijn handen. Ze streek het paard over z'n voorhoofd, fluisterde het dier iets in het oor en leidde hem stapvoets naar de aanhangwagen. Toen pas zag ze Jim staan.

'Wat wil je? Wil je eten? Ga naar het restaurant – ik kom zo.' Jim bleef staan. Hij zag hoe de vrouw het paard naar de aanhangwagen bracht, zorgzaam naar binnen leidde. De man sloot de wagen, stapte zonder te groeten in en reed weg. De vrouw bleef staan, keek de wegrijdende auto na. Pas toen die uit het zicht was verdwenen, draaide ze zich om.

'Wat sta je daar nou nog? Ga naar het restaurant, zei ik.' Ze schrok zelf van de woede in haar stem. Glimlachte verontschuldigend.

'Sorry. Ik was gehecht aan dat dier.' Jim knikte.

''t Was nog een veulen toen we 'm kochten.'

'We?' De vrouw, op slag achterdochtig, keek hem scherp aan.

'Wie ben jij? Wat wil je?'

'Ik heb je man gekend... Ron Callahan.' Ze keek hem

lange tijd zwijgend aan. Maakte toen een gebaar.

'Kom mee naar binnen.'

Ze heette Eva, praatte Engels met een Oosteuropees accent. Ze bleek Hongaarse te zijn van oorsprong – haar vader was hier begonnen als paardehandelaar. Ze maakte een soort dagschotel klaar voor Jim, vroeg of hij Ron goed had gekend. Jim vertelde dat ze vanaf Kerstmis bij hetzelfde onderdeel hadden gezeten. Hij wilde nog meer zeggen, maar ze maakte een gebaar dat hij moest dooreten. Kennelijk was ze er nog niet aan toe.

Later vertelde ze dat ze een brief had gekregen met alle gegevens: wanneer Ron was gestorven en waar, en dat hij later was herbegraven, op een oorlogskerkhof. Ze zei het kalm, ogenschijnlijk onaangedaan, maar Jim voelde dat er onder die zakelijke toon een grote spanning zat. Hij vertelde waar hij vandaan kwam, en dat hij op zoek was naar werk. Ze bood aan dat hij die nacht wel kon blijven slapen, in een logeerkamertje naast de keuken. De volgende ochtend om negen uur ging er een bus, daarna om drie uur 's middags wéér een.

Jim knikte. Ze zaten buiten op de veranda. In de verte, boven de bergtoppen, ging de zon onder in een bloedrode glans. Jim aarzelde, haalde toen het kruisje te voorschijn en legde het voor haar neer. Hij vertelde iets over Joey MacKenzie, een vriend van hem, die erbij was toen Ron stierf, maar het scheen alsof Eva dat allemaal niet hoorde. Ze keek naar het kruisje, trok haar handen ervan terug alsof ze zich eraan zou kunnen branden. Ze schudde haar hoofd, legde Jim met haar blik het zwijgen op. Later, niet nu.

De volgende ochtend was Jim vroeg op. Met een mok koffie in zijn hand liep hij rond in de omgeving van het restaurant. Hij bekeek de auto-zonder-wielen, het reclamebord. Stond op de stoffige weg, schatte afstanden. Juist toen hij om het huis heen liep, kwam Eva aanrijden, op het enige paard dat ze nog had. Jim wachtte haar op.

'Je rijdt goed.'

'Je kunt niet zonder paarden hier. Het is twee uur rijden naar het dichtstbijzijnde dorp.'

'En 's winters?'

'Niet veel langer, vreemd genoeg. De rivier is dan bevroren – dat scheelt een omweg.' Ze was intussen afgestegen. Sloeg het paard liefdevol op de flanken.

'Ik ben opgevoed met paarden. Vroeger, in Hongarije, kon ik elke dag op een ander paard rijden.' Ze zei het zonder enige sentimentaliteit. Jim knikte.

'Ik heb zo es wat rondgekeken hier...'

'...en je vindt het een zootje.' Ze raadde zijn gedachten. Intussen had ze het paard naar de stal gebracht, wenkte Jim met zich mee naar het restaurant. Daar schonk ze zichzelf koffie in, vroeg Jim wat hij op z'n hart had. Want hij had zo te zien een plan.

'Wat voor mensen stoppen hier?'

'Niemand, op 't ogenblik. Dit is een zijweg van de *highway*. Alle verkeer gaat dáárlangs.'

'Zijn er andere wegrestaurants hier in de buurt?'

'In *Drumheller* is iets, anderhalf uur naar het oosten.'

'Als de vrachtrijders weten waar je zit, zouden ze dan omrijden?'

'Misschien...' Jim dronk zijn koffie. Staarde naar buiten. Eva werd ongeduldig.

'Kom op – wat ben je van plan?'

'Ik heb een vrouw in Holland. We krijgen een kind. Ik ben teruggegaan naar het dorp waar ik woon, maar ik hield het daar niet uit. Ik zoek werk – ik moet geld verdienen voor haar overtocht.'

'Ik dacht dat die overtochten werden betaald.'

'Niet voor ons. We zijn niet officieel getrouwd.' Jim maakte een gebaar dat hij daar niet verder over wilde praten.

'Ik had gedacht: als jíj kookt, dan knap ík de zaak hier op, tot er weer klanten komen. Voorlopig alleen voor kost en inwoning...'

'Totdat we winst maken.'

'Precies. Daarna doen we *fifty-fifty*.' Ze keek hem aan – onderzoekend, maar zonder wantrouwen.

'Hoe heet je vrouw?'

'Anna.' Ze knikte. Keek uit het raam naar buiten.

*   *   *

Liza waagde het erop. Ze had Maria's adres opgezocht en was er op een ochtend heengegaan, met de kinderwagen. Ze was een paar keer voor het huis langsgelopen om te kijken wie er thuis was. Ze zag niemand, en belde toen maar aan. Als Maria's moeder opendeed, dan verzon ze wel wat.

Maar het was Zus. Liza vroeg of Maria thuis was, duwde intussen de kinderwagen naar binnen, de gang in. Maria kwam de trap af, en op het moment dat ze Liza herkende veranderde haar hele gezicht. Ze slaakte een lange kreet van verrassing, en een tijdlang dansten ze allebei rond, als twee schoolmeisjes. Zus keek verbaasd toe.

Toen bogen ze zich over de kinderwagen en bekeken het kleine jongetje dat daar lag. Dat was nou Jasper, Liza's kind. Wat een liefje, wat een schatje was het! Liza tilde hem uit de wagen, wilde het kind in Maria's armen leggen. Maar Maria deed een stap terug – ze durfde niet. Pas na veel aandringen nam ze eindelijk, heel aarzelend en voorzichtig, het jongetje in haar armen. Ze kreeg tranen in haar ogen, keek met sprakeloze vertedering naar het kind. Totdat Jasper, die al dat gesol maar matig vond, zachtjes begon te protesteren. Maria gaf hem terug aan zijn moeder, die hem weer in de wagen legde.

Opnieuw keken ze elkaar aan. Maria zei dat ze zo vaak aan Liza had gedacht. Ze wilde alles horen, hoe het was gegaan. En aan Zus, die in de golf van emoties had meegedeeld, legde ze uit dat dit nu die Liza was over wie ze had verteld, die gevlucht was uit het Tehuis. En het was haar dus gelukt!

Later die dag zaten ze dicht tegen elkaar aan op een bankje in het park. Liza schommelde de kinderwagen met Jasper erin. Ze praatten zacht – de intimiteit van vroeger was weer helemaal terug. Liza vertelde:

'. . . en omdat zijn vrouw dood is, van die neef. . .'

'Dat is die man?'

'Ja. M'n neef. Daarom kon ik bij hem het huis schoonmaken. Gewoon vloeren schrobben, en dat soort dingen.'

'En Jasper. Wat doe je met Jasper?'

'Die neem ik mee.'

'Echt waar?!'

'Ja, die sjouw ik overal mee. Want via m'n neef heb ik weer andere adressen gekregen. En het betaalt wel niet zo veel, maar toch genoeg.'

'En bij die neef, daar woon je in huis?'

'Op de vliering. Zo'n hoekje. Met Jasper.'

'Oh – ik ben zo jaloers. Ik ben zo jaloers op je!' Maria kneep Liza van opwinding in haar arm. Keek daarna op de torenklok hoe laat het was – ze kon niet te lang wegblijven.

'Waarom doe jíj niks?'

Maria wist het niet. Keek haar vriendin hulpeloos aan.

'Zouden ze het erg vinden als je iets had? Iets zoals ik?'

'Als ze wisten dat ik met jóu . . .'

'Nee, natuurlijk niet. Maar ik kan misschien iets voor je vinden . . .' Maria aarzelde, in verwarring. Maar het idee beviel haar.

* * *

Jim had een plan gemaakt, een schema voor een paar weken lang hard werken. De buitenkant van het restaurant moest worden opgeschilderd, met boven de ingang de naam die hij had bedacht: *EVA's RESTAURANT*. Binnen moest de zaak opnieuw worden ingericht: kleurige tafelkleedjes, een open keuken, alles in een soort Hongaarse stijl. Eva had aanvankelijk geprotesteerd tegen al die veranderingen, maar na een paar dagen gaf ze zich gewonnen. Jim zag met hoeveel energie ze meewerkte en besefte dat ze dit nodig had: iemand die haar uit haar isolement bevrijdde, die haar iets gaf om voor te werken. Als hij niet toevallig was langsgekomen met Rons kruisje, hoe lang had ze zich dan hier nog begraven? Maar natuurlijk was het ook in zíjn belang: in gedachten zat hij al uit te rekenen hoeveel een goeie dag winst hem zou opleveren. En hoeveel van die dagen er nodig waren voor Anna's overtocht . . .

Maar eerst moest er worden aangepakt. De auto gerepareerd, de parkeerplaats schoongemaakt, een hek er omheen.

En dan het voornaamste: borden langs de weg. Niet één, maar een stuk of vier, in beide richtingen langs de *Highway*. Zodat de vrachtrijders zin kregen om daar te gaan eten, en er wel een omweg voor over hadden.

Met een grote hamer gaf hij een laatste klap op de houten paal die het bord ondersteunde. Hij ging een eind verder staan, keek of het goed leesbaar was. De paal stond op een huifkar. *EVA's RESTAURANT*, stond er op het bord. Daarboven *GOOD FOOD – LOW PRICES*, en eronder *Drive a Mile for a Smile!* Dat laatste had hij zelf bedacht, om de mensen het idee te geven dat ze enthousiast werden ontvangen.

Jim veegde zich het zweet van het voorhoofd, bleef staan wachten op een paar vrachtauto's, die in de verte kwamen aanrijden. De eerste reed voorbij, maar de tweede minderde vaart en sloeg af in de richting van de pijl op het bord. De eerste klant – het werkte!

Die avond telden ze hoeveel klanten er waren geweest: 23, niet gek voor een eerste dag. En die zouden het vast wel doorvertellen, want ze waren zo te zien heel tevreden. Jim had intussen een buitenverlichting gemaakt voor de parkeerplaats en de veranda, met een speciale lamp gericht op de naam *EVA's RESTAURANT*. Ze probeerden het – alles werkte. Daarna gingen ze naar binnen, dronken moe maar voldaan een glas bier. Jim staarde in gedachten voor zich uit. Eva keek van opzij naar hem. Sloeg betrapt haar ogen neer toen hij opkeek.

'Tevreden?' Ze knikte. Strekte haar hand naar hem uit, die hij heel even drukte. Er was een zweem van intimiteit, waarvoor ze duidelijk allebei bang waren. Eva aarzelde.

'Waar dacht je aan, zoëven...?' Jim antwoordde niet. Glimlachte alleen. Eva drong niet aan.

* * *

In Zeeland was het herfst. Anna, zichtbaar zwanger, stond te huiveren in de deuropening. Ze nam afscheid van Jenny, die over een paar dagen met de boot naar Canada zou gaan. David was er al, zou haar in Halifax komen afhalen. En al was Anna blij voor haar vriendin, toch was ze ook bitter over haar eigen lot.

'Ik kan er niet meer tegen, weet je. Die onzekerheid, dat wachten. Die vraag steeds van m'n vader: al iets gehoord? En dan dat onuitgesproken "zie je wel".' Jenny knikte, wist niet goed wat ze moest zeggen. Achter haar claxonneerde de jeep, die met draaiende motor stond te wachten. Ze maakte een gebaar dat ze eraan kwam.

'Ik kan niet beloven dat ik 'm opzoek. Maar ik schrijf je zodra ik aankom. Ja?' Anna knikte. Ze omhelsden elkaar, daarna holde Jenny naar de auto. Ze stapte in, keek bij het wegrijden nog even om. Maar Anna was al naar binnen.

Ze liep door de gang, langs de huiskamer, waar haar vader schriften zat na te kijken. Langs de keuken, waar haar moeder bezig was met het middageten.

'Is ze weg?', hoorde ze haar moeder vragen. Anna gaf geen antwoord, ging de trap op, naar haar kamertje. Daar ging ze op bed zitten, haalde diep adem. Zelfs hier drong de etenslucht door – de walm vulde het hele huis.

Anna keek naar de foto's van Gees en van Jim op haar bureautje. Ze zag het woordenboek waarin ze ooit het woord *again* had opgezocht. '*Will I see you again*?' 'Het is jóuw leven, jóuw kind', had Jenny gezegd. En wat deed ze daarmee, met dat leven? Ze wachtte...

Beneden riep moeder dat het eten klaar was. Maar Anna bleef zitten. Opeens drong er iets heel duidelijk tot haar door: ik wil niet dat mijn kind hier geboren wordt, dat het hier opgroeit. Dat bleef ze steeds herhalen terwijl ze opstond en een koffer onder de linnenkast vandaan trok. Ze legde hem open op bed, pakte stapeltjes kleren uit de kast. Het is míjn leven, míjn kind, en ik wil niet dat het hier opgroeit – wat er ook gebeurt.

Binnen een paar minuten was de kast vrijwel leeg, de koffer vol. Beneden riep moeder opnieuw. Anna deed de foto's van Gees en Jim in de koffer, haar fotoboxje erbij, klikte de koffer dicht. Ze keek nog één keer de kamer rond, ging toen de trap af naar beneden.

Het ging als in een roes. Anna wist dat als ze ook maar een moment zou aarzelen, ze niet zou gaan. Want natuurlijk ging het tegen elke logica in: zij, in haar toestand – waar moest ze heen? Dat wist ze allemaal nog niet, maar eerst moest ze het huis uit, door die gang, langs die kamer, langs haar vader. Hij stond op terwijl ze haar jas aantrok, zag de koffer, vroeg waar ze heenging. Anna herhaalde wat al minutenlang in haar hoofd rondspeelde: ik wil niet dat mijn kind hier geboren wordt, dat het hier opgroeit. En op de een of andere manier zei ze dat met zoveel overtuiging, dat haar ouders haar alleen maar sprakeloos nakeken, terwijl ze de deur uitging.

Anna liep de straat uit, keek niet om. Elk moment verwachtte ze voetstappen achter zich, haar vader die een hand op haar schouder zou leggen, haar mee terug zou nemen naar huis. Ze kwam bij de bushalte, maar wilde daar niet blijven wachten. Dus liep ze door, verder het dorp uit. Telkens als haar een auto achterop kwam, stak ze haar hand uit, en bij de derde had ze succes: een melkauto nam haar mee naar Terneuzen.

En nu, vele uren later, liep ze door de Amsterdamse binnenstad. Onbewust had ze wel degelijk geweten waar ze heen wilde: naar Willet, die fotograaf die ze nu twee keer had ontmoet. Ze had zijn adres, op de achterkant van de envelop waarin de foto's hadden gezeten. Ook dat was waanzin, als je er goed over nadacht, want wat wist ze van die man? Hij had natuurlijk een gezin, kinderen, geen ruimte voor haar. En wat moest ze dan? Terug, met hangende pootjes?

Ze zette haar koffer even neer om uit te rusten, sloeg haar dunne jas dichter om zich heen. Het was al donker, en stil op straat. Ze pakte de koffer in haar andere hand, liep verder over de gracht, telde de nummers af. Eindelijk was ze er: op de deur stond in sierlijke letters *Willet*. Ze belde aan – het geluid klonk hol in de gang achter de deur. En in die paar seconden dat ze wachtte, dacht Anna: wat er ook gebeurt, ik heb hier geen spijt van. Want ik heb de stem van m'n hart gevolgd, ik heb het in elk geval geprobeerd.

Intussen hoorde ze naderende voetstappen. De deur ging open – Willet keek haar aan. Heel even was hij verrast. Toen zag hij haar verkleumde lijf, haar koffertje, haar afwachtende blik. Een heel klein lachje kwam om zijn mond en hij knikte, alsof hij alles begreep zonder dat Anna iets hoefde te zeggen. Hij deed de deur verder open, nam de koffer van haar over, legde een arm om Anna heen. Op hetzelfde moment wist Anna dat het goed was. Ze leunde tegen Willets schouder en barstte in snikken uit.

⋆ ⋆ ⋆

Maria had werk gevonden. Eigenlijk had het niet eens zoveel moeite gekost. Ze had gezegd dat ze er wel eens uit wilde, iets dóen. Om op andere gedachten te komen, al die nare ervaringen een beetje te vergeten. En dat had succes. Want al die maanden dat Maria treurig thuis zat, was ze bleker en magerder geworden. Een paar keer was ze zelfs behoorlijk ziek geweest en haar ouders hadden zich zorgen gemaakt. Nu ze dus zelf afleiding zocht, leek hen dat een stap in de goede richting.

Ze kwam terecht in een groot herenhuis, waar kantoren en woonhuizen waren. Daar moest ze na vijven de kantoren schoonmaken en soms ook de hal en het trappenhuis. Het was een tip van Liza geweest, maar dat had ze natuurlijk niet tegen haar ouders gezegd.

Op de eerste dag dat ze daar werkte, was er iets vreemds gebeurd. Ze was bezig de vloer in het trappenhuis te schrobben, terwijl de laatste mensen uit hun kantoren naar buiten gingen. Een paar heren stapten glimlachend, met hun aktentas onder de arm geklemd, over de plas sop bovenaan de trap. Maria keek ze na, en begon de tegels te dweilen.

Toen opeens hoorde ze iets vanuit het trappenhuis: het huilen van een kind. Ze wilde er geen aandacht aan schenken, werkte verwoed door, maar het gehuil bleef doorklinken in haar hoofd, alsof het door geen enkel ander geluid kon worden overstemd. Terwijl ze luisterde, kwam een chique uitziende mevrouw de trap af. Maria maakte eerbiedig plaats – de dame liep voorbij zonder haar een blik waardig te keuren. Het deerde Maria niet, want in gedachten was ze met andere dingen bezig. Was dat de moeder van het kind? Was het kind alleen? Als het de moeder was, waar ging ze dan heen? Liet ze het kind zomaar achter? Of vergiste ze zich, en was er helemaal geen kind?

Maria liep een eindje de trap op, luisterde stil. Ja hoor, daar was het weer: heel zacht, klaaglijk en doordringend. Het kind was alleen, had verdriet en er was niemand die het troostte. Maria luisterde, hield haar adem in, beet op haar lip.

Die nacht praatte ze erover met Zus. Ze had haar wakker gemaakt, was bij haar in bed gaan liggen. Want ze móest het kwijt, die gedachte die zich in haar hoofd had vastgezet en die daar langzamerhand tot een zekerheid werd. Zus had het hele verhaal gehoord, dacht erover na.

'Maar... als dat kindje jou niet kent, hoe weet het dan dat jij de moeder bent?'

'Dat voelt een kind.'

'Echt?' Maria knikte, vol overtuiging.

'Een kind zal z'n moeder altijd herkennen. Dat verlangt net zo naar mij als ik naar hem... of haar.'

'Hoe weet je dat?'

'Dat weet iedereen. Dat is de natuur.' Zus keek naar Maria's vastberaden gezicht, durfde niets meer te zeggen. Wat een wonder was dat: zo'n band tussen moeder en kind, dwars door alles heen. Dat moest wel een heel sterk gevoel zijn. En wat een toeval, dat Maria nu juist dáár kwam werken. Of was het geen toeval? Was het de wil van God, dat moeder en kind weer zouden worden herenigd.

Dat laatste was Maria's vaste overtuiging. Ze sliep die nacht niet meer, overwoog wat ze moest doen. Ze nam zich voor te wachten op een teken. Als het ècht waar was wat ze dacht, dan zou die ervaring zich herhalen. En dan zou God ook voor een oplossing zorgen. Want dan was het immers Zijn wil?

Dus was ze de volgende dag op dezelfde tijd bezig het trappenhuis te dweilen. En weer kwamen de twee heren met hun aktentassen, en daarna de chique mevrouw. En wéér hoorde ze het huilen van het kind! Maria luisterde, roerloos geknield op de tegels. Ze schudde haar hoofd, sloot haar ogen – maar het geluid liet zich niet ontkennen.

Ze stond op – het duizelde in haar hoofd. Even ging ze zitten op de stoel in de hal van het kantoor. Ze transpireerde hevig, en het bloed klopte tegen haar slapen. Ook hier drong het gehuil tot haar door, en onwillekeurig legde ze haar armen op de leuningen van de stoel, zoals vroeger in het Tehuis.

Maar het kindje werd niet gebracht, niet aangelegd. Maria keek langs de trap omhoog, kwam voorzichtig overeind. Ze liep de trap op, in de richting van het geluid. Luisterde aan de deur, deed de klink omlaag. De deur was niet op slot, en ze besefte: God helpt mij, Hij wil dat ik dit doe.

Ze ging het huis binnen, liep naar een andere deur, die op een kier stond. Daar, in een kleine kamer, stond een prachtige wieg, met tulen gordijntjes. Ze schoof de gordijntjes opzij, zag het kindje liggen. Het hield onmiddellijk op met huilen, keek Maria met grote ogen aan. Maria boog zich voorover, begroette het kind, streelde het zacht over z'n wangetje. Toen, alsof een stem in haar zei dat ze niet mocht aarzelen, tilde ze het voorzichtig uit het wiegje en liep ermee het huis uit.

4

Maria liep met het kind in haar armen de straat op. Ze had het in een deken gewikkeld, hield het onder haar mantel, dicht tegen zich aan, om het tegen de felle kou te beschermen. Een ouder echtpaar dat voorbijkwam, keek haar vertederd na: een zorgzame, jonge moeder, met haar kind op weg naar . . .

Ja, waarheen? Maria besefte dat ze niet naar huis kon. Ze zouden haar niet geloven – vragen stellen. Misschien haalden ze de politie er wel bij. En het kind dan? Alsof het haar gedachten raadde, begon het zachtjes te huilen. Maria drukte het dichter tegen zich aan, ging sneller lopen. 'Stil maar', prevelde ze zacht, 'niet huilen. Ik ben bij je. Alles komt goed. Ik blijf bij je. Ik laat je nooit meer in de steek.'

Vanaf de overkant naderden mensen. Maria sloeg de eerste de beste zijstraat in, liep door een smalle steeg, kwam op een pleintje. Het gehuil van het kind vulde het vrijwel lege plein. Maria keek rond, zag aan de overkant een politieagent staan. Ze draaide zich om, deed of ze in een etalageruit keek, zag in de spiegeling van de ruit de agent haar kant op kijken. Ze verdween in het donker, ging haastig met het huilende kind het steegje weer in.

Pas op het kamertje van Liza kwam het kind weer tot rust. Liza maakte een fles klaar, gaf die aan Maria. Die keek naar het gretig drinkende kleintje, sprak het liefkozend toe.

'Ja, dat vind jij lekker, hè? Warme melk. 't Was ook zo koud buiten . . .' Liza keek bezorgd.

'Maria – weet je zeker dat dit het kind is, jouw kind?'

Maria knikte.

'Maar hoe dan? Hoe weet je dat?'

'Ik voelde het. Ik wist het, vanaf het eerste ogenblik. Hij huilde om mij, hij wachtte op mij. En toen kwam ik, en ik hoorde je. Ja hè? Ik hoorde je meteen, en ik kwam je halen.'

Maria leek Liza vergeten, praatte enkel nog tegen het kind. Ze wiegde het heen en weer, begon een slaapliedje te neuriën. Liza stond besluiteloos bij de deur.

'Maria, blijf hier. Blijf zitten. Ik ben zo terug.'

En ze verdween de trap af.

Maria neuriede door. Ze stond op, liep met het kind in haar armen door de kamer. Het was opgehouden met drinken, sliep nu bijna. Datzelfde lome gevoel van gelukzaligheid voelde Maria ook: het liefst was ze samen met het kind gaan slapen. Maar er was ook een stem die haar waarschuwde: ga weg, het is hier niet veilig! Ga weg met het kind, voor het te laat is! Zou Liza haar niet geloven? Die wist toch wat het was, die had toch zèlf bijna haar kind verloren? Of wist ze het niet, juist omdat ze haar eigen kind nog had?

Waar was ze trouwens heen? 'Blijf hier', had ze gezegd, 'ik ben zo terug.' Maria liep naar de deur en luisterde. Beneden, onderaan de trap, klonken stemmen: Liza's stem, en een mannenstem daar doorheen. Maria glipte met haar kind de deur uit, verborg zich op een donker gedeelte van de vliering, tussen twee kasten. Ze hoorde de stemmen dichterbij komen: die van Liza nerveus en haastig, die van Liza's neef verbaasd, ongelovig. Ze gingen haar kamer binnen, en van die gelegenheid maakte Maria gebruik om onhoorbaar de trap af te glippen. Binnen een paar seconden stond ze buiten.

Laat die avond, rond elf uur, maakte de laatste trein zich los van het kleine Bredase station. De stationschef zag hóe de achterste wagon met het rode licht in het donker verdween. Daarna keek hij opzij, naar twee politieagenten, die dicht tegen de muur in de schaduw van de overkapping stonden. Ze knikten naar hem – de stationschef ging de wachtkamer binnen.

Daar begon hij de lichten uit te doen, scharrelde wat met een prullenbak, opende de klep van de grote kolenkachel. Achter die kachel zat een vrouw met een kind in haar armen. Ze zat daar in elkaar gedoken, het slapende kind tegen zich aangeklemd, en zag er dodelijk vermoeid uit.

De beambte keek haar verbaasd aan.

'Hela – laatste klant.'

Maria keek op, knikte maar wat.

'Moest jij niet met die trein mee? Dat was de laatste, hoor.'

Ze schudde nee.

'Waar moet je nu dan heen, met die kleine?'

Ze schokschouderde wat. De man schudde de asla leeg, deed de klep weer dicht.

'Ik ga zo afsluiten. De kachel is uit.'

'Kan ik hier niet blijven? Voor één nacht? Alstublieft!'

De man schudde zijn hoofd: regels zijn regels. Het kostte hem zichtbaar moeite. Hij keek naar de deur, kuchte een paar keer en zei toen:

'Weet je wat? Kom maar met mij mee.'

Hij wenkte haar, kuchte nog eens met een blik op de deur. Maria stond op, liep met het kind in haar armen achter hem aan. Hij opende de deur naar het perron, liet haar voorgaan.

Op het moment dat Maria de deur uit kwam, zag ze vanuit het donker de twee politiemannen op zich afkomen. Ze zag een van hen een blik wisselen met de stationschef, begreep wat er was gebeurd. Met een dierlijke schreeuw duwde ze de agenten opzij, vluchtte weg in het donker.

De spoorwegbeambte bleef staan, terwijl de agenten de achtervolging inzetten. Hij hoorde een hartverscheurende schreeuw, hoopte dat ze niet zou vallen, vanwege het kind. Wat was dat toch, dat een jonge vrouw zomaar een vreemd kind ontvoerde? Was dat de nasleep van de oorlog? Wat voor leed zat daarachter? Ze had hem zo dankbaar aangekeken toen hij zei 'Kom maar met mij mee.' Zo opgelucht, hoopvol. Het was hem niet meegevallen het spelletje mee te spelen.

* * *

In Amsterdam was Anna bijna in de achtste maand van haar zwangerschap. Willet had haar bij zich in huis genomen, maar niet dan nadat ze eerst haar ouders had geschreven waar ze was. Ze hadden niet gereageerd, en Anna probeerde daar maar niet te veel aan te denken.

Haar ouders gingen er waarschijnlijk van uit dat ze met Willet nu ook een liefdesrelatie had, ook al had ze geschreven dat dat niet zo was. Hij was meer dan twee keer zo oud als zij, maar dat was niet de reden dat ze geen minnaars waren. Ze zou het niet kunnen uitleggen – dat Willet veel méér was: een vader en een vriend, iemand met overwicht en gezag, maar die haar ook in haar waarde liet. Dat juist die afstand ruimte gaf voor een bijna 'rijkere' verstandhouding, een contact waarvan ze pas gaandeweg merkte hoe ze ervan opbloeide, hoe het haar inspireerde.

Willet (het was inderdaad zijn achternaam, maar iedereen noemde hem zo) was niet getrouwd, maar had veel vrienden, meest collega's. Ze kwamen veel bij hem thuis, en vaak werd er tot diep in de nacht gediscussieerd over werk, politiek en sociale omstandigheden. Anna zat erbij, merkte dat iedereen haar aanwezigheid als vanzelfsprekend accepteerde. Het was alsof er een wereld voor haar openging, een wereld waar ze zó in kon stappen en aan kon deelnemen.

Willet leefde grotendeels voor zijn werk, de fotografie, en zodra hij merkte dat dat Anna interesseerde, betrok hij haar erin. Hij nam haar mee naar de studio, in de eerste plaats om haar te fotograferen. Maar intussen vertelde hij over lenzen, filters, brandpuntsafstanden. Anna luisterde goed, leerde snel. En naarmate het kind in haar groeide, werd ze voor hem een steeds dankbaarder model.

Zo ook op die regenachtige middag, eind februari 1946, toen Anna in een ruimvallende kamerjas zich liet fotograferen in Willet's studio. Hij was bezig met lampen en achtergronddoeken, informeerde of ze goed had geslapen. Want met haar lage bloeddruk moest ze veel rusten. Anna glimlachte: het spreekuur van dokter Willet. Ze nam intussen geroutineerd een aantal poses aan. Er stond een ouderwetse telefoon op een tafeltje. Ze pakte de hoorn, deed alsof ze luisterde. Willet keek door z'n lens en zei '. . .Jim aan de lijn'. Ze reageerde meteen. Hij drukte af en mompelde 'Sorry'.

De stemming was omgeslagen. Anna stond bij de rekwisietentafel, liet wat doeken door haar handen glijden. Willet veranderde het licht. Anna aarzelde.

'Ik wil graag dat je foto's van me neemt als het zover is. Van mij en m'n kind.'

Willet keek haar verbaasd aan.
'Waarom wil je dat?'
Ze gaf niet direct antwoord. Kon het niet zomaar uitleggen.
Op dat moment ging de bel. Ze keken elkaar aan – ze verwachtten niemand. Willet ging kijken. Anna luisterde, hoorde Engels praten. Waar kende ze die stem van? Toen kwam iemand de trap op en zag ze een bekend gezicht: Joey.

Joey voelde zich niet erg op zijn gemak. Hij bekeek een pentekening in Willets woonkamer met een kennersblik.
'Mooie tekening. Frans, is het niet? Achttiende eeuw.'
Willet knikte. Anna schonk thee in.
'Ik wist niet, Joey, dat jij geïnteresseerd was in kunst.'
'Niet zozeer in kunst – meer in prijzen. Af en toe pik je wel es wat op.'
Hij maakte een onhandig gebaar, gaf een blik van verstandhouding. Willet stond op en verontschuldigde zich: hij had werk te doen. Joey ging zitten, dronk zijn thee.
'Wanneer gaat het gebeuren?'
'Nog vijf weken.'
'Je ziet er goed uit. Echt waar.'
Hij glimlachte geforceerd. Anna kon de vraag niet langer voor zich houden.
'Waarom ben je hier gekomen, Joey?'
'Ik kom m'n verontschuldigingen aanbieden. Voor wat er de afgelopen zomer is gebeurd. Ik heb je sinds die avond niet meer gezien en ik voel me schuldig. Het was allemaal mijn fout.'
Joey was zichtbaar opgelucht dat het er eindelijk uit was. Hij pakte de theepot, schonk zichzelf nog eens in. Anna beet op haar lip.
'Je hebt hem in de steek gelaten. Hem – òns. Waar was je die ochtend, toen je vriend je nodig had?'
'Het liep allemaal verkeerd, ik had het niet meer in de hand. Het spijt me echt. Eerlijk . . . Heb je nog contact met hem?'
'We schrijven elkaar, af en toe. Hij probeert werk te vinden.'
De gedachte aan Jim verdrong haar woede. Joey haalde opgelucht adem.

'Weet je – d'r is nòg een reden waarom ik hier ben. Ik wil je helpen...'

Hij tastte in zijn binnenzak, haalde een stapel bankbiljetten te voorschijn.

'Hier is geld voor de overtocht. Ik had een meevaller, en ik dacht –'

Hij zag Anna nee schudden.

'Anna, alsjeblieft... Ik doe het graag, voor jullie.'

'Nee Joey. Ik wil geen geld omdat jij je schuldig voelt. Als Jim wil dat ik naar Canada kom, dan stuurt hij me geld. Dat heeft hij beloofd. Bedankt voor het aanbod, maar ik wil het niet.'

Voor ze het wist had Anna Joey de deur weer uitgewerkt. Ze zag nog zijn verbaasde gezicht. Hij begreep het niet, en eigenlijk kon ze het zelf nauwelijks begrijpen. Het geld lag klaar – ze had zo kunnen gaan. Was dat misplaatste trots, zou ze zichzelf dit later verwijten? Opeens voelde ze wat erachter zat: ze wilde het geld van Jim, van hem alleen. Als een teken, een bewijs dat hij nog van haar hield.

* * *

Het was een vreemde processie, die op een avond in maart de trap opliep naar het grote herenhuis. Maria wist de weg en liep vooruit. Maar eenmaal bij de voordeur moest ze achteraan staan, tussen haar ouders in, achter de pastoor. Haar moeder keek nog een keer of haar kleren wel netjes zaten, vader rechtte zijn rug en belde aan.

Na enige tijd klonken er voetstappen – de deur werd opengedaan door een deftig uitziende dame. Ze had kennelijk op de komst van het gezelschap gerekend, liet hen zwijgend binnen. Maria keurde ze geen blik waardig.

Maria leek zich nauwelijks bewust van haar omgeving. Ze liet zich meevoeren naar de woonkamer, bleef daar met gebogen hoofd staan. Alleen haar ogen gingen heen en weer, alsof ze iets zocht. De dame gaf aan dat wat haar betrof de ceremonie mocht beginnen.

'Wel...'

Aller ogen richtten zich op Maria. Die keek voor het eerst op.

'Waar is hij nu?'

Dat was kennelijk niet afgesproken. Na wat nerveuze blikken over en weer nam de pastoor het over.

'Maria, mevrouw Jelgersma is zo welwillend geweest om ons hier vandaag te ontvangen, om te horen wat je haar te zeggen had.'

'Wat we hadden afgesproken', vulde vader aan.

'Je moet goed begrijpen dat dat een uitzonderlijk ruimhartig gebaar van haar is, na al het vreselijke wat je haar hebt aangedaan.'

Maria knikte, dat ze het begreep.

'Ik wil alleen weten waar hij is, nu. . .'

'Ik geloof niet dat dat op dit moment ter zake doet, Maria.'

'Ik weet wel dat het kind niet van mij is – ècht wel. . .'

Ze was duidelijk in verwarring, niet eens zozeer door de ceremonie, als wel door allerlei tegenstrijdige gevoelens van binnen. Niemand merkte het, bezorgd als men was om de reactie van mevrouw Jelgersma. Die trok haar neus op.

'Ik weet niet of ik hiermee genoegen kan nemen.'

'Ze is wat in de war, mevrouw. Maar ik weet zeker dat haar bedoelingen oprecht zijn.'

'Maria, zeg het. Zeg dat het je spijt!'

'Het spijt me.'

Ze keek om zich heen of het zo goed was. Maar iedereen wachtte op meer.

'Hij huilde zo, en ik dacht: het is net of hij z'n moeder mist. En omdat ik zelf in de war was – '

'Excuses, Maria! Die mevrouw hier heeft niets te maken met wat jij je allemaal in je hoofd haalt.'

Vaders stem trilde van machteloze, ingehouden woede. De pastoor probeerde het op een andere manier.

'Zeg het maar. . . zeg het maar in je eigen woorden.'

Maria keek nog een keer wezenloos in het rond, begon toen te praten. Haar stem klonk zacht, leek als uit een andere wereld te komen.

'Het spijt me. Ik bied mijn excuses aan. Ik hoop dat u het

mij wilt vergeven, dat iedereen me wil vergeven, dat God me wil vergeven dat ik zo slecht ben. Het spijt me dat ik alles verkeerd doe. Ik doe alles verkeerd, en ik weet niet waarom. Maar ik vraag iedereen om vergeving. Het spijt me dat ik zo slecht ben, zo in de war ben. Soms weet ik niet meer wat ik doe. Ik weet niet meer wat ik moet doen. Ik vond uw kindje zo lief, en ik weet best dat het niet van mij is. Het spijt me, het spijt me. Ik ben slecht. Ik ben zondig. Ik ben slecht.'

Het leek alsof Maria zich volstrekt liet meeslepen door haar gevoelens. Ze viel op haar knieën, maakte pathetische gebaren, raakte de zoom aan van de rok van mevrouw Jelgersma. En intussen bleef ze steeds maar vol overgave dezelfde woorden herhalen. Mevrouw Jelgersma deed uit gêne een stap achteruit. Maria's ouders en de pastoor probeerden haar woordenstroom te stuiten.

'Maria! Sta op! Hou op daarmee.'

'Mevrouw, neemt u mij niet kwalijk. Ze is overstuur.'

Iedereen praatte door elkaar heen, en Maria's ouders probeerden haar overeind te tillen. Maar Maria rukte zich los, sloeg met haar hoofd tegen het tapijt en bleef maar herhalen:

'Het spijt me. Ik ben slecht. Ik ben zondig. Vergeef me.' Mevrouw Jelgersma deinsde achteruit, zeeg neer in een stoel. In een kamer naast de salon begon de baby te huilen.

* * *

'Het is toch vrijblijvend? Dat hadden we toch afgesproken?'

De man knikte.

'Een offerte is altijd vrijblijvend. Ik doe dit puur voor m'n lol.'

Hij keek rond in het restaurant, waar de meeste tafeltjes bezet waren. Een meisje dat voor halve dagen hielp, liep af en aan met koffie, hamburgers en uitsmijters. Daarna inspecteerde hij de keuken: opende kasten, bekeek het keukengerei. De kok keek verstoord op – Jim knikte dat het goed was.

De man krabbelde wat aantekeningen – Jim hoorde zijn zware ademhaling, ergerde zich daaraan. Waarom eigenlijk? Hij had hem zelf gevraagd hier te komen en een offerte te maken voor een inboedelverzekering. Wat irriteerde hem dan zo in deze kale, dikke, kortademige man?

De man wees op een deur, waaraan een verkeersbord hing met de tekst *NO ADMITTANCE*. Hij ging het woongedeelte binnen voor Jim nee had kunnen zeggen. Een gang, een kleine kamer met een eenpersoonsbed en een kast. Op het nachtkastje een foto van Anna. De man sloot de deur, ging naar de kamer van Eva aan de andere kant van de gang. Een paar oude matten op de blankhouten vloer, een handgemaakte houten kast met Hongaars aardewerk, oude foto's van een Hongaars dorp aan het begin van deze eeuw. De man keek rond, meer nieuwsgierig dan taxerend.

'Is je vrouw Poolse?'

'Ze is niet Pools, maar Hongaars. En ze is m'n vrouw niet.'

De man knikte. Krabbelde iets in z'n boekje.

'Dus jullie zijn partners.'

'Zoiets.'

'Ach ja, waarom ook niet. Maar de eigenaar moet tekenen, vergeet dat niet. En zorg maar liever dat ze vandaag nog tekent. Ik ken die Oosteuropese vrouwen.'

Jim knikte, werkte de man zo snel hij kon de deur uit.

Pas toen de verzekeringsman wegreed, besefte Jim wat hem zo irriteerde: niet de man zelf, maar het feit dat die hem met zijn neus drukte op wat hij deed. Niet voor niets had hij hem laten komen op een dag dat Eva weg was. Ze voelde het onmiddellijk, zodra hij er na haar thuiskomst over begon.

'Het trekt ongeluk aan.'

'Onzin. Dat is bijgeloof.'

'Wat weet jij van ongeluk? Wat weet jij van het noodlot?'

Ze sprak een vreemd soort Engels als ze kwaad was, met een zwaar Hongaars accent. Verwoed veegde ze de tafeltjes schoon in het lege restaurant.

'Ik betaal een premie – en geven zij me dan terug wat kapot is, of wegwaait, of afbrandt?'

'*Ik* betaal, heb ik gezegd.'

'Geven zij me terug waar ik van hou?'

Ze zette met een klap een stoel op een tafel. Jim bleef kalm.

'Eva – hoe lang ben ik nou bij jou in dienst?'

'Je bènt niet bij mij in dienst!'

Het kwam er woedend uit. Jim hief vertwijfeld zijn handen.

'Sorry. Ik bedoel: hoe lang ben ik hier? Hoe lang werken we samen?'

'Dat weet je heel goed: bijna vier maanden.'

Jim ging zitten, en heel even ging het door hem heen: zó lang al. Hij keek haar aan.

'We hebben afspraken gemaakt toen ik hier kwam: samen werken, samen verdienen, samen delen . . .'

Ze knikte, zonder hem aan te kijken.

'Ik heb geld opzij gelegd. Je weet waarvoor.'

Stilte. Ze voelden zich beiden ongemakkelijk.

'Wanneer ga je?'

'Binnenkort.'

'En die premie is een afscheidscadeau?'

Het kwam er opzettelijk bot uit. Jim begreep het, ging er niet op in. Eva kwam naar hem toe, ging vlak voor hem staan. Wat ging ze doen – hem slaan, hem in de armen vallen? Haar stem klonk kortaf.

'Ik teken niet. Nooit!'

Ze zag Jims blik. Wendde haar hoofd af.

'Hoe kan je je verzekeren? Waar je aan gehecht bent, dat verlies je tòch . . .'

Zonder een reactie af te wachten, verdween ze door de deur met *NO ADMITTANCE*.

* * *

Jenny had twee weken gevaren op wat ze 'de vrouwenboot' noemden. Alle oorlogsbruiden, misschien wel duizenden, bij elkaar. Vrouwen in alle stadia van zwangerschap of met pasgeboren babies op hun arm. Vrouwen die hun man vooruit reisden of achterna kwamen. Vrouwen die enkel een naam hadden, niet wisten waar ze straks moesten gaan zoeken.

Ze had zich aanvankelijk afzijdig gehouden. Veel gelezen – aan dek, als het weer dat toeliet. Ze was nog niet getrouwd, zelfs nog niet in verwachting, en op de een of andere manier had ze geen zin in al die zwangerschapsverhalen van mensen die ze helemaal niet kende.

Maar uiteindelijk werd ze natuurlijk toch in die hele samenleving betrokken. Via een kind dat vroeg wat ze aan 't lezen was, via een verhaal dat iemand zomaar aan haar kwijt moest, via allerlei verwikkelingen aan boord. Zodra men ontdekte dat ze vloeiend Engels sprak, moest ze brieven vertalen, bemiddelen, tolken. Ze vergat haar boeken, beschouwde wat ze hoorde en meemaakte als het begin van haar nieuwe leven.

En nu, in een havenloods in Halifax, viel die hele gemeenschap weer uit elkaar. Het was een soort overdekte aankomsthal, waar de vrouwen met hun bagage in rijen werden opgesteld. Via dranghekken werden ze langs grote houten tafels gevoerd, waar beambten druk in de weer waren met paspoorten en formulieren. Huilende kinderen, nerveuze moeders – en waar aan boord iedereen elkaar hielp, probeerde men hier elkaar te verdringen.

Ergens op een schoolbord werd een stel namen geschreven. Andere namen werden afgeroepen. 'Dat zijn de vrouwen die weer terug moeten', gonsde het door de menigte, 'wier man niet is komen opdagen'. En inderdaad, in de buurt van het bord ontstond beroering: een vrouw viel flauw, een ander begon hysterisch te gillen. Jenny zag uit haar ooghoeken dat iemand haar wenkte, waarschijnlijk om te helpen vertalen. Maar ze reageerde niet, deed alsof ze het niet zag.

Ze haatte dit hele gedoe, wilde zo snel mogelijk door de douane. Bij de uitgang, achter een hek, zag ze een rij wachtende mannen. Haastig zochten haar ogen de gezichten af, terwijl een beambte intussen haar papieren controleerde.

Toen, in een andere hoek dan ze hem had verwacht, zag ze David staan. Ze vergat bijna haar paspoort weer in ontvangst te nemen, bleef een tijdlang kijken naar die kleine man in zijn burgerpak. Wat zag hij er opeens onopvallend en braaf uit! Vermoeid bijna, zonder ook maar een spoor van romantiek in zijn verschijning. Jenny deed een stap terug, verschool zich achter een mededelingenbord. Ze was nog niet klaar om hem nu onder ogen te komen.

Maar op dat moment zag hij haar – er was geen ontkomen

meer aan. Hij liep op haar af, spreidde zijn armen.

'Ben jij het meisje waar ik op wacht?'

Ze voelden het allebei: op de een of andere manier werkte dit soort *understatement* beter in Nederland. Jenny knikte, glimlachte, sloeg haar armen om hem heen. Ben jij de David waar ik op wacht?, dacht ze, of bestond die alleen in Nederland, in mijn herinnering? David drukte haar tegen zich aan, onbewust van haar verwarring.

Ze gingen naar een hotelkamer, die David voor die nacht had gereserveerd. De volgende dag zouden ze doorgaan naar Montreal. Jenny probeerde wat te rusten.

Ze dacht dat het misschien de vermoeidheid was, de plotselinge overgang na twee weken varen. Maar het was méér dan dat. Want toen er een fles wijn werd binnengebracht in een koeler, en zalm op ijs, met toast en boter, maakte dat haar verwarring alleen maar groter. David probeerde een sfeer te scheppen waarin ze niet kon meegaan. Ze voelde zich schuldig, zoende hem om dat gevoel bij zichzelf te verdringen. Hij deed zijn jasje uit, z'n stropdas los. Begon haar blouse los te knopen. Toen hield ze het niet langer uit, maakte zich van hem los.

'Sorry . . . Ik – Sorry.'

Ze ging op het bed zitten.

'Ik ben hier nog niet. Ik ben nog onderweg. Sorry, David . . .'

'Geeft niet. Doe maar rustig aan.'

Hij ging naast haar zitten, streelde liefdevol haar schouder.

'Wil je wat drinken? Glas wijn?' Ze schudde haar hoofd. 'Wat eten?'

'Ik heb geen honger. Dank je. Ik weet niet wat ik heb.'

David stond op, liep door de kamer heen en weer.

'Ik heb naar je verlangd. Ik heb de dagen geteld.'

'Ik ook. Echt waar, David – ik ook.'

Ze zei het met nadruk, alsof ze behalve David ook zichzelf moest overtuigen. In de verte, vanuit de haven, klonk het doordringende geluid van een scheepshoorn. David begon de fles wijn open te maken. Jenny keek hoe hij zorgvuldig het lood om de kurk verwijderde.

'David – beloof me dat we altijd eerlijk tegen elkaar zullen zijn. Ook als het minder goed uitkomt.'

Ze was opeens gespannen. Hij merkte het.

'Wat bedoel je?'

'Ik bedoel: ook als het pijn doet.'

David zette de fles neer, ging naast haar op bed zitten, sloeg een arm om haar heen. Jenny keek voor zich uit, in gedachten.

'Weet je – bij ons ging alles altijd zo makkelijk, zo vanzelfsprekend.'

David knikte.

'Weet je nog die tocht toen, van Zeeland naar Apeldoorn? De verkeerde afslag? *The wrong fork – the right moon...?*'

'*Apple-dorn*, ja. We vreeën langs de kant van de weg. Hadden het gevoel dat we in een film speelden. Met die krankzinnige oorlog als decor.'

'En dan stopt de camera. De zaak wordt opgeruimd, het gewone licht gaat weer aan... David – hebben we ècht de verkeerde afslag genomen?'

Hij gaf geen antwoord, wist niet wat hij moest zeggen. Zo zaten ze daar zwijgend naast elkaar, terwijl vanuit de haven, als een waarschuwing, opnieuw de scheepshoorn klonk. David streelde Jenny's rug. Maar ze maakte zich van hem los, stond op.

'Wat ga je doen?'

'Naar buiten. Een eind lopen.'

Ze stapte in haar schoenen. David stond ook op, wilde zijn jas aantrekken.

'Nee, David – ik ga alleen.'

Hij keek haar hulpeloos en niet begrijpend aan. Jenny draaide zich snel om en ging de kamer uit.

Jenny wist aanvankelijk niet waarheen ze moest gaan. Ze liep zomaar wat rond door onbekende straten, merkte uiteindelijk dat ze in de buurt van de haven was uitgekomen. In de verte zag ze het licht van de vuurtoren, en de sombere, hooggelegen Citadel die de haven beheerste. Ze zag het schip waarmee ze was aangekomen, de verlaten pier, de donkere loods.

Ze daalde af, liep rond op de plaats waar het die middag nog zo druk was geweest. De dranghekken waren opgestapeld, een stuk papier waaide omhoog in de wind. Waar zouden ze nu zijn, al die vrouwen? Bij hun mannen, gelukkig herenigd? Vrijend en liefkozend in bed? Plannen makend voor de toekomst? Was zij dan de enige bij wie het tegenviel, die straks terug zou gaan met deze boot? Jenny huiverde.

Ze was intussen tot aan het eind van de pier gelopen, keek onwillekeurig om. Heel in de verte kwam iemand aanlopen, aarzelend. Dus toch? Een bondgenoot, iemand met dezelfde ervaring als zij? Bijna opgelucht liep ze de onbekende persoon tegemoet.

Het was David. Ze was nauwelijks verbaasd.

'Ik ga terug, David. Ik neem dezelfde boot terug.' Ze zag dat hij iets wilde zeggen, was hem vóór. 'Het kan. Ik kan heen en ik kan ook terug. We hebben ons vergist.'

'Geen vergissing, maar een nieuw begin. We moeten helemaal opnieuw beginnen.' Zijn stem klonk kalm, alsof hij hierover had nagedacht.

'Dáár hadden we geen problemen. Idioot, maar waar: het was oorlog, en wij hadden geen problemen. Maar dit is nieuw, dit is helemaal anders. Jij wilt open zijn, eerlijk. Laten we doen alsof we elkaar niet kennen, en zien wat het wordt.'

Jenny luisterde, met een sombere uitdrukking op haar gezicht.

'Ik ken je niet, ik zie je voor het eerst. Dit is een nieuw leven. Jenny – dit is waar veel mensen van dromen: een nieuw begin.'

Hij zag haar huiveren, legde zijn jas om haar schouders. Er was een hartstocht in zijn stem, die Jenny nog niet van hem kende. Het fascineerde haar, ondanks alles. David legde zijn handen op haar schouders, draaide haar naar zich toe.

'Kijk naar me, Jenny. Je komt me tegen: hier, nu. Kijk naar me. Niet veel bijzonders. Geen held, geen uniform, geen medailles. Een architect uit Montreal. Goed in z'n werk. Spreekt Engels en Frans. Weet een boel over ouwe films... niet zoveel over het echte leven... Kijk naar me, Jenny! Niks bijzonders – maar het kon slechter...'

In zijn stem was geen spoor van de gebruikelijke ironie – integendeel. Jenny voelde het – de oprechtheid imponeerde haar. Ze glimlachte, aarzelend.

'Kom me tegen, Jenny. Ontmoet me, alsjeblieft. Zeg wat. Praat terug. Wees niet bang...'

Hij keek haar aan, pakte haar beide handen.

Zo bleven ze daar staan: twee donkere gestaltes, hand in hand, op de verlaten pier.

* * *

Er zat elektriciteit in de lucht. Anna herkende Jims stem, maar ze verstond hem bijna niet. De lijn zat vol gekraak en geruis.

'Ik wilde alleen even je stem horen', klonk het vaag van de andere kant.

'Oh Jim – wat fantastisch dat je belt. Heb je nu telefoon?'

Ze moest de vraag een paar keer herhalen voordat Jim kon antwoorden dat ze nog geen eigen aansluiting hadden, dat hij vanuit het postkantoor belde. Hij vroeg hoe het met haar ging.

'Goed. Erg goed...'

'En de baby?'

'Het kan nu elk moment gebeuren, Jim.'

Ze wilde vertellen dat ze de laatste tijd zo rusteloos was, maar vond de woorden niet. Er kwam steeds maar één zin:

'*I love you, Jim*... Ik hou van je...'

'Hou vol.'

'Ja, ik hou vol...'

Haar ogen vulden zich met tranen. Op de lijn was het nu een en al geknetter en gekraak. Anna besefte dat de verbinding was verbroken, maar ze zei toch nog:

'Ik zal volhouden, Jim... ik hou van je.'

Zo zat ze nog een tijdlang met de hoorn in haar hand, huiverend in haar kamerjas, in dat grote grachtenhuis in nachtelijk Amsterdam.

* * *

Op de terugweg van het postkantoor voelde Jim de stilte om zich heen. Achter de toppen van de *Rocky's* was het helder, maar boven het laagland hing een zware, onheilspellende wolkenlucht. Niks bewoog – er was geen zuchtje wind.

Jim drukte op het gaspedaal, reed zo snel hij kon naar huis. Daar zag hij Eva bezig aan de voorkant van het restaurant: verbeten, een aantal spijkers tussen haar lippen, timmerde ze grote houten schotten voor de ramen. Jim wilde helpen, maar ze stuurde hem naar achteren om *Topper*, het paard, beter vast te zetten in zijn stal.

Jim schrok toen hij het dier zag. Het trappelde nerveus, brieste met wijdopengesperde neusgaten. Het wilde niks eten, liet zich nauwelijks aanraken. Wat voor onheil voelde dat dier, nog voordat de mensen het zagen? Jim barricadeerde de stal zo goed mogelijk, ging terug naar Eva, die nu aan de zijkant van het huis bezig was.

Terwijl hij om het huis heen liep, zag hij het gras rimpelen in een lichte windvlaag. En boven de veranda, aan de voorkant, begon het uithangbord zacht piepend heen en weer te schommelen. Het was alsof hij de windvlaag met zijn ogen kon volgen, omdat alles bewoog wat hij aanraakte.

Staande op een ladder hielp hij Eva met de schotten. Bijna waren ze klaar, toen opeens een plotselinge windstoot vat kreeg op het hout. Het werd uit Jims handen gerukt, kantelde en vloog met krakend geweld door een ruit van het restaurant.

Alsof dat het startschot was voor de storm, begon opeens alles te bewegen: lampen van de buitenverlichting vlogen los en knalden kapot, één van de uithangborden werd als het ware uit zijn haken gelicht en zeilde omhoog door de donkere lucht.

Jim riep naar Eva dat ze naar binnen moest gaan, maar ze bleef staan, als versteend. Door de verbrijzelde ruit raasde de wind naar binnen. Een stuk gordijn raakte los, vloog door het restaurant. Een telegraafpaal begon te wankelen en viel krakend neer op de parkeerplaats. Jim wilde Eva met zich mee naar binnen trekken, maar ze rukte zich schreeuwend los, liep achterom naar de stal. Daar stond *Topper* te rukken aan zijn riemen, schuim om zijn bek.

Eva wilde naar het dier toe, maar Jim hield haar tegen. Wanhopig schreeuwden ze tegen elkaar. Een deel van het dak van de stal raakte los en kwam bijna op hen neer. Jim trok Eva met geweld naar binnen.

In het restaurant probeerde Jim de ramen te barricaderen maar het had geen zin meer. De een na de ander raakten de schotten los, waarna de storm de eetzaal veranderde in een chaos van glas, rondfladderende kleedjes, kapotte stoelen en tafels. Delen van de schotten vlogen als projectielen naar binnen.

Jim sloot het luik naar de keuken, schoof er een kast voor. Hij zag hoe Eva een tafelkleedje probeerde recht te leggen, dat steeds onder haar handen dreigde weg te waaien. Hij keek omhoog, hoorde het dak onheilspellend kraken. Zand en bladeren stoven naar binnen – de storm nam nog in kracht toe.

Eva leek alleen nog aandacht te hebben voor haar tafelkleedje. Ze hoorde zelfs niet het hevige gekraak boven haar hoofd. Jim schreeuwde een waarschuwing, sleurde haar weg, nog juist voordat een zware balk neerkwam op de plaats waar ze had gestaan. De tafel met het kleedje werd verbrijzeld.

Jim trok Eva met zich mee naar het woongedeelte. Daar, in een hoekje van de gang, duwde hij haar omlaag op de vloer, boog zich beschermend over haar heen. Hij voelde het schokken van haar lijf, hield haar stevig vast. Zo wachtten ze, in elkaar gedoken, tot boven hun hoofd het natuurgeweld was uitgeraasd.

Bijna even plotseling als hij was begonnen, kwam de storm tot rust. Het geraas van de wind ging over in regen – een zware regen die neerkletterde op wat er nog over was van het dak. Jim en Eva kwamen overeind alsof ze wakker werden uit een diepe slaap. Ze sloegen de stof en kalk van hun gescheurde kleren. Rekten hun stijve ledematen, wreven hun ogen uit, keken rond.

De chaos in het restaurant was enorm. Niets stond nog op z'n plaats, een deel van het dak was weggeslagen – alles wat in de laatste maanden was opgebouwd, was vernield. Eva keek rond, als verdoofd. Ze zei iets in het Hongaars, wees naar buiten: daar, op de parkeerplaats, tussen de omgevallen telegraafpalen, liep *Topper*. Hij graasde rustig in de regen – een deel van de balk waaraan hij had vastgezeten, sleepte hij achter zich aan.

Eva schudde haar hoofd, zei opnieuw iets in het Hongaars, op klaaglijke toon. Jim kwam naar haar toe, legde een arm om haar heen.

'Stil maar, ik blijf bij je. Ik laat je niet alleen, met dit...'

Ze keek hem aan, drukte heel even haar wang tegen zijn hand. De regen was nu ook opgehouden. Alleen het lekwater drupte nog na.

'Ik help je, Eva. Ik laat je niet in de steek.'

Eva voelde iets aan Jims hand, keek ernaar. Uit een diepe snijwond kwam bloed. Ze bracht de hand naar haar lippen, likte de wond schoon. Jim keek. En opeens, toen hun ogen elkaar ontmoetten, ontlaadde zich alle opgekropte spanning. Eva trok Jim naar zich toe en kuste hem hartstochtelijk. Jim beantwoordde haar kussen. Zijn hand woelde in haar haren, en met een schaamteloze gretigheid rukten ze de gescheurde kleren van elkaars lijf.

Buiten was de zon doorgebroken, die alles begon te verwarmen. Met de koesterende stralen op zijn glanzende rug graasde *Topper* kalm in het dampende gras.

⋆ ⋆ ⋆

Anna kreunde van pijn, vroeg zich tegelijkertijd af wanneer Willet z'n eerste foto zou maken. Hij stond bescheiden op de achtergrond, camera in aanslag, knikte haar bemoedigend toe. Het was vreemd, maar door zich op Willets fotografie te concentreren, merkte Anna dat ze de pijn vergat.

Ze lag in het grote bed, in Willets slaapkamer. De kraamhulp legde een hand op haar voorhoofd.

'Rustig doorademen...'

Willet knipte een lamp aan, die op een statief in de hoek van de kamer stond. De arts controleerde Anna's pols. Hij was van dezelfde leeftijd als Willet, keek met gemengde gevoelens naar diens camera. Fotograferen bij een bevalling, dat was hij niet gewend.

Een nieuwe wee diende zich aan. Anna's gezicht vertrok, ze kreunde. De arts keek op z'n horloge, knikte. Toen boog Willet zich naar voren en drukte af.

'Ik dacht dat je nooit zou beginnen...', mompelde Anna en door de pijn heen was er even een glimlach op haar gezicht. Willet transporteerde razendsnel de film, maakte van die mengeling van glimlach en pijn óók een foto.

Zo werden al die momenten voor Anna evenzovele ogenblikken waarop ze aan Jim dacht, waarop ze wist: dit is vastgelegd, dit zal hij straks zien, dit kan ik later altijd met hem delen. En zo was het alsof Jim erbij was toen ze uitgeput van de kraamhulp een slokje water kreeg, toen het hoofdje verscheen, en toen Anna datzelfde hoofdje zag, vlak na de geboorte. Zo werd Jim – op afstand – deelgenoot van haar ontroering, van het doorknippen van de navelstreng, van het wassen en wegen van de baby.

En intussen, terwijl ze eindelijk uitgeput achterover lag, ontstond er een brief in Anna's gedachten:

'Lieve Jim... vanochtend om drie over acht is onze zoon geboren. Ik noem hem Robert. Dat is de tweede naam van mijn overleden broer. Ik had dat allang in m'n gedachten, vind het een mooie naam. Jammer dat we daarover nooit samen hebben kunnen praten. Het was een moeilijke, zware bevalling, die gisteravond om elf uur begon. En nu ben ik doodop, maar ik móest even met je praten. Je bent nu vader, Jim...

Ik heb je zo vreselijk gemist. Laat alsjeblieft snel iets van je horen. Willet is heel lief voor me, een echte steun en toeverlaat. Ik stuur je een paar foto's, die hij bij de geboorte van onze zoon heeft gemaakt. Robert ligt nu naast me in z'n nieuwe wiegje, en ik moet nu ook gauw gaan rusten. Veel liefs, Anna...'

* * *

Anderhalve week later kwam de brief met de foto's in Canada aan. Jim had hem van het postkantoor gehaald bij zijn dagelijkse bezoek aan het dorp. Hij had de brief in de auto gelezen, ergens op een parkeerplaats, was daarna teruggereden.

Eva was buiten op de veranda bezig met het op maat zagen van planken. Het meeste was opgeruimd en zo goed mogelijk hersteld – alleen het dak moest nog worden bedekt. Ze zag Jim zonder een woord te zeggen het restaurant binnengaan, begreep meteen wat er aan de hand was.

Na een kwartiertje kwam hij weer buiten met de mededeling dat er koffie was. Hij begon wat bouwmaterialen uit te laden – Eva ging naar binnen. En daar lagen ze: de brief en de foto's, zo neergelegd dat Eva ze wel móest zien. Een voor een liet ze de foto's door haar handen gaan, terwijl van buiten een driftig gehamer klonk. Na enige tijd ging de deur open. Jim keek haar aan.

'Wil je even helpen?'

Eva legde de foto's neer, liep naar de deur waar hij stond te wachten. Daar bleef ze staan.

'Je moet haar schrijven. Beloof me dat.'

Jim knikte – ze gingen naar buiten.

Daar liet Jim zien wat er moest gebeuren: ze moest de planken aangeven en vasthouden, terwijl hij ze op de dwarsbalken vastspijkerde. Eva knikte, en ze gingen zwijgend aan het werk. Ze hadden al zoveel samen gedaan, dat ze aan heel weinig woorden genoeg hadden om elkaar te begrijpen. Na een paar minuten begon Jim opeens te praten.

'Ik dacht eerst: het is niet van mij, dat kind op die foto. De vader van dat kind, dat is iemand anders. Een ander mens, iemand uit een ander leven.'

Eva knikte, zei niets. Jim werkte rusteloos door, hamerde de woorden als het ware in het hout.

'Ik ben hier. Ik heb hier dingen te doen. Ik werk hier.'

'En als het werk klaar is, dan ga je weg.'

Hij stopte, keek haar getergd aan.

'Je houdt nog steeds van haar. Je denkt aan haar. Ontken het maar niet.'

Hij zuchtte, keek van haar weg. Daalde de ladder af.

'Kom op – nog drie planken.'

Ze ging naar de veranda om er een te pakken. Jim liep achter haar aan. Op het moment dat ze stilstond bij de stapel hout sloeg hij zijn armen om haar heen. Eva zag dat hij iets wilde zeggen, maar het niet kon. Ze keek hem aan.

'Denk je dat het stom is, wat we hebben gedaan?'

Hij knikte.

'Ja, het had nooit mogen gebeuren. Maar het is gebeurd. En ik heb er geen spijt van.'

Ze knikte, ging met haar handen door zijn haar. En voor een ogenblik vergaten ze alles, begonnen elkaar hartstochtelijk te omhelzen.

* * *

Waarom kijkt niemand naar me? Waarom vraagt niemand hoe het met me is? Kan het dan niemand wat schelen? Dat vroeg Maria zich af, terwijl ze stilletjes en onopvallend thuis haar dagen sleet. Werken deed ze niet meer, tenminste niet buitenshuis. Af en toe hielp ze haar moeder in het huishouden, en vaak zat ze boven een breiwerk te suffen. Dan zweefde ze weg in fantasieën: Bob was weer terug, ze woonden samen in een klein huisje, en op het grasveld voor dat huis speelde ze met haar kind.

Maar ze paste er wel voor op om over die dingen te praten. Dat was allemaal afgesloten. Na dat bezoek aan mevrouw Jelgersma hadden haar ouders er nooit meer over gepraat, alsof dat hele verleden niet bestond, nooit had bestaan. Maria had zelfs het gevoel dat ze een beetje bang waren geworden. Gesprekken stopten als zij binnenkwam, en zelfs Zus durfde niks meer te vragen.

En dus, omdat ze de waarheid niet kwijt kon, biechtte ze elke week braaf dat ze uit de koektrommel had gesnoept, lelijke woorden had gezegd, zondige gedachten had gehad. Dat was wat iedereen zei, daarmee zou ze geen aanstoot geven. En toen, na een paar keer, de pastoor verstoord reageerde dat hij toch heus wel wist dat er méér aan de hand was, begreep Maria het helemaal niet meer. Hij was geschrokken toen ze ooit om hulp en om raad had gevraagd. Had gezegd dat ze moest ophouden, toen ze haar spijt betuigde aan mevrouw

Jelgersma. En nu, nu ze gewoon maar wat zei, was dat ook niet goed. Wat wilde hij dàn?

Ze voelde een kille woede in zich opkomen, alsof er iets in haar bevroor. Ze wist het wel: dat ze het verkeerde deed, iedereen tot last was. Ze zou het nooit meer doen, dat beloofde ze. Niemand meer tot last zijn, nooit meer.

Waar kon ze nu nog heen? Ze wist opeens wat haar te doen stond: een idee dat onbewust bij haar was gerijpt en dat ze nu voor het eerst onder ogen durfde te zien. Het was zo logisch, zo voor de hand liggend. Dat ze dat niet eerder had bedacht... Haar ouders zouden misschien korte tijd bedroefd zijn, maar daarna zouden ze het begrijpen. De schande in de familie weggewist, de zieke plek weggesneden – wat een opluchting. Ze zouden achteraf met eerbied en bewondering over haar spreken: Maria, die haar lijden in stilte droeg, die de enige weg koos die God haar wees. En haar kind... Dat zou onbezorgd opgroeien, zonder ooit te weten wie ze was, zonder de zonde te kennen waaruit het was geboren. Het zou liefhebbende ouders hebben, die haar alles gaven wat het nodig had. Dat kind was beter af zonder haar. Haar taak op aarde was volbracht – ze moest nu alleen nog dat laatste offer brengen, voor haar kind...

Ze was intussen thuisgekomen van de wandeling waarop ze dit alles had bedacht. Had het scheermes van haar vader gepakt, was naar haar kamer gegaan. Bijna zonder er bij na te denken, als een soort ritueel, klemde ze het mes vast in de vensterbank, met de scherpe kant naar boven. Dat had ze een keer in een film gezien, een film waar ze eigenlijk nog niet heen mocht. Ze had gehuild om dat meisje in die film. Later zouden mensen misschien ook om háár huilen. Ze keek nog één keer naar buiten, naar de wuivende bomen in de achtertuin. Zoals die bomen, zo boog zij ook. Toen haalde ze diep adem en sloeg haar pols in het mes.

Beneden, in de woonkamer, keek Zus op van haar huiswerkschrift. Boven haar hoofd klonk gestommel, alsof er iemand uit bed viel. Ze luisterde of ze verder nog iets hoorde, werkte door. Maar op de een of andere manier bleef dat geluid bij haar hangen, bleef het achter in haar geheugen. Ze bedacht hoe Maria was thuisgekomen en zonder een woord te zeggen naar boven was gegaan. Ze luisterde opnieuw, stond toen op en ging de trap op naar boven.

⋆ ⋆ ⋆

Op een middag in april belde een klein jongetje aan bij Willet. Willet deed open – de jongen keek hem onderzoekend aan.

'Woont hier Anna Bayens?'

Willet knikte. De jongen keek heel even opzij, alsof hij van iemand op afstand toestemming zocht, haalde toen een dikke envelop uit zijn zak.

'Ik moest zeggen: van Joey, voor de reis.'

Hij gaf de envelop aan Willet en rende weg.

Anna was boven bezig, in de doka, waar ze foto's van de kleine Robert afdrukte. Toen Willet haar riep, iets zei over Joey, kreeg ze een vermoeden. En toen ze het geld zag, wist ze het zeker.

Ze keken naar de bankbiljetten, uitgespreid op tafel. Joey was niet meer te achterhalen, die zou zich niet laten zien. Hij had zijn schuld betaald – Anna moest maar zien wat ze ermee deed. Anna keek naar Willet.

'Wat moet ik doen?'

'Als jij beslist niet naar Canada wilt, dan moet je niet gaan. Maar ik bemoei me er niet mee, weet je nog? Afspraak.'

Anna keek naar het geld, keek naar de tevreden murmelende Robert in haar armen, en zuchtte. Dat was Willets manier om haar iets duidelijk te maken. Meestal ging ze gewoon haar eigen gang, maar nu had ze steun nodig.

'Willet, alsjeblieft.'

Willet deed of hij nadacht.

'Je wilt het geld van Jim, niet van Joey. Maar je hebt al lang niks van Jim gehoord. Heeft ie het druk? Andere dingen aan z'n hoofd? Je weet het niet...'

'Dus jij zou gaan?'

Willet keek haar verbaasd aan, schudde zijn hoofd.

'Welnee, absoluut niet! Stel je es voor: zo'n hele reis met

een klein kind. En in Canada, waar moet je Robert dan laten? Dat is een gigantische, ingewikkelde onderneming. Met een grote kans dat er iets misgaat.'

'Dus jij zou niet gaan?'

Ze keek hem gespannen aan.

'*Ik* niet. Maar als ik dertig jaar jonger was, en verliefd, en wanhopig...'

Hij liet de rest van de zin onuitgesproken, maar Anna begreep wat hij wilde zeggen. Ze zuchtte en keek voor zich uit, alsof ze in gedachten al in Canada was.

* * *

Zus zag er tegenop, maar ze ging toch. Vond het zaaltje op de derde klas, en ging naar binnen. Vijf bedden waren leeg, in het zesde lag Maria, aan een infuus. Ze zag bleek, was zo te zien nog erg zwak. Zus knikte, glimlachte zwakjes, ging bij het bed zitten. Lange tijd zeiden ze niets. Toen begon Maria te praten, met trage stem.

'Ze hadden me gewoon moeten opsluiten. In de gevangenis... of in het gekkenhuis.'

'Je bent toch niet gek?'

'Waarom lig ik hier dan?'

Zus zei maar niks meer, keek naar een bosje lathyrus, op het nachtkastje.

'Pappa en mamma praten niet meer met elkaar.'

Maria reageerde niet.

'Ze geven mekaar de schuld.'

'Onzin. Het is allemaal mijn schuld.'

Zus boog haar hoofd. Tranen druppelden in haar schoot. Het duurde even voordat Maria het zag.

'Wat is er?'

'Als je dat nog één keer zegt, ga ik weg. Dan kom ik nooit meer terug.'

Maria zweeg. Na een tijdje kwam voorzichtig haar hand onder de dekens uit. Zus pakte de hand, hield die zwijgend vast.

In de daarop volgende weken herstelde Maria langzamerhand. Niet zozeer van de wond aan haar pols, als wel van het veel dieper liggende schuldgevoel, het gevoel van niets waard te zijn. En wat de pastoor en haar ouders niet konden, zelfs niet eens hadden geprobeerd, dat deed een oudere verpleegster. Ze zag dat Maria belangstelling had voor andere patiënten, probeerde haar bij het ziekenhuiswerk te betrekken. Ze liet Maria kleine karweitjes doen, vertelde over ziektes en verpleging. Maria nam al die kennis gretig tot zich, en door haar toewijding was ze al gauw geliefd op de hele afdeling.

Uiteindelijk moest Maria terug naar huis, omdat ze lichamelijk was hersteld. De verpleegster zou kijken of er voor haar een plaatsje was in de opleiding, zou een goed woordje voor haar doen. En eindelijk, nadat haar in de afgelopen tijd vrijwel alles was afgenomen, kreeg Maria weer eens iets terug: het gevoel dat ze iets kòn, dat ze niet helemaal overbodig was op deze wereld.

⋆ ⋆ ⋆

In Canada begon het restaurant weer klanten te trekken. Velen hadden de zaak net leren kennen en waarderen voordat de storm alles verwoestte. Men leefde mee, en het leek alsof er juist in die periode van herstel méér bezoekers kwamen, de fooien af en toe wat royaler uitvielen. Tijdelijk ongemak nam iedereen voor lief – men hoopte dat de eigenaars er gauw weer bovenop zouden zijn.

Jim was gaan paardrijden. Hij had het vroeger wel eens gedaan, maar was het gevoel ervoor kwijt. Eva liet hem rondjes rijden op *Topper*, die ze losjes aan een leidsel vasthield. Ze knikte goedkeurend.

'Je zit is nog goed.'

'Na twaalf jaar . . .'

'Je moet een ander zadel. Ik moet nog ergens een zadel hebben van Ron.'

Ze gooide het leidsel op naar Jim. Die draaide het paard, sturend met zijn knieën. Eva keek kritisch toe hoe hij een laatste rondje maakte en afstapte. Ze klopte het dier liefkozend op zijn brede hals.

'Binnenkort moet jij hem afrijden, elke dag.'
Jim keek haar niet begrijpend aan.
'Ik kan het niet meer.'
Ze streelde het paard. Keek hem aan.
'Ik ben in verwachting, Jim.'
Jim was een ogenblik sprakeloos, omhelsde haar toen voorzichtig. Maar zij pakte hem stevig vast.
'Ik weet ook niet hoe het verder moet, Jim. Ik ben bang en blij en alles tegelijk...'
Ze kusten elkaar hartstochtelijk. Het paard voelde zich vergeten, duwde zachtjes zijn snuit tegen Eva's rug.

Die avond probeerde Jim een brief te schrijven naar Anna. Maar veel verder dan '*Dear Anna*' en een paar eerste regels kwam hij niet. Hij haatte het om haar pijn te moeten doen, haatte zichzelf daarom. Eva zag zijn frustratie en liet hem met rust. Ze ging de kamer uit, zodat hij zich beter kon concentreren. Jim las de eerste regels over, verscheurde het papier, staarde voor zich uit. Hoe moest hij vertellen wat er was gebeurd?
Hij begreep het zelf nauwelijks. Een paar jaar geleden werkte hij nog in de graansilo's, in het dorpje waar hij vandaan kwam. Toen brak de oorlog uit. Hij had gevochten in Europa, in landen waarvan hij de taal niet sprak. In Holland hadden ze hem met gejuich en als een held binnengehaald, en was hij verliefd geworden op Anna. Anna, die nu een kind van hem had, en aan wie hij moest schrijven...

* * *

Intussen was Anna al onderweg. Ze was eerst naar Zeeland gegaan, op aandringen van Willet. Om afscheid te nemen, en om Robert aan haar ouders te laten zien. Haar moeder nam het kind op haar arm, was zichtbaar ontroerd. Opa werd erbij gehaald en wist zich geen houding te geven. Anna zei dat ze niet wist of ze terugkwam. Als ze daar welkom was, dan bleef ze, met Robert. En als het niet goed meer was, dan wilde ze dat daar van hem horen. Ze zag aan de ogen van haar ouders dat die haar niet begrepen, en deze keer nam ze het hen niet kwalijk.

Ze begreep het zelf nauwelijks. Een paar jaar geleden zat ze nog op school, hier in dit dorp waar ze was geboren. Toen brak de oorlog uit. Gees sneuvelde, en na jaren van ellende en onderdrukking kwamen de bevrijders: jonge mannen die ze met gejuich en als helden binnenhaalden. Op een van die mannen was ze verliefd geworden. Jim, wiens kind ze nu in haar armen droeg, en naar wie ze op weg was...

Het was veel méér dan een reis – het was bijna een ritueel. Elke dag was Anna met de kleine Robert aan dek. Dan keken ze naar de meeuwen, de golven, de wolken. En Anna besefte: wat er ook gebeurt, dit beleven we samen – wij kunnen later tegen elkaar zeggen: we zijn samen naar Canada gegaan. Dit is van ons, dit kan niemand ons afnemen.

Robert hield zich heel goed tijdens de overtocht. Hij had geen last van de deining, at en sliep als de beste. Maar toch wisten David en Jenny, die Anna in Halifax kwamen afhalen, haar ervan te overtuigen dat ze hem die lange treinreis niet mocht aandoen. Zij zouden zo lang voor hem zorgen.

Zo begon Anna alleen aan de laatste etappe van haar reis. Aanvankelijk miste ze Robert, maar gaandeweg begreep ze steeds beter dat ze dit alleen moest doen. Dagen en nachten zat ze in de trein. Ze zag het landschap aan zich voorbij trekken, voelde bijna fysiek de afstand. Zo ver was Jim bij haar vandaan. Zó ver...

Maar toen ze dan eindelijk, op de ochtend van de derde dag, uit de bus stapte, was hij opeens angstig dichtbij. Ze zag de afslag, het bord met *Eva's Restaurant*, en de schrik sloeg haar om het hart. Nog nooit had ze zich zo klein gevoeld als in dat onafzienbare, vlakke land. Ze begon te lopen, met haar kleine koffertje, kon aan niets meer denken. De droge, hete wind in haar haren maakte haar bijna duizelig. Alle fantasieën over hoe het zou gaan, waren op slag verdwenen, uitgewist door de werkelijkheid.

Anna liep die mijl, die eindeloze mijl, naar het restaurant. De parkeerplaats was leeg, en van een afstand leek ook het restaurant verlaten. Maar toen ze dichterbij kwam, zag ze iemand binnen staan, iemand die haar had gezien. Het was Eva. Ze keken elkaar aan, en Eva maakte een kort gebaar: kom binnen. Anna liep met knikkende knieën het trapje op naar de veranda.

Eva had een doek in haar hand, waarmee ze bezig was de tafels schoon te maken. Dat was het eerste wat Anna zag – het tweede, dat ze in verwachting was. Ze hield haar adem in, kon geen woord uitbrengen. Eva sprak het eerst.

'*Are you...?*'

Anna knikte. De woorden kwamen moeizaam.

'*You must be Eva.*'

Een overbodige vraag. Stilte. In de verte naderde een auto.

'*I am Anna. You are...*'

Eva legde een hand op haar buik, knikte.

Anna zag dat ze langs haar heen naar iets keek. Ze keek om, zag de auto.

'*You stay here. I talk to him.*'

Voor het eerst was er weer enige stevigheid in Anna's toon. Ze pakte haar koffertje en ging naar buiten.

Jim zag haar niet meteen. Hij was bezig dozen en kratjes groenten uit te laden. Anna liep ongezien naar hem toe.

'Jim...'

Als bevroren bleef hij staan, een kratje in zijn handen. Toen draaide hij zich langzaam om.

'Anna...'

Hij keek haar een tijdlang verbijsterd aan. Zette uiteindelijk het kratje neer. Hij wilde naar haar toe lopen, maar Anna maakte een afwerend gebaar.

'Ik kwam om met je te praten. Om je te vragen wat we zijn voor elkaar...'

Het Engels kwam er goed uit – het was alsof ze hem met woorden op een afstand wilde houden.

'...maar ik zie aan Eva dat het niet meer nodig is om te praten...'

'Anna... *dear Anna...*'

Die woorden braken iets in haar, maakten haar woedend en wanhopig.

'*Goodbye, Jim.*'

Ze draaide zich om en liep terug, blindelings, naar de weg. Het duurde even voor Jim besefte wat er gebeurde.

'Anna, wacht! Waar ga je naar toe?'

Hij liep een paar passen achter haar aan. Anna keek niet om en hoopte één ding: dat hij haar niet achterna zou komen, dat hij het niet nog moeilijker zou maken. Ze hoorde hem roepen: Anna! Dwong zichzelf niet om te kijken, niet haar pas in te houden. Het had geen zin. Praten, of blijven, of vechten – het had geen zin meer. Ze moest flink zijn, volhouden tot aan de bushalte, volhouden tot ze bij David en Jenny was, en bij Robert. Dan kon ze huilen. Dan kon ze eindelijk huilen...

Jim bleef staan. Hij riep zelfs niet meer, keek met open mond hoe Anna van hem wegliep. Het was absurd dat hij niks deed maar het was ook onmogelijk om wèl iets te doen. Want ook al hield hij haar tegen, ook al haalde hij haar terug om te praten, te vechten, te huilen – dat alles zou niets veranderen aan de situatie. De situatie dat er twee vrouwen waren in zijn leven en dat hij daar tussenin stond...

5

Later wist hij niet meer of het door de warmte gekomen was, of door de drukkende geur van chemicaliën, of misschien doordat hij nu al dagen achtereen in de donkere kamer bezig geweest was. Maar toen Willet de stem van Anna hoorde, schrok hij op als uit een diepe, zwarte droom. 'Willet?' De foto in de ontwikkelbak was zwart geworden. Haastig knipte hij het licht aan, griste de zwarte plaat uit de bak en stopte hem weg. Anna mocht dat niet zien. Ze zou zich zorgen maken, want zoiets overkwam hem nooit. 'Willet? Ben je bezig?' Hij moest iets zeggen. Even nog liet zijn stem hem in de steek. Hij schraapte zijn keel. 'Kom maar.'

Anna schoof de zware gordijnen opzij en stapte de doka in. Ze keek naar hem; zag de groeven in zijn gezicht en het steeds grijzer wordende haar. 'Gaat het wel goed met je?' vroeg ze bezorgd. 'Je ziet er moe uit.'

Willet haalde diep adem. Dat kon weer, zonder die stekende pijn te voelen. Hij knikte. 'Ik ben hier nog wel een weekje mee zoet.' Anna glimlachte. Mooi was ze. Hij zag in haar nog steeds het jonge meisje, dat hij voor het eerst had gezien bij de terugkomst van de Koningin in Zeeuwsch-Vlaanderen. Dat meisjesachtige, dat raakte ze nooit kwijt, gelukkig.

Anna drentelde naar een afdruk waar zij op stond met Robert tegen zich aangeleund. De gordijnen van de doka zwaaiden weer open en daar kwam hij – Robert. Hij rende regelrecht op Willet af, die hem met moeite opving. Zo groot werd hij al, die jongen, en altijd wilde hij knuffelen of stoeien. Willet was van het kind gaan houden alsof het zijn eigen zoon was.

'Mama en ik gaan morgen naar Artis!' riep Robert opgetogen. 'En jij moet mee!' Willet lachte. Artis was zo ongeveer het laatste waar hij tijd voor had. Maar als Robert dat wilde, ging hij mee. 'Hee, dat zijn wij!' Robert wees op de foto van hem en zijn moeder. Willet voelde zich behaaglijk warm worden. Vergeten was de pijn, de moeheid. Hij stond hier met zijn gezin. Zo ervoer hij dat. Ze waren samen, en ze waren tevreden met elkaar.

Een uur later bracht Anna de maaltijd op tafel. Robert zat, zoals altijd, met zijn eten te spelen. Hij prikte een aardappel aan zijn vork en probeerde die in de mond van Willet te steken. 'Hap. Jij bent een zeeleeuw!' Want dat uitstapje, morgen, had hem geen ogenblik meer met rust gelaten. Willet keek naar Anna. Hij probeerde het gesprek voort te zetten, dat hij al een tijdje geleden begonnen was. Ze moest overtuigd worden, en dat was bij Anna soms een hele toer.

'Jij kunt alles wat ik kan,' zei hij. 'Er is eigenlijk maar één groot verschil: ik ben een ouwe man en jij bent zesentwintig. Waarom neem je nou niet van mij aan, dat je echt een heel goede fotografe geworden bent?'

Anna ging zitten en deelde het vlees uit. Ze schudde haar hoofd en liet hem praten. Al was 't alleen maar omdat ze zo graag luisterde naar die weerbarstige, donkere stem. Willet sneed het vlees voor Robert. 'Ik heb met Reinders gepraat en die heeft er geen bezwaar tegen om dat fotoboek uit te geven onder onze twee namen.' Anna keek op van haar bord. Hij had er geen gras over laten groeien. Hij meende het. En toch kon ze niet nalaten te vragen: 'Is dat echt waar?' Willet boog zich naar Robert en stootte hem plagend aan. 'Waarom gelooft jouw moeder mij nou nooit, joh? Als ik zeg: wij gaan morgen naar Artis, dan geloof jij me toch?' Pretlichtjes vonkten op in de donkere ogen van de jongen. 'Nee!' lachte hij.

Gelukkig liet het weer hen niet in de steek. Robert rende uitgelaten heen en weer. Nooit liet hij hen lang met rust. Ze moesten meekijken naar de apen, de olifanten, en de jonge leeuw. Hij legde minstens vijf keer de afstand af die Willet en Anna wandelden.

'Je bent nog nooit een dag van huis geweest.' Anna keek hem van opzij aan. 'Ik wil er zijn als Robert thuiskomt van school. Is dat nou zo gek?'

'Natuurlijk niet.' Willet zocht naar woorden om haar zo ver te krijgen dat ze die opdracht aannam. Hij kon het werk niet meer aan. Of het door het drukke kind kwam, door zijn leeftijd, of misschien door iets anders, iets onbenoembaars – hij voelde zich te oud worden. En hij zou graag zien dat iemand voortzette wat hij begonnen was. Hij legde even een hand op haar arm. 'Doe jezelf en mij een plezier, Anna. Ga naar Eindhoven en praat met die mensen. Maak foto's. Duizend, voor mijn part. We kunnen ze samen selecteren. En ik zorg in die tijd voor Robert.' Zo, dat excuus had hij van haar afgenomen. Het enige dat haar nu nog weerhouden kon, was de twijfel aan haar eigen capaciteiten. 'Ik heb alles met Reinders doorgesproken. We hebben zelfs de titel al: "Werk in Nederland".'

Een lachje rimpelde om Anna's ogen. Als Willet zich eenmaal iets had voorgenomen, was hij er met geen tien paarden van af te brengen, met geen honderd olifanten, met de hele bevolking van Artis niet.

En dus parkeerde Anna een paar dagen later haar autootje voor het ziekenhuis in Eindhoven. Willet had inderdaad alles geregeld: ze zou de donkere kamer mogen gebruiken, ze kon alle diensten meedraaien en het personeel was op de hoogte. Ze pakte haar fotospullen van de achterbank en een koffertje met kleren. Het bezoekuur was net afgelopen. Tegen de stroom in liep ze naar de ingang, ging naar binnen en meldde zich bij de portier.

Even later kwam een hoofdverpleegster naar haar toe. 'Zuster De Beer. Zeg maar Greta.' Anna keek in een vriendelijk gezicht en stond op. De hoofdzuster hielp haar met de bagage en wees haar de weg door de gangen van het ziekenhuis. 'We hebben maar een klein kamertje voor je,' zei ze verontschuldigend. 'Maar er is een telefoon en verder alles wat je nodig hebt.' Ze deed een deur open. 'Wanneer wil je beginnen?'

Anna stapte het kamertje binnen. 'Meteen, als het mag.'

Geroutineerd zette Maria het verpleegsterskapje op. Ze deed haar horloge af en haakte het om de band van haar schort. Ze voelde zich onmiddellijk rustig worden. De lucht van het ziekenhuis, de aanblik van het uniform – het ontspande haar. Hier was ze op haar plaats. Alleen hier, nergens anders. Ze hield van haar werk. Het had haar respect gebracht en een zekere mate van bewondering. Ze was iemand geworden met kennis van zaken en nog veel meer dan dat: met liefde voor haar afdeling, de kinderen.

Snel liep ze naar de couveusekamer. In de sluis deed ze het kapje voor de mond. De hele dag had ze moeten denken aan het kindje van de familie Davelaar. Als ze naar haar gevoel had geluisterd, was ze na haar dienst niet eens naar huis gegaan. Het liefst had ze willen blijven om naar dat kind te kijken en meteen te kunnen ingrijpen als er iets verkeerd mocht gaan. Maria bekeek de status. Het zag er slecht uit. Ze draaide zich naar de leerling-verpleegster: 'Zijn de ouders gewaarschuwd?' Het meisje knikte. 'Ze zijn in de wachtkamer.' Maria keek door de ruit en zag het echtpaar zitten. De vrouw ineengedoken, als een zielig vogeltje, de man bezorgd over haar heen gebogen. Ik weet wat het is, dacht Maria, om een kind te verliezen. Maar jullie hebben misschien nog een kans om het te houden. Ze rechtte haar schouders. 'Als er weer zoiets is, moet je me meteen waarschuwen. Dienst of geen dienst.'

De jonge verpleegster schrok van de kille klank in haar stem. Van haar stuk gebracht, verliet ze het zaaltje.

Maria ging op haar hurken zitten en keek naar de baby. Het lag rustig, te rustig, in de couveuse. Soms kwam de ademhaling gejaagd – soms bleef elke beweging angstig lang uit. Maria stak haar hand door de mouw in het glas en streelde het kind. 'Vecht dan,' fluisterde ze. 'Je moet vechten. Wij kunnen maar zo weinig voor je doen. Je hebt een vader en een moeder die van je houden. Ze zitten daar, machteloos en ze zijn zo bang dat je dood gaat. Je mag niet doodgaan. Ik wil dat je blijft leven! Toe dan!' Met alles wat ze in zich had, probeerde Maria haar wilskracht op het kind over te brengen. Een stervende baby, het ergste wat er is. Het zou nooit mogen gebeuren. En soms hoefde het niet, als het kind een beetje vechtlust in zich had.

Wat was het: een schaduw? Misschien toch een geluid dat in de doodstille kamer doordrong? Opeens werd Maria zich bewust van een paar ogen. Ze keek op en zag dat er aan de andere kant van de ruit een vrouw naar haar stond te kijken. Ze had een fototoestel bij zich en was kennelijk bezig foto's van haar te maken. Betrapt kwam Maria overeind. Woede flitste door haar heen. Zo mocht niemand haar zien. Geen mens – hooguit een kind. 'Weg!' Haar stem klonk rauw. Ze maakte een woedend gebaar, verliet de afdeling en stoof de gang op. Wie was dat mens?

De blonde vrouw kwam naar haar toe. 'Het spijt me,' zei ze. Maria gaf haar een vernietigende blik en stormde langs haar heen. Ze voelde zich vernederd, maar vooral betrapt op een moment dat alleen van haar was en van de baby die haar nodig had.

* * *

In de avondstilte van de kamer schrok Willet op. Robert riep, en het klonk alsof hij huilde. Willet rende de trappen op en deed de deur van het slaapkamertje open. 'Robert?' Het licht vanuit de gang viel over het bed. De jongen zat half overeind. Zijn gezicht was nat. 'Wat is er? Heb je akelig gedroomd?' Willet ging naast hem op het bed zitten en nam het kind in zijn armen. 'Stil maar.' Het kleine lijf schokte nog na, van heel diep kwamen de snikken. 'Je was weg.' 'Welnee.' Willet wiegde hem. 'Welnee. Ik ben toch altijd hier? Wie zou er anders op je moeten passen? Mamma is aan het werk, foto's maken in Eindhoven, weet je nog wel? Morgen belt ze je weer op.' Hij veegde het vochtige haar van Roberts voorhoofd. 'Ze zat op het dak,' zei de jongen met een benauwd stemmetje. 'En toen dacht ik dat ze verdronk.'

Ach natuurlijk: die vreselijke berichten uit Zeeland, een paar maanden geleden, waar de dijken gebroken waren en het water het land in stroomde en alles, alles overspoelde. Hij had foto's gemaakt van verdronken kalveren en paarden. Meubilair dat tegen hekken aangedreven was. En mensen die op daken zaten, of in gammele bootjes, of met lieslaarzen aan probeerden te redden wat er nog te redden viel. Goddank was Zeeuwsch-Vlaanderen grotendeels voor de ramp gespaard gebleven.

'We zijn vorige maand nog bij opa en oma geweest,' zei Willet troostend. En opeens schoot hem iets te binnen. 'Weet je wat ik bedacht heb?' De jongen kalmeerde en keek hem nieuwsgierig aan. 'Omdat mamma een weekje weg is en omdat het zulk mooi weer is, kunnen wij er best samen eens op uit. Nou? Wat vind je dáárvan?' Vergeten was de nachtmerrie. 'In een tent?' Welja, dacht Willet, waarom niet. In de kelder moet nog zo'n ding staan. Hij knikte.

'En als mamma dan belt?'

Willet gaf hem een vriendelijke stomp. 'In die tent heb ik toch zeker telefoon!'

* * *

Anna had die nacht niet goed geslapen. Het incident met de verpleegster zat haar dwars. Was ze te ver gegaan? Maar het personeel wist van haar aanwezigheid en ze had volledige vrijheid gekregen. En zo'n prachtig moment van tederheid en zorg, dat had ze niet mogen laten passeren. Dat zou Willet ook niet doen.

Greta de Beer schoof haar een kop koffie toe. Samen liepen ze naar een tafeltje in de personeelskantine. Anna had haar van de aanvaring verteld. 'Maria Bloemink is een van onze beste verpleegsters,' vertelde Greta en ze sneed met zorg een appelbol open. 'Maar ze is een beetje vreemd. We hebben haar een keer moeten wegsturen, omdat ze in slaap was gevallen bij het bed van een patiëntje. Ze had al twintig uur geen dienst meer, maar ze moest en ze zou in de buurt blijven.' Ze nam een hap van het gebak en kneep genietend haar ogen dicht.

'Ze zat er dus in haar eigen tijd?'

Greta at haar mond leeg en knikte. 'Gekkenwerk natuurlijk. Het is mooi als je je verantwoordelijk voelt, maar je moet ook een deur achter je dicht kunnen doen.'

Peinzend roerde Anna in haar koffie. Ze begreep dat wel: in volledige vervoering kunnen raken door het werk dat je doet. Zelf had ze, samen met Willet, menige nacht in de doka doorgebracht – elk besef van tijd verloren.

'Ach,' vervolgde Greta, 'ze schijnt zelf ook 't een en ander te hebben meegemaakt. Ik heb gehoord dat ze een kind heeft van een Canadees.'

Anna legde het lepeltje neer. Vergat de koffie. Het geroezemoes van stemmen viel weg. Een kind van een Canadees...

Als een bezetene ging ze aan het werk om de foto's klaar te krijgen, die ze van die Maria Bloemink had gemaakt. Ze moest naar haar toe, en wel zo gauw mogelijk. Praten. Luisteren. Een kind van een Canadees! Natuurlijk had ze altijd geweten, dat zij niet de enige was. Maar nooit was de gedachte bij haar opgekomen om een andere vrouw op te zoeken om ervaringen uit te wisselen. En plotseling realiseerde ze zich, dat ze dat ontzettend graag wilde. Ze wilde Maria's verhaal horen, en haar eigen verhaal vertellen. Weten wat zij gedaan had. Hoe het afgelopen was met die man. Of hij in Holland gebleven was. Waarom was ze niet naar Canada gegaan?

Maria bleek vrij te hebben. Met enige moeite wist Anna haar adres van de administratie te pakken te krijgen. En de volgende dag al liep ze zoekend langs de rij saaie flats in een buitenwijk van Eindhoven. Toen ze aanbelde, hield ze haar adem in – eindelijk zou ze een lotgenote ontmoeten.

De donkere ogen van Maria keken haar aan. Maar geen lachje, geen glimlach kon eraf. Stug wees ze de weg naar de huiskamer. 'Ik kom mijn excuses maken,' begon Anna, en ze hield de grote enveloppe omhoog. De kamer was al even kil als de ontvangst. Nergens speelgoed, geen kinderjasje dat over een stoel hing. In één oogopslag zag Anna, dat niets hier op de aanwezigheid van een kind wees. En haar nieuwsgierigheid groeide.

'Het was niet mijn bedoeling u lastig te vallen. Misschien had ik 't niet moeten doen, maar ik ben fotografe en...' Een koele stem sneed haar af: 'U doet uw werk, bedoelt u. En ik doe het mijne.' Anna knikte. Maria maakte geen aanstalten haar een stoel te wijzen. Ze bleven staan, onhandig en ongemakkelijk. 'Ik wil het niet,' zei Maria.

Anna slikte. 'Ik heb toestemming gekregen om vrij mijn werk te doen.'

'Maar niet van mij.'

Anna legde de enveloppe op een bureautje en begon de afdrukken eruit te halen. 'Dat respecteer ik, en daarom ben ik hier. Kijk. Dit is alles wat ik van u gemaakt heb. De negatieven zitten erbij.'

Maria bewoog niet. Ze bleef staan alsof ze bevroren was. En misschien was dat ook wel zo. Heel lang geleden al. Net na de oorlog. Misschien verklaarde dat de kilte in die kamer, de kou die om haar heen hing. Maar aan de krampachtige handen zag Anna, dat er diep van binnen leven zat en pijn. 'Waarom kijk je niet?' Intuïtief begon Anna haar te tutoyeren. 'Het is eerlijk werk. Geen rotzooi. Kijk er alsjeblieft naar voordat je ze weggooit.'

Maria draaide zich om, keek even naar Anna, toen naar de foto's. Ze kwam dichterbij en liet ze een voor een door haar vingers gaan. 'Ze zijn mooi. Maar ik kan nu niet met je praten.'

En ik kan niet weggaan, dacht Anna. Zeker niet nu je dat zo zegt. Anders is het meteen voorgoed afgelopen. En ik wil het weten. Ze deed een paar stappen in de richting van Maria. Ze haalde diep adem en hoopte maar, dat de goede woorden zouden komen. 'Jij en ik hebben veel gemeen. We hebben hetzelfde meegemaakt, bij de bevrijding . . .' Maria bewoog zich niet. 'Ik woonde in Zeeuwsch-Vlaanderen. Thuis nog. En ik werd verliefd op een Canadese soldaat. We . . . ik kreeg een kind van hem. Een jongetje. Robert is nu zeven.' Ze aarzelde. Ging ze nu weer te ver? Maar als ze haar eigen verhaal vertelde, wie weet herkende de ander daar iets in, kwam ze die brug over en zouden ze elkaar echt ontmoeten. 'Jim is terug naar Canada. Ik ben hier gebleven. Die dingen gebeuren. Ze zijn sterker dan wij.' Meer wist ze niet te zeggen. Het contact hing nu af van de vrouw tegenover haar.

Maria schudde langzaam haar hoofd. 'Het spijt me,' zei ze.

Die avond belde Anna met Willet. Ze voelde zich doodmoe en verslagen. En de enige tegen wie ze wilde zwijgen, was hij. Het kan zo goed zijn om stil te zijn met een ander. Als er warmte is en aandacht. Maar ze huiverde nog, als ze aan de kou in Maria's kamer dacht.

* * *

Jenny zette de autoradio af, en met de stilte die inviel besefte ze plotseling, hoe lang ze zich al had geërgerd aan de opgewekte muziek en de opdringerige reclameboodschappen. De zegeningen van de Nieuwe Wereld . . . Soms kon ze met minder zegen toe.

Ze begon langzamer te rijden, keek speurend om zich heen en merkte dat ze de flats, die aan de rand van Montreal in aanbouw waren, bijna voorbij reed. Ze parkeerde de auto, pakte de picknickmand en stapte uit.

David zou niet weten wat hem overkwam. Nooit ging ze naar hem toe op zijn werk. En vrouwen op een bouwplaats, dat was helemaal tegen de regels. Thuis bekeek ze geïnteresseerd zijn ontwerpen en probeerde er wijs uit te worden, maar hoe geduldig hij de blauwdrukken ook uitlegde, het bleef een onbegrijpelijk soort meetkunde voor haar. 'Ik moet 't zíen,' zei ze dan. En dan zei hij: 'Als 't af is. Bij de opening mag jij zeker niet ontbreken.' Dan trok hij haar naar zich toe en zij streelde zijn stugge haar, maar keek ver over hem heen – op zoek naar een vast punt in een onzekere toekomst. Hij voelde haar onbehagen en maakte een grapje: 'Je bent toch wel trots op een man die zijn gezin zo goed onderhoudt?' En besefte meteen dat het een slechte grap was. Het gezin – dat waren zij en Tiger, de kat. Al zeven jaar. Ik moet een baantje zoeken, dacht Jenny. Zo veel vrouwen in Canada werken en dat is een uitstekende manier om de zinnen te verzetten. Maar ze was er nog steeds niet toe gekomen. Iets weerhield haar, zoals wanneer je een belangrijk telefoongesprek verwacht dat niet komt maar intussen alle andere activiteiten op de lange baan schuift, lamlegt. Het werd hoog tijd dat ze zich uit die apathie bevrijdde. En nu had ze dat gedaan. Ze had zichzelf wakker laten schudden uit die halfslaap, die soms een nachtmerrie werd, soms een zoete droom.

Jenny beklom de ladders, die naar de etage leidden waar David volgens een van de bouwvakkers rondliep. Even herkende hij haar niet. Een vrouw met een veiligheidshelm en een picknickmand. Maar toen hij haar stem hoorde die zei:

'Een heel wat beter uitzicht dan in een cafetaria', lachte David. Ze was er nou eenmaal en hij had 't hart niet haar weg te sturen. Hij keek toe, hoe ze kordaat over de bouwmaterialen stapte, een paar kisten bij elkaar schoof en de mand begon uit te pakken.

'Wat een onverwacht genoegen.' Maar hij voelde dat er iets was. En niet iets om te vieren. Ook al leek het zo. Jenny was gespannen. Ze verdeelde de sandwiches en gaf hem een fles wijn om open te maken. Misschien een telefoontje van thuis. Altijd veroorzaakte dat een paar dagen heimwee. Soms vroeg hij zich af, of hij er inderdaad niet beter aan had gedaan als hij met haar in Holland was gebleven. Canada was nog steeds niet echt haar plaats – meer een tussenstation, waar ze op de juiste verbinding wachtte.

Jenny speelde met haar brood. 'Kun jij je dokter Brewster nog herinneren?'

Aha! De arts die hen verteld had, dat hen niets mankeerde. Dat ze gewoon 'geduld' moesten hebben en 'de juiste dingen' doen. Canada was preuts. Zelfs de artsen. Altijd voorzichtig, zeker wanneer het intieme zaken betrof. David glimlachte. 'Dat was toch de man tegen wie jij zei dat baby's niet door geduld worden verwekt? Dat vond ik een rake opmerking.'

Jenny draaide peinzend het glas tussen haar handen. Ze had goed overdacht wat ze tegen hem zou zeggen, en hoe, maar nu hij daar zo tegenover haar zat met die glimlach en zo op z'n gemak, nu vond ze het verschrikkelijk moeilijk om de juiste woorden te vinden. Kon ze hem maar iets anders vertellen. Iets in de trant van: 'David, ik ben bij de dokter geweest. Hij heeft een testje gedaan en...' En dan zou David het zelf raden en ze zouden elkaar dolgelukkig in de armen vallen. Zo hoorde het toch? Zo ging het met duizenden, miljoenen echtparen. 'Mijn geduld was op, David, en ik ben naar een andere dokter gegaan. Een vrouwelijke specialist.'

Verbaasd zette hij zijn glas neer. 'Waarom heb je me dat niet verteld? Ik dacht dat we het wat meer tijd zouden geven. Ik wist niet...'

Ze viel hem in de rede. Als ze hem zou laten doorpraten, zou ze het nooit kunnen zeggen. 'Ik ook niet. Dus een maand geleden is ze met onderzoekingen begonnen.'

Scherp keek hij haar aan. 'En?'

'Ik had haar al verteld, dat het volgens Brewster niet aan jou lag. En in eerste instantie gaf ze me het gebruikelijke advies.'

'Geduld?'

Even schemerde een lachje om Jenny's mond. Ze knikte. 'Maar ze zei er nog iets bij. En dat liet niets te raden over. Ze zei, dat er een wonder zou moeten gebeuren.' Jenny's blik dwaalde weg, over de heuvels die groen geworden waren door de lentezon. 'En anders zullen we... anders blijven we met z'n tweeën.'

David pakte een glas en nam een slok. Snel. Misschien dat dan ook die brok in zijn keel zou wegspoelen. Waarom! Waarom iedereen wel. Waarom hij en Jenny niet! Hun liefde was zo groot – misschien wel te groot voor hen samen. Ze hadden het willen delen met kinderen en hen alles willen geven wat belangrijk was. Hij keek opeens midden in het gruwelijke gezicht van zijn eigen sterfelijkheid. Pas toen hij zijn stem weer vertrouwde, zei hij: 'Het klinkt een beetje als een liedje, vind je niet: "jij en ik, samen alleen".'

Uit het geluid dat Jenny maakte, kon hij niet horen of het een lachje was of een snik. En hij liet het maar even zo.

* * *

Maria was nogal verbaasd geweest toen ze op een dag een brief kreeg van haar advocaat, met het verzoek een afspraak te maken voor een onderhoud. Ruim een jaar geleden had ze hem voor het laatst gesproken. Alles had ze toen in het werk gesteld om de voogdij te krijgen over de kleine Irene – haar dochter. Via de pastoor had ze ontdekt dat het kind terechtgekomen was bij een welgesteld echtpaar in Roermond. Maar Verwijs, de advocaat, had er geen brood in gezien: de rechter zou het verzoek ongetwijfeld afwijzen in het belang van het kind. Daarmee was de zaak afgedaan. En voor Maria sloeg opnieuw een deur dicht.

En nu zat ze weer tegenover Verwijs. Hij leunde achterover

en bracht zijn handen samen naar zijn mond. Maria keek hem gespannen aan. 'U was hier vorig jaar maart, meen ik, juffrouw Bloemink. U was er toen toevallig achtergekomen, dat uw kind...' Maria schudde haar hoofd. 'Niet toevallig,' zei ze. 'Ik had de pastoor een brief geschreven en hij wist meer dan ik dacht.' Merkwaardig bereidwillig was hij geweest. Ze vermoedde, dat hij gekweld werd door schuldgevoel.

Verwijs knikte, maar bleef kijken naar een punt boven haar hoofd. 'Juist,' constateerde hij. 'We hebben de zaak toen tegen het licht gehouden en besloten om ervan af te zien. Waarom heb ik u nu laten komen? Omdat er een nieuwe situatie is ontstaan. De heer Raaymakers is vorige week vrij plotseling overleden. En nu het kind zonder pleegvader zit, is de casus aanmerkelijk interessanter.'

Er schoot iets door Maria heen – een gevoel dat ze lang niet gekend had: hoop. Om haar plotseling trillende hand rust te geven, pakte ze het lepeltje van het schoteltje en probeerde in de koffie te roeren. Op docerende toon praatte Verwijs verder. 'De pleegmoeder, mevrouw Raaymakers, is toeziend voogd. Maar ze kan zichzelf niet automatisch de voogdij toeeigenen. Dus wat gaan wij doen? Wij gaan daar tussen zitten.' Hij boog zich iets naar haar toe. 'Als u het daarmee eens bent, tenminste.' Maria knikte en deed haar best niets te laten merken van dat witte, dat zinderende gevoel van blijdschap, opgeroepen door die ambtelijke taal. Hoop. Het kind.

'Een belangrijke vraag was destijds, hoe de toewijzing aan het pleeggezin tot stand gekomen was. In normale gevallen wordt de moeder door de kantonrechter gehoord.' Maria bracht met twee handen het kopje naar haar lippen. 'Ze hebben mij nooit wat gevraagd,' zei ze. Verwijs haalde luchtig zijn schouders op. 'U was zeventien.' Die toon! Maria haatte die. Hoe vaak had ze die niet gehoord. 'Ik was de moeder!' Ze merkte zelf hoe bijtend haar stem klonk. Nooit had iemand dat serieus genomen: dat zij de moeder was van een kind.

Al een paar keer was ze naar de school gegaan. Altijd had ze zich verdekt opgesteld, alsof iemand haar kon herkennen. Ze wilde alleen zijn, niet staan tussen de vrolijk kletsende moeders en oma's die, alsof het de gewoonste zaak van de wereld was, hun kind of kleinkind opwachtten. De kleine Irene in haar blauwe jasje, zo herkenbaar. Blond als Bob. Een vrolijk, stevig kind dat het goed getroffen had: altijd werd ze opgehaald door een dame in een glanzend zwarte wagen. Het enige kind dat na schooltijd in een auto stapte. Zo'n leven, dat had Maria haar nooit kunnen geven.

Haar gedachten keerden terug naar de advocaat en het imposante kantoor. 'Strikt formeel was alles in orde,' hoorde ze hem zeggen. 'Wat nog niet duidelijk is, is wat er precies is overeengekomen tussen de kerkelijke stichting en de latere voogd.' Het zal wel, dacht Maria. Ik vind alles best. Als ik mijn kind maar terugkrijg. En opeens, met op haar netvlies nog het beeld van de kleine Irene, dacht Maria aan die vrouw met haar fototoestel.

Anna was blij verrast dat Maria haar hulp inriep. Rond twaalf uur reden ze samen naar de school. Maria legde in het kort de situatie uit en wees het blonde meisje aan. De auto kwam voorrijden. Irene wuifde naar haar klasgenootjes en stapte in. Reed weg. Weggevoerd, zo voelde Maria dat. Elk vertrek was opnieuw een afscheid voor altijd.

Anna beloofde de foto's zo snel mogelijk af te drukken. Wat een wreed gebeuren was dat: je kind te zien en het niet te mogen aanraken, het niet tegen je aan te kunnen drukken. Ze voelde zich ontzaglijk bevoorrecht. Zij had Robert. En samen hadden ze de zorg en vriendschap van Willet. Geen echt gezin, maar wel iets dat er veel op leek.

* * *

Het was kouder dan Willet had gehoopt, maar het mocht de pret niet drukken. Samen hadden ze een kampvuurtje gemaakt en nu zaten ze voor de tent. In het donker. Extra spannend vond Robert dat. Anders lag hij om deze tijd al in bed. Toch was hij een beetje stil. Willet keek toe, hoe hij gedachteloos een paar takken op het vuur gooide. Er zat hem iets dwars. Willet wachtte rustig af. Als het belangrijk was, zou hij er zelf wel mee komen.

'Ben je nog moe?' vroeg Robert. Willet lachte en schudde zijn hoofd. Ze hadden gezwommen, er een wedstrijd van gemaakt. Wie het eerst aan de overkant is! En natuurlijk had Robert gewonnen. Willet hoefde daar geen moeite voor te doen. Voor hem leek het water wel stroop, waar hij moeizaam doorheen ploegde. Eigenlijk niet leuk voor het joch. Hij zou een jonge vader moeten hebben. Hij hàd een jonge vader.

'Willet?' Hoog klonk de kinderstem door de stille avond. 'Willet? Heb jij mij geboren zien worden?'

'Waarom vraag je dat?'

Robert speelde met een tak. 'Ik weet best dat jij bij mamma was. Maar mijn echte vader was er niet bij. Die woont bij de paarden.'

Willet fronste zijn wenkbrauwen. Paarden? Waar haalde hij dat vandaan? Hij had er Anna nooit over gehoord.

'Hij heeft heel veel paarden,' vervolgde Robert, en zijn fantasie dreigde op hol te slaan. 'Wel honderd. Wel driehonderd.'

Willet kon zijn nieuwsgierigheid niet bedwingen. 'Heeft Anna je dat verteld?'

Robert stond op. 'Nee. Dat weet ik gewoon. En later ga ik naar Canada om hem te helpen.' Hij deed een stap in de richting van Willet en keek hem ernstig aan. 'Soms vind ik het wel leuk, hoor, twee vaders. Maar eigenlijk ben ik liever gewoon.'

Ja kind, dacht Willet, dat kan ik me goed voorstellen. Wie zou niet liever gewoon zijn. Juist als de alledaagse dingen buiten handbereik liggen. Een vader hebben, een moeder. Een broertje misschien nog, of een zusje. Veilig en warm in een gezin. Hoe vaak had hij daar zelf niet naar verlangd. Hij trok Robert naar zich toe, drukte hem tegen zich aan. Even voelde hij verzet in het sterke, jonge lijf. 'Weet je wat nou het gekke is,' fluisterde Willet. 'Ook al ben ik jouw echte vader niet, ik hou toch heel veel van je. En ik ben hier, met jou. En wij kamperen samen.' Hij hoopte dat hij de juiste toon trof. Dat het kind weer vrede zou krijgen met zijn rare, ongewone leven.

* * *

Anna's autootje stoof over de weg. Het was een heel eind naar Limburg, en erg spraakzaam was Maria niet. Zo blij was Anna geweest, dat er eindelijk een soort contact leek te ontstaan tussen hen. Maria had haar zelfs meegenomen naar de kinderafdeling. Samen hadden ze naar de baby's gekeken. Het kindje van Davelaar was aan de beterende hand. Ze haalt het wel, had Maria gezegd – je staat er soms versteld van hoe die kleintjes kunnen knokken. Net als jij, had Anna gedacht. Jij knokt ook. Maria had verteld dat ze bevallen was in een klooster. En dat ze haar baby had afgestaan. Maar Anna kreeg het gevoel dat er veel méér achter zat. Dat Maria maar de helft vertelde en dat ze nooit iemand een blik gunde in wat haar zoveel pijn leek te doen. En toen was plotseling het idee bij Anna opgekomen, dat het misschien goed zou zijn als ze Maria meenam naar het verleden. Aarzelend had Maria toegestemd.

Na een paar uur rijden bereikten ze het indrukwekkende gebouw, dat zich trots had teruggetrokken achter een hoge muur en een ijzeren poort. Even ontoegankelijk als Maria zelf. Anna minderde vaart. 'Hier moeten we zijn, denk ik. Klopt dat?' Ze zette de motor af.

Er viel een stilte. Maria had eventjes naar het klooster gekeken en meteen haar blik afgewend. Strak bleef ze voor zich uit staren. 'Ik weet niet of ik het wel wil,' mompelde ze.

Hè toe, dacht Anna, net nu we er bijna zijn! Ze boog zich naar Maria toe. 'Vertel me dan wat er gebeurd is, hier. Het zal je helpen. Heus, het is goed om het allemaal terug te zien.'

Maria haalde niet uit in gebaren, maar in haar stem. 'Laat me met rust! Jij hebt er niks mee te maken. Ik wil terug!'

Rustig reikte Anna naar de achterbank, waar haar fototas stond. Zo makkelijk liet ze zich niet van de wijs brengen. 'Dan ga ik alleen.'

Maar ver kwam ze niet. De non, die na enige tijd het luikje in de poort opende waardoor haar gezicht op een strenge pasfoto leek, wees haar verzoek om te worden toegelaten af. Ze hielden niet van onverwacht bezoek. En er was ook al een man geweest. Ene Verwey of Verwijs. Het beste was om vooraf een briefje te sturen. Anna keerde terug naar de auto.

Maria zat nog steeds onbeweeglijk, alsof elke beweging haar pijn deed.

Een paar dagen later zat Anna's werk in het ziekenhuis erop. Ze had meer dan genoeg materiaal voor het fotoboek. Willet zou trots op haar zijn. Ze was blij dat ze terug kon naar Amsterdam, maar ze vond het jammer, dat ze afscheid moest nemen van Maria. Het was zeer de vraag of ze elkaar nog eens zouden zien. En toch, toen ze elkaar de hand schudden, voelde ze opeens iets van warmte in de handdruk van Maria. En er was een korte glimlach in haar ogen. 'Ik hoop dat je succes hebt met de rechtszaak,' zei Anna. Het klonk nogal machteloos, maar ze meende het oprecht.

Maria had haar flat aan kant gemaakt. Verwijs had erop aangedrongen dat ze haar best zou doen om een goede indruk te maken op de dame van de Raad voor de Kinderbescherming. Alsof ze dat zelf al niet had bedacht. Toen eindelijk de bel ging, was ze nerveuzer dan ooit.

Ze maakte een uitnodigend gebaar richting huiskamer, maar juffrouw Schippers was al doorgelopen. Kordaat keek ze rond. Haar oog viel meteen op de foto van Irene. Ze pakte het portret even op en zette het, zonder iets te zeggen, weer terug. Maria monsterde haar – het hoedje, het mantelpak, de keurige tas. Een zakelijke vrouw, die mede over haar lot kon beslissen. Hoe kwam dat toch, vroeg Maria zich plotseling af, dat haar lot áltijd in handen van anderen leek te liggen, van mensen die vaak zo bitter weinig met haar te maken hadden?

'Ik probeer me gewoonlijk een beeld te vormen van de ruimte,' zei juffrouw Schippers. 'Het is natuurlijk in het belang van het kind dat er voldoende...' Maria haalde enigszins opgelucht adem. Als het aan de ruimte lag! 'Ze kan er hier makkelijk bij.' En ze toonde een brede glimlach.

'Mag ik de rest van de flat ook even zien?' Maria ging haar voor. Liet haar een blik werpen in de kleine keuken, opende de deur naar de slaapkamer. De vrouw keek naar het smalle, keurig opgemaakte bed. 'U hebt geen vaste relatie?' Maria schudde haar hoofd.

En toen stonden ze alweer in de huiskamer. Koffie, dacht

Maria, of thee. Ik hoor natuurlijk iets aan te bieden. Stom, dat ik daar niet eerder aan heb gedacht. Maar juffrouw Schippers wilde niets gebruiken. Ze zat al en had een aantekenboekje te voorschijn gehaald. Een beetje onzeker ging Maria zitten en keek afwachtend. 'Juffrouw eh. . .' 'Bloemink,' hielp Maria. 'Juffrouw Bloemink ja, u hebt uw dochtertje niet zelf opgevoed?'

Wist ze nou echt van niets of hoorde dit bij de formaliteiten? 'Nee,' zei Maria. En ze wilde eraan toevoegen: 'Het kind werd me afgepakt. Er werd me helemaal niets gevraagd. Ik telde gewoon niet. Kunt u zich dat voorstellen? U hebt zelf zeker geen kinderen, *juffrouw* Schippers?' Maar ze antwoordde kleintjes: 'Ik kreeg de kans niet.' En ze hoopte, dat de vrouw tegenover haar het aantekenboekje zou dichtklappen en belangstellend zou vragen: 'Waarom niet? Hoe zat dat dan?' En ze zou het hele verhaal vertellen. Voor 't eerst. Geen detail zou ze overslaan.

Maar het enige dat juffrouw Schippers nog vroeg was: 'Denkt u dat u in staat bent een kind op te voeden? Ik bedoel, hebt u ervaring met kinderen?' Verbluft liet Maria haar handen in de schoot zakken. Ervaring met kinderen? Na zoveel jaar werk in het ziekenhuis? Ze wist niet waarom, maar ze kreeg het gevoel dat de zaak nu al verloren was. En ze had geen idee wat ze fout had gedaan.

* * *

Anna kon thuis haar draai niet vinden. Ze had er behoefte aan, de impressies van het ziekenhuis van zich af te schudden. Al die patiënten, huilende baby's, hardwerkende verpleegsters. De stille, donkere gangen 's nachts, waar af en toe een rood lampje dwingend oplichtte boven een kamerdeur. En vooral Maria kon ze niet vergeten. En toen het een mooie middag was en Robert, vrij van school, dolgraag naar het park wilde, vroeg ze of Willet ook meeging. Ze had zin om een eindje te lopen en te praten. Hardop te denken.

'Misschien wil ze wel afgewezen worden,' zei Willet. Anna had hem verteld over de afwerende houding van Maria. De kou om haar heen. En toch tegelijkertijd dat merkwaardige gevoel, dat ze Anna niet helemaal buitensloot.

'Ze zoekt het gevecht,' zei Anna.

'Maar misschien wil ze niet winnen.'

Anna keek naar Robert, die tot verontwaardiging van de eenden kleine steentjes over het water liet dansen. 'Ik moet de laatste dagen zo vaak denken aan Canada. Aan die idiote reis naar Jim. Ik ging naar hem toe, en toen ik er was, ging ik meteen weer terug.'

'Krankzinnig,' zei Willet. Hij keek haar van opzij aan. Zijn loyaliteit lag bij Anna, niet bij Jim. Diep in zijn hart begreep hij niets van die man. Wie liet een vrouw als Anna gaan? Hoe dapper, hoe laf was hij eigenlijk?

'Ik vraag me af wat Maria in Canada zou hebben gedaan.'

'Heb je haar verteld van Jim?'

Anna knikte. 'Ik heb het geprobeerd.' Ze stopte haar handen in de zakken van haar jasje. 'Ik zou wat meer van háár willen hebben. Meer van dat vechtlustige. Desnoods met je kop tegen de muur lopen.'

Willet glimlachte. Het was zulk mooi weer. Een voorjaarsbries streelde door de bomen, maar hij rilde.

* * *

Maria schrok toen ze de deur opendeed en een in het zwart geklede dame zag staan. Mevrouw Raaymakers, de pleegmoeder van Irene. Stil ging ze voor naar de huiskamer en liet haar plaatsnemen.

'Ik ben bang.' Mevrouw Raaymakers stak meteen van wal. 'Sinds ik van mijn advocaat gehoord heb, dat u plannen hebt om Irene op te eisen, doe ik geen oog dicht.' Ze kuchte en friemelde aan haar tasje. 'Ik hoop dat u dat begrijpt. Alle ouders zullen die angst wel kennen, maar bij ons, bij pleegouders, is die misschien wel sterker.'

Maria kneep haar lippen op elkaar. Ongetwijfeld had die vrouw goede bedoelingen, maar het stak haar dat ze voorbijging aan het feit dat zij precies wist wat het was om een kind te verliezen.

'Mijn man en ik hebben nooit kinderen kunnen krijgen. Wat voor anderen zo vanzelfsprekend is, was voor ons niet weggelegd. Ik weet dat het... dat het wrang zal klinken, maar ik kan u niet vertellen hoe gelukkig wij waren toen we Irene kregen. Dat kunt u zich niet voorstellen.'

O nee? Kan ik mij dat niet voorstellen? Alle haat, pijn, verdriet klonterde samen in Maria's maag. Een harde, onverteerbare brok. En tegelijkertijd dat machteloze gevoel: hier tegenover mij zit een vrouw met haar eigen tragiek. En we kunnen elkaar niet, nooit bereiken. Maria vermeed het, haar aan te kijken.

'We houden van haar,' zei mevrouw Raaymakers zacht. 'Voor mijn man betekende ze álles. Het heeft haar nooit aan iets ontbroken.'

Fel draaide Maria zich naar haar toe. 'Wilt u soms dat ik u bedank?' Het klonk hard en cynisch. Mevrouw Raaymakers sloeg overdonderd haar ogen neer. 'Nee, natuurlijk niet. Ik weet heel goed dat ik maar een plaatsvervangster ben.' Ze keek naar Maria en haalde diep adem. 'Mijn man en ik hebben er lang over gepraat, wanneer wij het aan Irene zouden vertellen.'

Nu komt het, dacht Maria. Irene weet het. En ze wil mij zien, haar echte moeder.

'En we hebben besloten te wachten. Tot ze oud genoeg is om er zelf naar te vragen.'

'Dus ze weet nog van niets!'

Mevrouw Raaymakers schudde haar hoofd.

'Ze weet niet eens dat ik besta?'

'Wij hebben gekozen voor een onbezorgde jeugd.'

Woedend stond Maria op en liep naar de kamerdeur. De stem van de vrouw in het zwart achtervolgde haar. 'U moest eens weten hoeveel moeite het me gekost heeft om naar u toe te komen. Maar ik wil dat u weet, als wij morgen tegenover elkaar staan, dat we tenminste één ding gemeen hebben: we houden allebei van Irene.'

Er kwam geen reactie. Mevrouw Raaymakers stond op en kwam op Maria af. Het was mislukt, dat voelde ze scherp. Deze vrouw gaf geen toegang, stak geen hand uit, maakte geen enkel gebaar van toenadering of begrip. Zwakjes probeerde ze het nog één keer: 'We willen toch niet dat zij het slachtoffer wordt?' Maar het hielp niet. Mevrouw Raaymakers verliet de flat en besefte dat, hoe de beslissing van de rechter ook zou uitvallen, er helemaal niemand zou winnen.

Er werd hoog spel gespeeld in de rechtszaal. De advocaten kruisten de degens en leken ervan te genieten. De rechter maakte af en toe een aantekening en luisterde aandachtig. Maria voelde zich wonderlijk misplaatst. Op de andere bank zat mevrouw Raaymakers naast haar eigen advocaat. De twee vrouwen hadden elkaar bij het binnenkomen koeltjes toegeknikt. Juffrouw Schippers en een collega van de Raad voor de Kinderbescherming zaten schuin achter Maria. Het leek uren geleden, dat ze de trappen van het indrukwekkende gebouw was opgelopen – nerveus, maar vastbesloten en met een klein beetje hoop. Nu kwam het erop aan. Als er ooit een kans was om Irene wettelijk toegewezen te krijgen, dan was het nu.

De ambtelijke taal ging ver over haar heen. Formaliteiten. Het rapport van juffrouw Schippers. Verwijs vond het niet genuanceerd. Heerema, de advocaat van de tegenpartij, kauwde op de poot van zijn bril. Iedereen leek zo zeker van zijn zaak. Verwijs probeerde aannemelijk te maken, dat het kind destijds door de heer Raaymakers was 'verworven', zoals hij het noemde. De man had een aanzienlijk bedrag gestort in de kas van de kerkelijke stichting, waar het klooster toe behoorde. Geld, dacht Maria – met geld kun je alles. Zelfs een kind kopen.

Verontwaardigd stond Heerema op. 'Edelachtbare, het is mijn geachte confrère blijkbaar niet bekend, dat de heer Raaymakers, als gelovig lidmaat, regelmatig bedragen stortte voor diverse liefdadige doeleinden.'

Alsof het gisteren gebeurd was, zo duidelijk zag Maria het bleke gezicht van Zuster Ignatia voor zich. De bewegende mond: 'Er zijn goed katholieke mensen, die dolgraag een kindje willen, maar wie dat niet lukt. De kindjes die hier geboren worden, Maria, worden door zulke mensen grootgebracht.' Mensen die ruim in het geld zitten, relaties hebben met de kerk, aanzien en ontzag in de maatschappij hebben verworven. Voor zulke mensen is alles bereikbaar. Maria schudde het beeld van zich af en probeerde zich weer te concentreren op de rechtszaak.

⋆ ⋆ ⋆

Op dat moment, in Amsterdam, zat Anna te tobben over een briefje dat ze aan Maria wilde schrijven. Toch al niet makkelijk, maar zeker niet met Willet die maar om haar heen drentelde. Hij ging zitten, stond weer op, liep naar haar toe, liep naar het raam.

'Wat doe je toch?'

Willet haalde z'n schouders op. 'Slecht geslapen. En veel te mooi weer voor de doka.' Hij slenterde naar de fruitschaal en speelde met een appel. 'Waar is Robert?'

Anna legde haar pen neer. 'Zwemmen met een paar jongens van zijn klas. Ga zitten, Willet, of ga aan 't werk. Ik word zenuwachtig van je.'

Willet legde de appel terug en pakte uit de zak van zijn kamerjas een stapeltje knipsels. Hij gooide ze voor Anna op tafel. 'Mijn vader woont in Canada. Hij heeft wel driehonderd paarden. En later ga ik hem helpen.'

Verbaasd keek Anna van Willet naar de knipsels. Allemaal foto's van paarden, uit tijdschriften gehaald. 'Waar heb je die vandaan?'

'Gevonden bij Robert.'

Peinzend liet Anna de foto's door haar handen gaan. Waar was dat kind mee bezig? Ze moest er eens met hem over praten. Ze schoof de foto's opzij. 'Leg ze terug.'

'Ja,' zei Willet. 'Ja. Ik moet aan het werk.' Maar hij bleef staan.

⋆ ⋆ ⋆

De beurt was nu aan Maria. Ze stond voor het hekje en keek naar de rechter. Nauwelijks nog was ze aan het woord gekomen. De advocaten vlogen elkaar onmiddellijk in de haren. Verwijs vond, dat zijn confrère insinuerende vragen stelde. En Heerema verdedigde zich door te beweren, dat hij zich een indruk wilde vormen van de staat van dienst van juffrouw Bloemink. De rechter wendde zich tot Verwijs en besloot de vragen van Heerema toe te staan.

Heerema kwam dichterbij, de bril in de hand. 'Ik heb uit goede bron vernomen, juffrouw Bloemink, dat u een jaar geleden tijdens het uitoefenen van uw werkzaamheden, in slaap bent gevallen bij het bed van een patiëntje.' Verontwaardigd keek Maria naar hem op. Haar handen klemden zich om het hekje. 'Dat is niet waar!' zei ze en ze vergat haar voornemen om kalm te blijven. Heerema gaf geen krimp. 'U bent toen wakker gemaakt en naar huis gestuurd. Is dat waar?'

Wat een valse voorstelling van zaken. Ze had het doodzieke kind niet alleen willen laten – ze zou thuis geen ogenblik rust hebben gehad. 'Dat is een leugen!' zei ze fel. 'Ik had al twintig uur aan één stuk...'

Maar hij kapte haar af. 'Wilt u beweren dat ik hier sta te liegen?'

'Het is waar dat ik in slaap gevallen ben,' begon Maria en wanhopig probeerde ze een goede zin te formuleren, een zin waaruit duidelijk zou blijken dat het alleen maar betrokkenheid van haar was geweest, geen nalatigheid. 'Maar dat kwam...'

Heerema priemde de brillepoot in haar richting. 'Het is dus waar. En dan is het dus ook waar, dat u het leven van het aan uw zorgen toevertrouwde patiëntje in gevaar hebt gebracht.' Ze zag een begin van triomf in zijn ogen. Hij was hard op weg om onmiskenbaar te bewijzen, dat zij niet in staat was een kind op te voeden. Maria schudde haar hoofd. 'Ik had niet eens dienst!'

De triomf werd groter. 'Wat deed u dan aan dat bedje, juffrouw Bloemink? Waarom hield u zich niet aan de regels van het ziekenhuis en heeft u uw dienst niet overgedragen?'

Er was geen redden aan. Ze zou het die man nooit kunnen uitleggen. Alles wat ze nu nog zou zeggen, zou het alleen maar erger maken. Achter zich voelde ze de verbazing van

Verwijs. Hier was hij niet op voorbereid. Het was voor Maria zo'n onbetekenend incident geweest, dat ze het hem nooit had verteld. En hij had nergens naar gevraagd.

De stilte in de rechtszaal begon zwaar te wegen. Iedereen keek naar haar. Maria draaide zich om en rende de zaal uit. Woedend. Vernederd.

Achteraf zou ze nooit kunnen navertellen hoe ze vanuit het gerechtsgebouw de school van Irene had bereikt. Een blinde wanhoop had zich van haar meester gemaakt. Duizelig rende ze langs de straten. Trok zich niets aan van het verkeer. Botste tegen voorbijgangers aan en hoorde niet dat ze haar verontwaardigd nariepen. Ze hoorde alleen een stem die zei: 'je moet Irene gaan halen. Zij is de enige die je begrijpen zal. Als ze weet dat jij haar moeder bent, zal ze met je meegaan.' Een kind verlangt immers altijd naar de moeder? Van nature voelt het, bij wie het thuishoort. Die overtuiging was Maria nooit helemaal kwijtgeraakt. Het bloed bonsde tegen haar slapen. Ze transpireerde hevig. En de misselijk makende gedachte, dat zij dit al eens eerder had meegemaakt, liet zich met moeite onderdrukken.

Vanuit de open ramen van een klaslokaal hoorde ze kinderen de tafel van zes opzeggen. Even bleef ze staan. In welk lokaal zou Irene zitten? Ze was nooit binnen geweest, was niet verder gekomen dan het hek, waar om twaalf uur en vier uur de moeders zich verzamelden. Terwijl ze daar stond, verscheen in de brede deuren een conciërge met een vuilnisbak. Ze stevende op hem af en vroeg waar ze de tweede klas kon vinden. Hij wees haar behulpzaam de weg.

Maria tikte op de deur van het klaslokaal en stapte meteen naar binnen. Ze had van tevoren niet bedacht wat ze zou zeggen, wat de reden was waarom zij het kind kwam halen. Maar het kostte haar geen enkele moeite iets te verzinnen. De onderwijzeres keek op. Dertig meisjeshoofden draaiden in haar richting. Ze werden gestoord tijdens de leesles, maar dat vonden ze helemaal niet erg. Elke afleiding was welkom.

'Irene Raaymakers,' fluisterde Maria. 'Haar moeder heeft me gevraagd haar te halen. Er is iets gebeurd thuis.' De onderwijzeres knikte naar Irene. 'Ga maar mee,' zei ze. 'Deze mevrouw komt je halen.' Gehoorzaam en een tikje verbaasd schoof het blonde kind de bank uit, jaloers nagekeken door haar klasgenootjes. Wat een bof, om zo maar onder de les weg te mogen!

In de gang bleef Irene staan. 'Wat is er?' vroeg Maria. Het kind wees naar de kapstok. 'M'n jas.' Ach natuurlijk, daar had ze zelf niet aan gedacht. Ze zou zoveel moeten leren als Irene bij haar woonde! Ze hielp haar bij het aantrekken van het jasje en bleef haar vasthouden toen ze naar buiten liepen, het schoolplein op.

'Ik moet je iets vertellen,' begon Maria. 'Je zult het misschien een beetje raar vinden, maar ook heel leuk. Ik ben jouw moeder. Ik heb je gezocht. Heel lang al. Wel jaren.'

Even reageerde het kind niet. Toen zei het, heel rustig en duidelijk: 'Ik heb al een moeder.'

Geen discussie, dacht Maria – geen eindeloos gepraat en getouwtrek. Ze moet gewoon meekomen. Thuis kan ik het haar allemaal rustig uitleggen. Dat ze nu bij háár woonde, maar dat ze best die... dat ze mevrouw Raaymakers best af en toe eens zou mogen opzoeken. Die mevrouw was tenslotte heel goed voor haar geweest.

Maar Irene vertrouwde het niet. Ze begon langzamer te lopen en keek argwanend naar die vreemde vrouw naast haar. Zo'n gek mens, een beetje eng. 'Nooit met mensen meegaan, die je niet kent,' had haar vader altijd gezegd. Hij was nou dood, maar ze kon zijn stem nog horen en ze zou hem onverbiddelijk gehoorzamen. Ze probeerde zich los te maken.

Maria ging op haar hurken zitten, vergat haar voornemen om niet in discussie te gaan en praatte op het meisje in. Steeds haastiger kwam haar stem. 'Irene, geloof me. Ik heb van alles verkeerd gedaan, maar ik ben jouw moeder en ik hou van je. Als je met me meegaat, zal ik je alles uitleggen. Ik zal goed voor je zorgen en ik zal nooit meer fouten maken.'

Irene schrok van dat hese gepraat. En toen ze achteruit wilde wijken, terug naar de veilige school, hield de vrouw haar stevig vast. Irene begon zich te verzetten. 'Laat me los!'

Maria voelde hoe ze de greep op het kind ging verliezen. Niet weer! dacht ze. Niet nóg eens! Ze wilde het kind dichter naar zich toe trekken, maar het was watervlug en rukte zich los en rende weg. 'U bent gek!' riep Irene en ze verdween in het schoolgebouw.

Maria zakte op haar knieën. Het deed pijn. Ze zat er verward, belachelijk bij. Een dwaas mens, op haar knieën op een schoolplein. Een rauwe kreet dwong zich door haar keel naar buiten en verscheurde de stilte. 'Irene!!'

* * *

Hij had zich toch maar aangekleed, weliswaar met moeite. En hij was de doka ingegaan. Automatisch ging hij aan het werk. Maar zijn gedachten waren er niet bij. Weer voelde Willet de druk op zijn borst, die stekende pijn. Het zou wel over gaan. Het móest over gaan. Gewoon aan de slag. Maar toen hij van een hoge plank iets wilde pakken, bleef hij steken in het gebaar. Angst golfde door hem heen. Als er iets... hoe moest het dan met Anna, met Robert... Pijn zaagde door zijn hele lichaam. Hij hapte naar adem, maar de lucht was dik en zwart en verstikkend. Anna. Hoorde hij haar roepen? Misschien komt ze nog... Hij moest zich herstellen! Zij mocht hem zo niet... Heel ver weg hoorde hij nog de klap van zijn eigen val.

'Willet?' Anna liep door de studio naar de doka. Ze ging koffie zetten, maar misschien had hij liever thee. Hij had die ochtend het ontbijt overgeslagen. Het rode licht brandde, maar binnen was het merkwaardig stil. Stond hij te wachten tot er een plaat ontwikkeld was?

'Willet? Wat doe je?' En plotseling schoot het door haar heen hoe slecht hij eruit zag de laatste tijd. Opeens oud. Ze besloot zich niets aan te trekken van de waarschuwende lamp en schoof de gordijnen van de doka open. Willet lag roerloos op de grond.

Ze zag meteen, dat het afgelopen was. Te laat. In één oogopslag wist ze, dat het leven zoals zij en Robert dat de laatste zeven jaar geleid hadden voorbij was. De warmte die Willet hen had geboden, was weggevallen. Aan scherven. Ze knielde bij hem neer. Nam hem in haar armen. Wiegde hem als een kind. En hield haar tranen niet tegen.

'Mama?' Ze schrok op. Robert mocht Willet niet zien. Ze moest opstaan en hem tegenhouden voordat hij de doka in kwam. Maar haar benen weigerden dienst en ze kon dat roerloze lichaam niet loslaten. De jongen, het haar nog vochtig van het zwemmen, stapte de donkere kamer in en zei niets. Hij keek en zweeg.

Anna's ouders kwamen onmiddellijk naar Amsterdam, voor het eerst. Vader Bayens keek het grote huis rond, zag het fotowerk van Willet, van zijn dochter. En uit het weinige dat hij zei, maakte Anna op, dat hij respect gekregen had voor het leven dat zijn dochter voor zichzelf had gekozen.

De begrafenisplechtigheid duurde kort. Willets vrienden kwamen, geschokt en stil. Er waren collega's. Bloemen. Onbeweeglijk keken Robert en Anna toe, hoe de kist in de aarde verdween.

Op het moment dat Anna de rouwkapel wilde binnengaan om de condoleances in ontvangst te nemen, zag ze Maria. Verrast bleef ze staan. Ze had haar een rouwkaart gestuurd, maar niet verwacht iets van haar te horen. Blij was ze, dat ze toch gekomen was.

Maria stak haar hand uit. 'Het spijt me van je vriend,' zei ze. Anna hield haar hand vast, knikte. 'Hoe is het gegaan met de rechtszaak?' Maria haalde even haar schouders op, in een poging tot luchtigheid. In de aanwezigheid van de dood lijken zoveel dingen minder zwaar. 'Ik heb het geprobeerd,' zei ze. 'Ik heb Irene zelfs nog gesproken. Maar het is nu voorbij. Afgesloten.'

Allebei een rouwproces, dacht Anna – ik om mijn vriend, Maria om haar kind. Ze wilde haar vragen te blijven, nog niet weg te gaan. Willet was zo nauw verbonden geweest met het verleden, dat zij tweeën gemeenschappelijk hadden. Als Willet de deur niet had opengedaan, toen, had Anna niet geweten hoe ze haar leven had moeten inrichten. Alleen – met het kind van een man die teruggegaan was naar een ver, vreemd land. Maria was de enige die kon begrijpen wat dat betekende.

'Jij jouw verdriet,' zei Maria. 'Ik het mijne. Ik neem afscheid van je. Ik zal je niet meer zien.'

'Geen vriendinnen?'
Maria schudde haar hoofd. 'Wij kunnen elkaar niet helpen. We hebben hetzelfde meegemaakt. Jij doet me er teveel aan denken.' Ze maakte haar hand los en verdween.

Anna had niet de energie om Maria tegen te houden. En ze voelde zich nu niet in staat haar te helpen bij het verwerken van haar pijn. Maria had gelijk. Ze liep de kapel in. Op de drempel bleef ze even staan. Een gezellig geroezemoes van stemmen kwam haar tegemoet. De dood was voorbij en begraven. Het stond in schril contrast tot de stilte buiten.

Pas laat in de avond vond Anna die stilte weer terug. Ze was bij Robert gebleven totdat hij, uitgeput van de emoties, eindelijk in slaap was gevallen. Haar ouders waren teruggekeerd naar Zeeuwsch-Vlaanderen. Kwam ze gauw? Ja, ze zou gauw komen. Toen had ze een bad genomen en de kamerjas van Willet aangetrokken.

Ze dwaalde door het grote grachtenhuis. Deed lichten aan en weer uit. De studio met de mooi beschilderde achterdoeken. De rekwisieten. Willets apparatuur. Roerloos. Anna probeerde leven te blazen in die doodsheid en wist niet hoe en waarom eigenlijk. Ze keek naar de foto van de vriend van Willet, een jonge man die de oorlog niet had overleefd. Het verleden van Willet – ze hadden het nauwelijks besproken, want hij wilde dat niet. Hij was meer geïnteresseerd in de toekomst: die van hen. Dat was zijn manier om verdriet te verwerken.

Anna schonk een glas wijn in en stak een sigaret op. Gewoon, omdat ze niet wist wat ze anders moest doen. En ze ging op de bank zitten. De telefoon voor zich op het tafeltje, naast de wijn en de asbak.

Natuurlijk had ze al die tijd geweten wat ze wilde: Jim opbellen. Al die andere handelingen waren alleen maar bedoeld om dat uit te stellen. Ze haatte de telefoon en toch was ze er blij mee. Haar enige mogelijkheid tot contact met Jim, maar het was een afschuwelijk, onpersoonlijk middel. Ze wist nooit hoe ze hem zou storen. Bezig in zijn restaurant, of vlug een hapje etend samen met Eva en de kinderen, of misschien was hij met z'n kleine vrachtwagentje wel onderweg om voorraden in te slaan. Ze keek op haar horloge – het moest nu ergens in de middag zijn, daar. De zon zou er wel schijnen. Zomer in Canada.

Zomer in Canada. Ze kon zich nauwelijks meer een beeld vormen van het restaurant met de Rocky Mountains aan de overkant. Ze wist alleen nog precies hoe de weg eruit zag: een glad, geasfalteerd lint, eindeloos lang en grijs en in de verte zinderende plekken, alsof er water lag, maar dat was niet zo. Hoe lang had ze daar gelopen toen? Nog kon ze de hitte voelen, het gewicht van het kleine koffertje, de brandende tranen. Jims stem ver weg achter zich.

Maar dat was zo lang geleden nu. En soms vroeg ze zich af, hoe lang ze zich dit wilde blijven herinneren. Misschien zou het goed zijn om er afstand van te doen. Zoals Maria deed. 'Afgesloten'. Jim eindelijk aan de kant schuiven en vergeten. Hij zijn leven, zij het hare. Maar altijd als ze in de ogen van Robert keek, even bruin en glanzend als die van zijn vader, besefte ze dat ze het verleden nooit zou willen ontkennen. Ze zou het altijd bij zich dragen en koesteren, hoe oud ze ook werd.

Anna nam een paar slokken van de wijn. Ademhalen ging opeens wat makkelijker. Ze reikte naar het telefoontoestel. Het nummer kende ze uit haar hoofd.

Eva had net de meisjes binnen geroepen. Ze wilde ze meenemen naar het dorp om nieuwe schoenen te kopen. Judit en Erzsi waren buiten bij het paard, dat zich geduldig liet borstelen. Altijd speelden ze rond het huis, in het hoge gras, op het grint, aan de overkant waar in een klein vennetje dieren broedden. Op een draf kwamen ze naar haar toe en Erzsi, de jongste, wilde meteen worden opgetild. Met z'n drieën gingen ze naar binnen, de weldadige koelte in.

Toen de telefoon rinkelde, nam Ruth, de serveerster, aan. En ze overhandigde de hoorn aan Jim, want aan de verre, onduidelijke lijn was te horen dat het gesprek van de andere kant van de oceaan moest komen. Jim veegde zijn handen af aan zijn broek. 'Hallo?'

Anna's stem kwam vanuit de nacht op hem toe. 'Jim?'

En toen niets meer. Was de verbinding al verbroken? Hij keek naar Eva, die achter hem draalde. 'Ben jij dat, Anna?'

Eva zette Erzsi neer en schoof de meisjes voor zich uit in de richting van het woongedeelte. 'Handen wassen!' Ze probeerde nog een paar woorden op te vangen van het gesprek. Ze wilde niet luisteren maar ze kon niet anders. Want altijd, als Jim met Anna sprak, gebeurde er iets in hem. O, hij bleef altijd even lief en voorkomend tegen haar en de kinderen – uiterlijk leek er niets te veranderen. Maar ze voelde dat een deel van hem een tijdje weg was en maar heel langzaam terugkeerde. Het kwetste haar en ze haatte zichzelf dat ze dat zo voelde, dat ze het niet gewoon kon accepteren: Jim die van haar hield èn Jim die Anna niet kon loslaten. Ze liep achter de meisjes aan naar de badkamer en sloot de deur.

'Wat is er, Anna?' Jim draaide zich naar de muur om zich beter te kunnen concentreren op die verre stem.

'Willet,' hoorde hij, 'Willet is dood. We hebben hem vandaag begraven.'

Jim schudde zijn hoofd. Anna alleen, opnieuw.

'Het spijt me, Jim,' zei ze. 'Ik zou je niet moeten lastigvallen. Maar . . .'

'Het geeft niet. Dit is erg, heel erg voor je.'

'Ik wilde niet huilen bij de begrafenis. Niet waar Robert bij was.'

Hij hoorde haar stem breken. 'Hoe is het met hem?'

'Hoeveel paarden heb jij daar eigenlijk, Jim?'

Zei ze 'paarden'? Of verstond hij het verkeerd?

'Heb je er echt driehonderd?'

Jim begreep er niets van. Wat hadden paarden te maken met Willet, met het verdriet om zijn dood, of met Robert? Hij hoorde dat Anna een slok nam.

'Ik heb een vrouw ontmoet. Ze heet Maria. En daar werd ik zo verdrietig van.'

'Wie zeg je?' vroeg hij. 'Maria?' Hij pijnigde zijn hersens, maar hij kon zich niemand met die naam herinneren.

'Ach, laat maar.' Anna zuchtte hoorbaar. Jim voelde zich machtelozer dan ooit. Hij zou bij haar willen zijn, haar in zijn armen nemen en troosten. Zeggen dat het allemaal vast wel weer goed kwam. Al wist hij niet hoe. Hij staarde door het keukenraam naar buiten. Op de Rockies lag hier en daar nog sneeuw. Ze leken hem bijna even onbereikbaar als Holland. Hij kreeg een plotselinge behoefte om de bergen in te gaan en te jagen. Het gaf niet waarop. Als hij maar weg was en alleen in de natuur. Het geluid van bergbeken horen, zich een weg banen door struiken. Geweer in de hand. Een krachtmeting.

'Jim?'

Maar de krachtmeting lag immers hier. Niet daar.

'Jim? Denk je nog wel eens aan me?'

Hij glimlachte. Het meisje in Zeeuwsch-Vlaanderen. Samen achter het huis van vader en moeder Bayens. 'Ik wil je terugzien.' 'Nee.' 'Nee? Nooit?' '*Never.*' '*Never ever*?' en dan die stralende lach die bij haar ogen begon.

'Nooit,' zei hij zacht.

Hij hoorde een lachje. 'Nee? Nooit?'

'Je weet wat ik bedoel,' zei Jim.

'Nee,' zei Anna, 'nee, dat weet ik niet.'

'Ik bedoel...'

'Je bedoelt: er gaat geen dag voorbij...?'

'Ik bedoel...'

De lijn suisde. Hij hoorde haar ademhaling niet meer. En toch kon de verbinding nog niet verbroken zijn.

'Anna?'

In het huis in Amsterdam liet Anna de hoorn in haar schoot zakken.

6

Roberts kamer zag eruit alsof hij al vertrokken was. Maar hij stond er nog, een fototoestel in zijn handen. Meenemen? Ach welja. Hij legde het toestel bij de rugzak op bed. Nog meer? Inpakken, wat een rotwerk. Maar het was erger als Anna voortdurend om hem heen scharrelde en probeerde alles voor hem te regelen. Robert keek op z'n horloge. Bijna tijd.

Weggaan. Hij wist nog hoe hij als kind gedroomd had van Canada. Foto's had verzameld van besneeuwde bergen, onafzienbare blauwe meren, en van paarden. Iedereen in Canada heeft immers een paard. En zeker zijn vader. Hij had zich voorgesteld hoe het zou gaan: Jim die op hem afrende, hem in zijn armen sloot en uitbundig optilde. Samen reden ze weg over de vlakte. Het paard zou onmiddellijk aan hem wennen, en al gauw alleen nog maar door hèm bereden willen worden.

Jongensdromen. Flauwekul. Wie was die Jim helemaal? Een gewezen soldaat, die met Anna gevrijd had en was weggegaan om nooit weer terug te komen. O ja, hij belde wel eens op, en hij schreef soms een brief, maar eigenlijk was 't een zak. Een lafaard, die zich voorgoed verstopt had bij een vrouw die een restaurant dreef. En daar moest híj naar toe.

Anna had het hem een maand of wat geleden voorgesteld. 'Het zou goed voor je zijn, lieverd. Je ziet wat van de wereld. Niet iedereen krijgt zo'n kans.' Hij zou dankbaar moeten zijn – dat proefde hij wel. Maar hij proefde ook: ga alsjeblieft weg, ik ben je zat.

Zijn ogen dwaalden langs de affiches op de muren. De Beatles, Marianne Faithfull. Uren kon hij naar die muziek luisteren – hoe harder hoe beter. Lekker lui onderuit op z'n bed. En dan, laat in de avond, nog een tijdje de straat op. Naar een goeie western, of kijken of er iets te beleven viel op het Spui. Nou, dat was bijna altijd raak. Eén keer was hij op het nippertje ontkomen aan een politie-actie. Agenten te paard hadden de provo's in een hoek gedreven en massaal gearresteerd. Niet dat hij er iets mee te maken had – hij stond gewoon te kijken. Wel had hij er de schrik voor paarden aan overgehouden.

Hij hoorde het carillon van de Westertoren. Vooruit. Hij slingerde de rugzak over zijn schouder.

Anna was nerveus. Anders reed ze altijd behendig door de stad, maar nu miste ze bijna een rood licht en bleef half op de tramrails stilstaan. Robert zei niets, keek haar alleen even van opzij aan. Waar wond ze zich over op? Zij was toch niet degene die vertrok. Zij zou straks weer thuis zijn en lekker rustig haar werk kunnen doen. Zich niet meer hoeven ergeren aan zijn muziek, niet meer op hem hoeven wachten als hij te laat thuiskwam. En hij hoefde zich niet meer schuldig te voelen als hij zich ergerde aan alweer een verhaal over Willet, over Jim – altijd over vroeger. Mensen zoals zijn moeder leken alleen nog maar in het verleden te leven. Hij had er genoeg van.

'Heb je echt alles?' Anna keek hem aan.

Hij knikte.

'Heb je de foto's nog in je tas gedaan?'

'Ja, ma.' Foto's voor Jim, zodat hij zou kunnen zien wat een gelukkig gezinnetje ze gevormd hadden, toen Willet nog leefde. Zou die man daar nou heus belangstelling voor hebben? Hij had daar zijn eigen gezin!

Op de grote weg zette Anna vaart. De stilte in het kleine autootje werd drukkend. Afscheid. Altijd weer afscheid nemen, afstand doen. Anna haatte haar onmacht om tegen de jongen naast haar te zeggen: ik hou van je; als je niet weg wilt, blijf dan. Je hoeft niet! – En tegelijkertijd besefte ze, dat het goed was dat hij ging. Het was hoog tijd dat hij zijn vader leerde kennen, dat hij wist op wie hij leek. Misschien zou hij dan begrijpen, waarom zij nooit het verleden kon verloochenen en ermee bleef leven, elke dag. En als hij terugkwam, zou Jim ook een beetje bij haar terugkomen. Ze zou de verhalen horen, opnieuw weten hoe Jim praten kon en lachen.

De ochtendnevel verhulde de grijze, nog kale bomen langs de weg. 'Heb je heus genoeg warme kleren bij je?'

Robert lachte. Ze leerde het nooit af! Hij knikte vaderlijk. 'Maak je nou maar geen zorgen.'

Haar handen op het stuur ontspanden een beetje. Ze leunde achterover. Hij wist opeens dat hij haar zou missen.

Samen stonden ze in de vertrekhal – een eilandje tussen andere eilanden. Mensen die elkaar omhelsden, een laatste boodschap meegaven, kleine kinderen werden opgetild en extra geknuffeld.

Ik moet het vragen, dacht Robert. Ook al weet ik het antwoord al. Hij stopte zijn handen in zijn jaszakken. 'Moet ik hem nog wat zeggen?'

Anna keek hem aan. 'Wie? Jim?'

'Wie anders. Misschien wil hij wel weten hoe 't met je gaat.' Hij kon de ironie in zijn stem niet vermijden.

Ze haalde haar schouders op, plukte toen een denkbeeldig pluisje van zijn jas. 'Zeg maar wat je wilt.'

'Waarom is 't eigenlijk nooit gelukt tussen jullie?'

Anna schudde haar hoofd. 'Robert, moet dat nú?'

Hij hield haar blik vast. Ja, het moet nu. Anders hoeft 't niet meer.

'Ik heb 't je al zo vaak verteld. Hij zat daar. Ik hier.'

'Kon 't niet? Wilde je niet?' Hij stapte dichter naar haar toe. 'Of wilde híj niet?'

Ik kan het je onmogelijk uitleggen, dacht Anna, hoe dingen soms misgaan. Hoe een mens kan blijven steken. Ik hoop maar, dat je er zelf achterkomt. Daar. Misschien dat híj het vertellen kan.

Robert wilde haar hand pakken. Te laat. Zijn vluchtnummer werd al omgeroepen. Hij trok haar naar zich toe, ongewoon heftig, en zij legde haar handen in zijn nek.

'Als je niet wilt, schat, als je hier wilt blijven...'

Robert schudde zijn hoofd. Opeens kon hij niets meer zeggen.

'Schrijf me gauw. Of bel me, zodra je er bent.'

Ze kuste hem en hij zag dat er tranen in haar ogen schoten. Ik zal het je allemaal schrijven, dacht hij. Alles. Dat ik van je hou, dat ik je niks kwalijk neem en dat ik je nu al mis.

Hij liep naar de uitgang en keek niet meer om.

* * *

Op de plaats waar het witte kerkje had gestaan, was nu een gat. Alsof er een bom was ingeslagen. De stilte was zo intens, dat de lucht ervan leek te trillen. Totdat de palmboom, de enige op het pleintje, zich langzaam begon te buigen onder een onzichtbare last en met een scheurend geluid knakte en te pletter viel. Op dat ogenblik stormde Manuel het huis uit, zijn handen in de lucht, en hij schreeuwde wanhopig: 'Het graf van mijn oma!'

Irene schoot overeind in bed. Haar hart sloeg tegen haar ribben alsof het haar omhoog wilde jagen – eruit! De hitte van de nachtmerrie verdween onmiddellijk, maakte plaats voor de kilte van de donkere slaapkamer. Ze haalde een paar keer diep adem en probeerde te kalmeren. Het was gewoon een droom. Niets aan de hand. Ze was thuis, in Roermond. Maar de schreeuw van Manuel klonk nog in haar oren. Alsof hij zojuist had geprobeerd haar wakker te schudden. Wat moest ze met zo'n droom?

Ze pakte haar sigaretten van het tafeltje naast het bed, stak er een op en inhaleerde diep. Waanzin. Manuel was een paar duizend kilometer weg, in het warme Spanje. Ze was een kind van de familie geworden in dat dorp, waar ze op doorreis min of meer gestrand was. Volgens de reisgids zouden er unieke fresco's te zien zijn in het witte kerkje. Ze raakte zo gecharmeerd van het dorp, dat ze er een kamer zocht. En de familie van Manuel dreef een pension. De vader was slager, de moeder kookte de maaltijden, de twee zussen van Manuel en hijzelf werkten hard mee. En oma zat op de patio, praatte honderduit in een taal die bijna niet te verstaan was, maar ze genoot en pelde garnalen. Zo vredig. Een droom. Ze had er maanden, jaren willen blijven, zich koesterend in het warme bad van het gezinsleven. Natuurlijk, er werd wel eens geruzied, soms viel er een klap. De moeder van Manuel zweette boven het wasgoed van de pensiongasten en had nooit een ogenblik voor zichzelf. Maar er was ook muziek en op zondagmiddag een picknick op het strand. Een oude deken voor oma om op te zitten. De jongelui gingen zwemmen. Zij en

Manuel proestend in de golven – verlegen eerst, later brutaler. Een eerste kus. Een tweede. Hij was mooi, attent en vrolijk. Ze lachten, huilden, vrijden. Nooit zou ze weg willen.

Maar ze ging wel weg. Wie kan leven in een droom? Ze was dol op Manuel maar vooral op zijn familie. Toen ze zich dat realiseerde, pakte ze haar rugzak.

Irene doofde haar sigaret. Ze hield van de stilte van de nacht. Meestal kwamen de stemmen in haar hoofd tot rust. Wie ben je? Waar kom je vandaan? Wat doe je hier? Dat hadden ze haar daar gevraagd, keer op keer, en ze had geantwoord: 'Ik ben Irene Raaymakers, ik woon in Nederland, Holanda... en ik reis een beetje rond.' En onuitgesproken: misschien vind ik ergens een weg. Er moet toch een einddoel zijn waar ik mezelf ontdek en meteen weet wie ik ben en waar ik vandaan kom. Het cirkeltje rond.

Haar moeder was zo blij geweest toen ze terugkwam. 'Kind, wat zie je er goed uit!' Geen kunst, na zoveel weken Spaanse zon. Ze zag de onderzoekende blik, die wel ònder die oppervlakte wilde kijken. Zag ze er van binnen ook zo goed uit? Wie zal 't zeggen, mam; ik weet het niet. Nog steeds niet. En dan, even, de zucht van haar moeder en zij voelde zich weer schuldig. Omdat ze er dan wel was, maar ook weer niet. Nooit helemaal.

Irene sloeg de dekens van zich af en stapte uit bed. Ze rilde en verlangde naar nog meer kou. Kou is duidelijk, laat niets te raden over, is te verkiezen boven zweet dat kleeft op je lijf. Het was stil in huis, nog stiller dan overdag. Zachtjes liep Irene de trap af. Wat ze ging doen, was ze allang van plan geweest, maar ze had de nachtmerrie nodig gehad om tot daden over te gaan.

In de studeerkamer knipte ze een lampje aan. Meteen viel haar oog op de foto van haar en haar pleegouders. Jaren geleden genomen, toen ze nog helemaal het kind van haar ouders was. Het haar in een sierlijke krul en haar lievelingsjurk aan. Moeder links, met een keurig hoedje op. Vader rechts, een beetje streng en zeer vaderlijk. Zo was hij altijd geweest. Nooit had hij ergens aan getwijfeld en dus ook geen twijfel gezaaid. Het was de aarzeling van haar moeder geweest en dat soms zo peilend kijken, dat Irene als kind al het gevoel had gegeven dat er iets was.

Ze trok de laden van het grote bureau open. Wat ze zocht was niet moeilijk te vinden – het lag er, alsof het voor haar was klaargelegd: een map met het opschrift 'Irene'. Het was niet de eerste keer dat ze die in haar handen hield, maar voor het eerst wist ze zeker dat ze iets met de informatie zou gaan doen. Opzoeken. Achterhalen. Ze pakte een stuk papier en een pen.

Het grote licht ging aan. In de deuropening stond mevrouw Raaymakers, het grijzende haar in een vlecht. 'Ik wist dat je daar zou gaan zoeken,' zei ze. Haar stem brak de stilte van de nacht. 'En ik zal je helpen.' Ze opende een safe en nam er een andere map uit. 'Hier staat alles in.' Ze legde hem voor Irene op het bureau. 'Maar het meeste weet je al.'

In verlegenheid staarde Irene naar de papieren, keek toen naar de vrouw tegenover haar. Ze had kringen onder haar ogen, alsof ze nachten niet geslapen had. Ik mag het haar niet aandoen, dacht Irene, het is gemeen van me. Ondankbaar.

'Wat wil je? Wil je haar zien?' Ze ging zitten, keek Irene vragend aan. Er kwam geen antwoord. 'Ze heeft een proces gevoerd, dertien jaar geleden, om je terug te krijgen. Dat heb ik je verteld. Weet je nog?'

Irene knikte. Ze herinnerde het zich haarscherp. Ze was thuisgekomen van school, had stilletjes naast haar moeder in de zwarte auto gezeten. Niet wetend wat ze zeggen moest, en toch wilde ze het vertellen. Er was een mevrouw geweest die haar had willen meenemen. 'Ik ben je moeder.' Een onbegrijpelijk, schokkend verhaal. Hoe kon dat – ze had er al een. Konden kinderen twéé moeders hebben? Die vraag had ze gesteld, staande in de gang, terwijl ze haar jasje aan de kapstok hing. Er was een diepe stilte gevallen en toen had haar moeder gezegd: 'Kom, we gaan theedrinken. En dan zal ik je alles vertellen.'

'Ze kan er misschien niet tegen om je terug te zien, na alles wat er gebeurd is. Doe haar niet nodeloos pijn.'

Irene verstrakte. 'Het gaat niet alleen om haar,' zei ze nors. 'Hoe kan ik haar vinden?'

'Ik heb een adres. Ik weet niet of ze daar nog woont. Het is zo lang geleden.'

'Ik kan het proberen.'

Haar pleegmoeder streek haar peignoir glad. Er was weer even die zucht. Irene verzette zich tegen het beklemmende gevoel van schuld. Het moest – ze kon niet anders.

'Als je gaat, wees dan voorzichtig.'

Irene keek op.

'Ze kan terugslaan, die vrouw, als je te dicht bij haar komt. En wie beschermt jou dan?'

Daar gaat het niet om, dacht Irene. Niemand kàn mij beschermen. Ze vouwde haar handen op de map. Je begrijpt toch dat ik alles moet weten? En gekwetst ben ik allang.

Bij het station in Eindhoven nam ze de bus naar het ziekenhuis. Het leek haar beter om niet meteen naar het huisadres te gaan. Eerst wilde ze weten of ze die vrouw nog zou herkennen. En wat er dan door haar heen zou gaan. Of ze weer bang zou worden, of kwaad. Het was tenslotte niet zomaar iets – de vrouw opzoeken die je gebaard heeft en afstond aan wildvreemden. Zogenaamd omdat ze niet zelf voor je kon zorgen, want ze was nog zo jong. Smoesjes, dacht Irene. Ze wilde gewoon geen kind en ze moest van dat ongelukje af. Zo zat dat, natuurlijk.

Ze probeerde haar woede vast te houden toen ze de hekken van het ziekenhuis naderde. Alles beter dan angst en twijfel. Ik ben verdorie eenentwintig, dacht ze, meerderjarig. Volwassen. Ik ben geen kind meer, dat je onder een vals voorwendsel van school kunt halen en over het schoolplein meesleuren naar een ander leven. Ze kan me nu niks meer maken. Maar ze kon zichzelf er niet toe brengen het ziekenhuis binnen te gaan en te vragen of zuster Bloemink dienst had, en of ze haar kon spreken. Ze bleef buiten het hek staan, in de buurt van de bloemenstal, en bekeek de boeketten alsof ze zorgvuldig overwoog wat ze voor een zieke zou meebrengen. Maar vanuit haar ooghoek hield ze de mensen in de gaten.

Toen zag ze haar. Op een fiets. Dat moest haar zijn. Zwart haar, niet zo groot. Of vergiste ze zich? Dertien jaar lag ertussen en de herinnering aan het schoolplein was verstoord door de angst voor die harde handen die haar toen vastklemden. Kon ze haar stem maar horen, dan zou ze het zeker weten. Die hese, gejaagde stem. 'Ik ben je moeder!'

Irene hield haar adem in en keek naar de vrouw die wegfietste.

⋆ ⋆ ⋆

Robert staarde naar de Indiaanse vrouw tegenover hem in de trein. Hij had van alles geprobeerd om níet naar haar te kijken, maar zijn fascinatie liet hem niet los. Haar handen, die een rieten tas omklemd hielden, waren ruw. Haar gezicht met de brede jukbeenderen was verweerd. Ze had vast een mooie naam: Snelle Wolvin, Kind van Gevallen Kraal – zoiets. Misschien was ze ooit gevonden onder een boom en grootgebracht door een rondtrekkende stam. En nu kon ze alles – buffelhuiden prepareren, wigwams opzetten, een groot vuur maken voor de nacht. En alle stamleden waren haar familie geworden. Nooit keek ze naar hem. In haar ogen was hij natuurlijk niet meer dan de blanke zoon van een Canadees, wiens voorouders vast en zeker haar land hadden afgepakt. Hij voelde een plaatsvervangende schaamte.

Toen de trein schokkend tot stilstand kwam, realiseerde hij zich dat hij hier moest uitstappen. Hij stond op en trok onhandig aan de rugzak in het bagagenet. Voor het eerst volgde de vrouw zijn bewegingen. Gejaagd haakte hij de rugzak over zijn schouders en stootte tegen haar aan. 'Sorry.' Ze zei niets, maar ze lachte en hij zag schitterend sterke tanden. Toen draaide ze zich weer naar de besneeuwde vlakte buiten.

Een ijskoude windvlaag blies hem in 't gezicht. Geen mens die hier de trein verliet. Hij had de plaatsnaam toch wel goed onthouden? Maar terug kon hij niet meer, want de trein had zich puffend weer in beweging gezet.

'Robert!'

Hij zag hoe een man in een dik jack zich losmaakte van een pickup truck. Hij liep steeds sneller, de rechterhand al uitgestoken. Ongeveer zoals de kinderdroom, dacht Robert – alleen, hij was geen kind meer. Hij liep het trapje af naast het kleine stationsgebouw.

'Robert!'

Hij knikte en stak ook een hand uit. Maar Jim greep zijn armen vast, schudde hem een beetje door elkaar en trok hem toen tot zijn ontzetting dicht tegen zich aan. Een koude wang schuurde langs de zijne.

'Hallo,' zei Robert.

'Je bent 't echt!'

Robert keek hem aan en zag zichzelf in de bruine ogen van de man vlak voor zich. Ja, dacht hij, geen twijfel mogelijk.

'Kom, geef me je rugzak.' Jim begon aan de schouderbanden te trekken.

'O nee, laat maar. Dat gaat best zo.'

Jim sloeg hem lachend op de schouder en voerde hem mee naar de auto. Ze waren even groot, merkte Robert – om de een of andere reden had hij zich zijn vader imposanter voorgesteld. Jim zette Roberts bagage in de open laadbak, tussen kratten met kakelende beesten.

'Kippen?'

Jim knikte. 'We jagen er hier heel wat eieren doorheen, jongen. En Eva verricht wonderen met de bouten!' Hij opende het portier en liet Robert instappen. Toen liep hij om de wagen heen en stapte ook in. Hij startte de motor. Met een sierlijk glijdende draai schoof de auto opzij, vond spoedig greep en bereikte de schone weg.

Hij was er. Een raar, onnatuurlijk gevoel – een wiskundige optelsom van zoveel uur vliegen en zoveel uur met een trein, en hij was in een andere wereld, in een leven waarover hij verhalen gehoord had, waar hij foto's van had gezien. En nu kreeg het vorm. Het bestond echt. Hij was er dan wel, lijfelijk, maar zijn ziel was nog lang niet aangekomen. Hij huiverde even en dook verder weg in de kraag van zijn jas. 'Hebben die kippen 't niet koud?'

Jim lachte. 'O, die overleven het wel. Maar van jou weet ik dat nog niet zo zeker!'

Een joviaal type, vond Robert. Zo eentje met wie het best bierdrinken is en die dan eindeloos ouwehoeren kan over vroeger. Die royaal de rekening betaalt. Maar een vader? Nou ja, dacht hij, ik zal wel zien. En als 't me niet bevalt, ga ik toch gewoon weg? Sorry Dad, maar eh . . .

De weg slingerde langs besneeuwde weilanden, waarin pikzwarte koeien scharrelden alsof ze van de sneeuw konden leven. Misschien konden ze dat hier ook wel. Links van de weg stonden de bergen statig en ontoegankelijk op een rij, staken scherp af tegen de loodgrijze lucht. Er kwam vast nog meer sneeuw.

'Daar.' Jim wees naar een laag gebouw rechts van de weg.

Robert schrok op. 'Sorry?'

'We zijn er.'

'O.'

'We zijn thuis.'

Jim keek hem aan en gaf hem een goedmoedige stomp met zijn elleboog.

Thuis? dacht Robert. Dat staat nog te bezien.

Jim parkeerde voor de ingang. Robert stapte uit en pakte zijn rugzak. Geen gek pand, behoorlijk in de verf. Zo'n echt Canadese veranda aan de voorkant. Een fraai beschilderd bord boven de entree: 'Eva's restaurant'. Dubbele ramen om de winter buiten te sluiten. Aan de achterkant een paar stallen.

Een hordeur zwaaide open, toen de buitendeur, en drie meisjes verschenen op de veranda. Jim pakte de eerste bij de arm en zei: 'Eva, dit is nou Robert.' Geen meisje dus, maar de vrouw om wie Jim Anna was vergeten.

Eva stak haar kleine hand uit. Ze lachte vriendelijk en pakte de zijne. 'Fijn dat je er bent.' Haar stem had een aardige melodie. Ze draaide zich om naar het tweetal achter haar. 'Judit, en Erzsi.'

Robert wist dat Jim en Eva twee dochters hadden, maar nooit had hij zich een beeld van hen gevormd. Hij was ergens blijven steken, had gedacht dat het kleuters waren. Een beetje lastig, maar ook wel leuk. Ze zouden naar hem opkijken – een grote broer uit Holland! Maar nu stond hij oog in oog met twee meisjes, die maar iets jonger waren dan hij. Ze keken hem giechelend aan. Robert had er een lief ding voor over, als hij zich had kunnen omdraaien en weglopen. Maar Jim zei: 'Gaan jullie vast naar binnen. Ik kom zo, als ik de kippen in het hok heb.' En er zat dus niets anders op dan achter die drie vrouwen aan het restaurant binnen te gaan.

Het was er broeierig warm. Een paar mannen met petten op dronken koffie. Tafeltjes met geblokte kleedjes. Reclameborden aan de muren. Een grote, ouderwetse kassa. Aan de andere kant een klein toneeltje, waar instrumenten stonden. Judit en Erzsi liepen er meteen op af.

'Speel je viool, Robert?' vroeg Judit. Of was zij Erzsi?

Robert schudde zijn hoofd.

'Cello?'

'Nee.'

'Accordeon misschien?'

'Nee.'

De meisjes keken elkaar aan en giechelden. 'Dat komt dan mooi uit – dan kun je ons helpen in de keuken!'

Barst, dacht Robert.

* * *

Maria had haast. Als ze nu meteen wegging, kon ze nog net de winkel halen. Ze verkleedde zich snel, verliet het ziekenhuis en fietste het terrein af. Ze kon niet nalaten even naar de bloemenstal te kijken. Een dag of wat geleden had ze daar iemand zien staan, die naar haar keek. En vanaf dat moment voelde ze zich opgejaagd.

Ze deed haar boodschappen en ging naar huis. Toen ze uit de fietsenbox kwam, meende ze op de hoek datzelfde figuurtje te zien. Een slank meisje, met springerig blond haar. Ze was het. Maria ging haar flat in en liep rechtstreeks naar de huiskamer om de radio aan te zetten. Geluid – het gaf niet wát. Ze pakte haar boodschappen uit en zou ze net in de keuken zetten, toen de bel ging. Ze bevroor. Niet opendoen, waarschuwde een stem in haar, je bent gewoon niet thuis. Maar dat is onzin, zei een andere stem, dat kind heeft je net naar binnen zien gaan. Het is laf om niet te reageren. Wees sterk – hopelijk wordt dit het laatste gevecht. Ze schoof een speld

steviger vast in haar haar en liep resoluut naar de voordeur.
De blauwe ogen van Bob keken haar aan.

Irene wist het zeker. Niet omdat het adres klopte en de beschrijving die haar moeder gegeven had. Ze herkende de schim van het schoolplein uit het verleden en de hese stem die zei: 'Ben jij het.'

Geen vraag – een constatering. Neutraal. Zonder emoties. Een openingszin die alles kon betekenen. Er was nog niets verloren. Er was ook nog niets gewonnen. Twee strijdende partijen, vlak na het opgaan van het doek. Irene knikte, hield haar adem in. Ze wist niet meer wat ze verwacht had, ook niet wat ze wilde zeggen, maar voordat ze haar gedachten kon ordenen, hoorde ze: 'Je bent te laat.'

Er was een ogenblik van verwarring. Wat bedoelde die vrouw? Moest ze terug naar het ziekenhuis en had ze nu geen tijd? Misschien had ze toch beter eerst kunnen bellen of schrijven.

'Dertien jaar geleden dacht ik dat ik niet zonder je kon. Maar weet je, als het moet kan alles.'

De richting van het drama was nu bepaald. Door Maria. En Irene voelde een panische angst opkomen. 'U bent mijn moeder,' stamelde ze.

Maria schudde haar hoofd. 'Je vergist je. Ik ben je moeder niet. Ik heb nooit de kans gekregen.'

Irene deed een stap naar voren. Zo ging het fout – het ging een heel verkeerde kant uit. Zo mocht het niet gaan. 'U . . . u moet me . . .'

'Binnenlaten? Koffie zetten? Een arm om je heen slaan en met je praten, huilen?' Maria pakte de voordeur en het leek erop, dat het doek voortijdig ging vallen. 'Nee, je bent te laat.'

Irene beet op haar lip. Niet huilen. Niet nu. Straks misschien, als ik weer thuis ben en alleen boven in mijn kamer zit. Maar zij mag mijn tranen niet zien.

'Ga naar je echte moeder,' zei Maria. Haar stem klonk wat zachter. 'Zij houdt van je. Jij denkt dat ik hard ben, maar je weet gelukkig niet wat wreedheid is. Echt wreed zijn de mensen die het goed met je bedoelen.' Ze schraapte haar keel. 'Ik bedoel het niet goed met je. Ik heb al teveel moeten boeten voor wat er misging. Ga jij nu niet jezelf ook nog eens straffen.'

Irene leunde tegen de muur. 'U moet me vertellen... Ik heb toch het recht om te weten...' Het waren niet de woorden die ze had willen gebruiken. Recht – onrecht, dat klinkt als een verwijt.

Maria klemde de deur vast. 'Ik zal je alles vertellen. Net zo snel als het gebeurde. Hij was een Canadees en hij heette Bob. En hij had me nog niet te pakken gehad, of hij had alweer een ander. Ik heb hem nooit meer gezien en nooit meer iets van hem gehoord en van hem willen horen. Dat is alles. Dat was het begin en het eind. En wat daarna kwam, dat is mijn zaak. Zo, ik doe de deur dicht en ik ga mijn eten maken. Jij gaat naar huis en je vergeet alles.'

Ze begon de deur te sluiten. Langzaam. Alsof ze toch een kleine opening wilde laten, alsof ze haar de kans wilde geven een voet tussen de deur en de deurpost te zetten en te schreeuwen: U moet me binnen laten!

Maar Irene had de moed niet.

Maria liep de huiskamer weer in. De nieuwslezer voorspelde nachtvorst. Maar ze hoorde het niet, luisterde alleen naar de stilte buiten de deur, waar toch nog iemand moest staan.

Hoe je met één gebaar een definitieve beslissing kunt nemen, dacht ze, terwijl de kou tegen haar opkroop en haar deed huiveren. Een deur dichtdoen of opendoen – daar zit een wereld van verschil tussen. Een verleden wordt afgesloten – of een toekomst geopend. Het is een keuze tussen eenzaamheid en tweezaamheid.

Ik kan het niet, dacht Maria. Het is alsof ik niet leef. Mijn leven begon en eindigde op een nacht in oktober 1944, in Breda, in een goor hotel.

Buiten maakte Irene zich los van de muur. Ze voelde zich versteend. Dezelfde verstarring, die ze ook had gezien in de houding van de vrouw die hier woonde. Zelfs het heimwee naar de warmte van Manuel en zijn familie leek verdwenen, ver weg. Zo'n warmte was voor andere mensen, die beter waren dan zij.

*   *   *

Op zaterdagavond was het altijd feest in Eva's restaurant. Bela en zijn muzikanten speelden de sterren van de hemel. Uit de verre omtrek kwamen mensen luisteren, dansen en drinken. Nergens was het op zaterdagavond zo gezellig als hier.

Robert kon in de keuken de vurige csardas horen. Niet bepaald zijn favoriete muziek. Zuchtend pakte hij de bon voor de volgende bestelling en hij vroeg zich af of die mensen daarbinnen thuis niks te eten kregen. De goulasj-soep, specialiteit van het huis, werd met ketels tegelijk aangesleept. Razendsnel keerde de kok hamburgers om op de kookplaten, en sissend gleed alweer een lading patat in het vet. Robert pakte een paar kommen en begon ze vol te scheppen, toen Judit met een dienblad vol vuile vaat de keuken in kwam.

'De soep, Robert. Ze wachten erop.'

Robert knikte.

'Schiet nou toch es een beetje op!' Ze maakte ruimte op het aanrecht om haar dienblad neer te zetten.

'Rustig! Ik kan niet alles tegelijk, schreeuwlelijk!'

'Ik schreeuw omdat jij staat te suffen, eikel!' Strijdlustig zette Judit haar handen in haar zij.

Net op tijd kwam Eva binnen. Het was weer zo ver. 'Schreeuw niet zo, Judit.'

Robert grinnikte. 'Zo, nou hoor je 't eens van een ander.'

Judit wendde zich tot haar moeder. 'Maar die rotjongen is altijd zo sloom!'

Nog voordat Erzsi zichtbaar werd, konden ze haar stem al horen. 'Waar blijven verdomme de frietjes, Robert!'

Eva draaide zich met een ruk om en stond pal voor Erzsi, in haar vaart gestopt. 'Zeg! Ga je mond spoelen. Waar leer jij zulke taal?'

Erzsi hield demonstratief het klapdeurtje naar de eetzaal open. 'Luistert u nooit naar de vrachtrijders, ma?' Ze lachte, en Judit lachte mee en eigenlijk kon ook Eva zich niet goedhouden. Maar Robert schepte nors de soepkommen vol – het kon hem niet schelen dat hij morste.

'Het lukt niet,' zei Jim. 'Het wordt niks.' Met een zucht zakte hij op een stoel. Eva leegde de laatste asbakken en pakte een fles wijn, schonk twee glazen in. Het is laat en hij is moe, dacht ze, dan zie je alles somber. Ze schoof een stoel bij en ging tegenover hem zitten.

'Weet je wat Erzsi vertelde? Vorige week zei Robert tegen Bela dat hij beter drinkt dan viool speelt!' Ze wachtte op een lachje, een teken dat hij uit de put kwam waar hij al dagen in zat. Hij had een beetje gelijk: Robert hier was geen succes. De jongen zei alleen het hoognodige, gedroeg zich afwerend – vooral tegen zijn vader. Hij liet duidelijk merken, dat hij het werk in het restaurant stomvervelend vond. Liever sloot hij zich urenlang op in zijn kamer. Ze had voorgesteld dat hij zou leren paardrijden, maar ook daar voelde hij niets voor. En als ze met z'n allen naar het dorp gingen, liep hij altijd apart – hij wilde niet bij hen horen.

Jim schudde zijn hoofd en nam een flinke slok wijn.

'Hij is een beetje onhandig,' zei Eva. 'Als je dat vergelijkt met Judit en Erzsi.'

Hij zuchtte. Het was oneerlijk tegenover Eva, dat hij haar opscheepte met het kind van een vreemde. Elke dag moest ze voelen, dat hij nog een ander leven had. Het was een illusie geweest te denken dat Robert zich naadloos zou aanpassen – dat de twee levens moeiteloos in elkaar over zouden gaan. Vroeg of laat moest er een confrontatie komen, die duidelijkheid zou scheppen. Nou, dan maar liever vroeg. Ik moet met hem praten, dacht Jim.

Hij pakte Eva's hand. Zijn kameraad – hij zou niet weten wat hij zonder haar moest beginnen.

Robert schrok wakker. Er werd uitbundig op zijn deur gebonsd. '*Rise and shine*!' Hij wreef zijn ogen uit en keek op de wekker. Nog geen zeven uur. Wat een belachelijk tijdstip.

'Mooi weer, Robert. Kom op, vandaag geen keukendienst!'

Mooi weer? Het zou wat – het was nog niet eens licht. Mopperend kwam hij zijn bed uit en liep over de ijskoude vloer naar de deur. Hij keek recht in de lachende ogen van Jim, die al helemaal was aangekleed en zo te zien voorbereid op een koude dag in de buitenlucht.

'Wat is er aan de hand?'

'Dat zul je wel zien. Kleed je aan en kom mee.'

De motor van de pickup truck stond warm te draaien toen Robert eindelijk naar buiten kwam. Jim liep op hem af, zijn adem wolkte wit voor hem uit. Hij wierp Robert een lichtgewicht geweer toe, dat hij maar net kon opvangen.

Robert keek ernaar alsof het een zak rotte vis was. 'Wat moet ik hiermee?'

'We gaan jagen.'

'Jagen?! Waarop?'

Jim stapte in de auto. 'Op alles wat er voor onze loop komt. Stap in.'

Verbijsterd liep Robert om de pickup heen en ging naast Jim zitten. 'Op dieren?'

Jim lachte en gaf gas.

In gloeiend rood kwam de zon op. De auto reed in volle vaart in de richting van de bergen. Het was doodstil op de weg. Sneeuwschuivers hadden hun werk gedaan, maar toen ze dichterbij de Rockies kwamen, moest Jim langzamer rijden. De weg was glad – stukken ijs schoten onder de banden vandaan. Een groot meer was volledig dichtgevroren. Vogels scheerden vlak boven de ijslaag op zoek naar een opening.

'Toen mijn vader een jaar of twintig was, schoot hij beren. Het zat er hier vol mee, toen.'

Robert zei niets, keek strak voor zich uit.

'Hij was straatarm, die ouwe van mij. Hij verkocht de pelzen in Calgary en Banff.'

Jim keek hem even van opzij aan.

'Ze zitten er nog wel, hoor, maar ze zijn alleen gevaarlijk als ze jongen hebben. Zoals nu. Je zal maar zo'n mep van een berepoot krijgen, hè!'

Robert zweeg. Dat stoere gedoe, die Indianenverhalen – wat moest hij daarmee. Hij klemde het geweer steviger vast.

'Zei je wat?'

Robert keek hem aan, trok z'n wenkbrauwen op.

'O sorry. Ik dacht dat je wat zei.'

'Ik heb de pest aan geweren,' zei Robert.

Toen de auto dreigde vast te lopen in de sneeuw stopte Jim en stapte uit. 'We zijn er.'

Robert liep om de wagen heen en huiverde in de ochtendkou. Het was hier mooi. De takken van de naaldbomen hingen zwaar van de sneeuw. Geen menselijk spoor te zien. Maar hij kon er niet van genieten.

Doelbewust liep Jim in de richting van een rivier. 'Het leek me verstandig om es een dagje de natuur in te gaan,' zei hij. 'Een beetje praten, jij en ik. Zonder die vrouwen erbij. Van man tot man.'

'Van vader tot zoon!'

'Precies. Ik heb gehoord dat je 't niet goed doet in de keuken. En dat kunnen we niet hebben. Ik wil niet dat de sfeer verpest wordt.'

'En daar is deze poppenkast voor nodig?'

Jim bleef staan. 'Poppenkast?'

'Nou, dít.' Robert hief zijn geweer omhoog. 'Stoere verhalen over de berejacht enzo.'

Jim draaide zich om en liep verder. 'Ik hoop ook nog wat te schieten vandaag. En het hoeft niet per se een beer te zijn.'

Robert deed zijn best hem bij te houden, maar Jims conditie was aanzienlijk beter. Hij verliet de waterkant en klom met grote passen omhoog, tegen de heuvels op. Robert gleed uit, één been in het kolkende water, verloor bijna zijn geweer. Hij kon zich nog net vastgrijpen aan een struik en vloekte binnensmonds. Hoog boven hem stond Jim stil en keek naar zijn gestuntel. Hij lachte. Toen verdween hij uit het gezicht.

Robert keek om zich heen. Hij zou kunnen teruggaan, de auto opzoeken. Maar wie weet hoe lang Jim wegbleef en 't was koud in die wagen. Teruglopen naar het restaurant kon al helemaal niet – veel te ver. Hij was er mooi ingeluisd! Maar dit was dan wel de laatste keer! Hijgend klauterde hij tegen de muur van sneeuw op, probeerde gebruik te maken van Jims voetstappen. Zijn kleren waren al doorweekt.

Landschap in zwart-wit. De ijskoude wind floot langs Roberts oren, sneed vocht uit zijn ogen en neus. Voor hem rezen de bergen op. Hier en daar blauwige, doorzichtige sculpturen: kleine watervallen die in hun stroom bevroren waren en wachtten tot de lente kwam. Doodse stilte, als in een kathedraal op maandagochtend. Hij huiverde.

Beneden hem zat Jim, het geweer met de kolf in de sneeuw gestoken. Dichterbij dan vroeger en toch ook verder weg. Onbereikbaar. Het was een idiote illusie geweest van Anna, dat zij elkaar zouden leren kennen. Onmogelijk. Langzaam en voorzichtig daalde Robert af en plofte naast Jim neer in de sneeuw. De stilte tussen hen was broeierig en evenzeer geladen als hun geweren.

Jim bood hem op de punt van zijn zakmes een stuk appel aan. Robert weigerde nukkig.

'Ik neem 't je niet kwalijk dat je een moederskind bent,' zei Jim eindelijk. 'Je bent tenslotte vooral een zoon van je moeder.'

Robert snoof. 'Nou zeg, ben ik daar even blij om!'

Jim bewoog zich niet. Rustig praatte hij verder. 'Maar wat ik je wel kwalijk neem, is dat jij denkt dat de hele wereld om jou draait. Toen ik zo oud was als jij . . .'

'Ja hoor, toen schoot jij moffen neer. Bij bosjes. Ik weet 't.'

'Het was oorlog, weet je nog?'

Patser, dacht Robert – je bent gewoon een huichelachtige smeerlap. Hij draaide zich naar zijn vader toe. 'Zeg es eerlijk, wat deed je liever? Moffen neerschieten of meiden versieren?'

Het kwam hard aan. Jim haalde diep adem. 'Wat ben jij fanatiek, jongen. Je hebt de pest aan geweren, aan jagen, en een grote bek over de oorlog op de koop toe. Maar je zit zelf tot over je oren vol met agressie.'

'O ja?'

Jim knikte. 'O ja. Jongens van jouw soort zaten ook in het leger. Overal op kankeren, ze wisten 't altijd beter en ze voelden zich ver verheven boven de rest. Maar als 't erop aankwam, waren ze niet thuis.' Hij stond op, want hij voelde zich in staat om die jongen naast hem een flink pak slaag te geven. Zijn eigen zoon, notabene. De jongen belichaamde plotseling alle agressie die hij zelf ook nooit had kunnen uiten. Hij had spijt dat hij Robert had meegenomen. Hun conflict bevuilde de pure schoonheid van de natuur. Soms was het beter de dingen te laten voor wat ze waren. Hij draaide zich om en zag de jongen zitten kijken met een mengeling van minachting en angst. Hij zag zijn eigen ogen, en hij zag onmiskenbaar de trekken van Anna. Woede sloeg door hem heen. 'Als jij zo'n hekel hebt aan wapens, gebruik je handen dan!'

Robert schrok. Vechten? Dat had hij nog nooit gedaan. Hij had er naar staan kijken, ja, in Amsterdam, en een enkele keer in een studentenkroeg, maar nooit had hij zich ergens in durven mengen.

'Kom op!' Jim balde zijn vuisten. 'Je praat òf je slaat. Ik wil een eerlijk antwoord. Zeg op: je hebt de pest aan mij. Je haat me. Nou? Waarom? Wat neem je me zo kwalijk?'

Robert stond op. Er was geen ontkomen aan. Woorden gonsden door zijn hoofd, klonterden samen, een onduidelijke brij van pijn en verdriet. En haat – Jim had gelijk, en dat maakte hem razend.

'Zeg het! Ik wil een eerlijk antwoord. *Nu*!'

'Dat weet je best, klootzak!'

Jim kwam dichterbij. Hij kon zijn adem voelen. 'Maar ik wil het uit jouw mond horen!'

In blinde woede begon Robert om zich heen te slaan. Onhandig en snikkend. Hij hoorde het zelf en dat maakte alles alleen nog maar erger. 'Jij liet haar doodvallen! Je nam een ander en je liet mijn moeder barsten!'

Jim greep hem vast. 'O ja? Is dát 't?'

Robert probeerde zich los te rukken, trapte als een dolle om zich heen. 'Je hebt Anna in de steek gelaten voor dat... voor dat wijf! En mijn moeder zat alleen!'

Jim worstelde hem tegen de grond. 'Denk jij soms dat ik daar trots op ben? Nou, dan vergis je je!'

Het lukte Robert om onder Jim uit te komen. Hij voelde zijn handen om zijn bovenarmen knellen. 'Ik moet helemaal niks van jou. Jij bent zelf een lafbek. Klootzak!' En hij rukte zich los, begon weg te rennen, terug de heuvel op.

'Ga dan maar naar je moeder!' Jim schreeuwde en pakte zijn geweer. Een schot klaterde door de bergen, weerkaatste langs de wanden. 'Robert!'

* * *

De stewardess nam de restanten van de maaltijd mee en Irene spreidde haar papieren uit over het klaptafeltje. Agenda, kaarten van Canada, een lijstje met namen en adressen.

Ze was naar het gemeentearchief gegaan en een uiterst bereidwillige man had haar geholpen met het zoeken naar militairen die Bob heetten, en die in 1944 in Breda waren geweest. Hij had er uiteindelijk vier overgehouden en dat was een hele opluchting. Bob, de afkorting van Robert, was tenslotte een veelvuldig voorkomende naam. Hij had haar ook een plattegrond van Breda gegeven en aangekruist, waar de legereenheden destijds verbleven. Doelloos had Irene rondgedwaald. Nergens was uiteraard nog een spoor te vinden van die woelige dagen.

En nu was ze op weg. Irene keek naar het boeiende, altijd wisselende wolkendek beneden. Haar pleegmoeder was niet erg enthousiast geweest over haar plan. Maar ze zag dat Irene's besluit vaststond – dat ze desnoods eerst een paar jaar wilde werken om het geld voor de reis te verdienen. Maar dat was niet nodig geweest. Ook mevrouw Raaymakers raakte ervan overtuigd, dat Irene geen rust zou kennen voordat ze al het mogelijke had gedaan om haar vader te vinden. En die rust zette al in – onderweg, tussen twee werelden en twee levens, bekroop haar een diep gevoel van vrede.

* * *

Robert keek naar de man tegenover zich: een welgedaan heer, ruikend naar een goede lotion – de Nederlandse vlag schuin achter zijn bureau. De man leunde achterover in zijn stoel en begon zijn nagels te bestuderen. 'Dus u bent zonder een cent van Alberta helemaal hierheen...'

'Gelift, ja. Ik had gewoon niks bij me.'

De ambtenaar kuchte. 'Juist. En u wilt niet meer terug naar uw vader?'

Robert schoof ongeduldig heen en weer. 'Nee, dat kan niet.'

'U wilt terug naar Amsterdam, naar uw moeder.'

'Nee.'

De man keek op.

'Ik heb alleen maar wat geld nodig. Dat ik weer even vooruit kan.'

'Hebt u een borg?'

'Een wat?'

'Een borg. Iemand die garant staat voor u.'

Robert zuchtte diep. Wat moeilijk allemaal. Hij zou 't heus wel terugbetalen. Maar dat snapte die ambtenaar natuurlijk niet. Hij pakte zijn rugzak en snauwde: 'Laat maar zitten.'

Met een klap sloeg hij de deur van het ambassadekantoor achter zich dicht. Hij struinde door de gang, voortgedreven door machteloze woede. 'Wat een zak!' zei hij hardop. Toen zag hij het blonde meisje, ook met een rugzak. Een kaart van Canada op haar schoot. Ze keek op en lachte. Die pech had híj weer: een Nederlandse.

Hij zwierf door Ottawa, geen idee waar hij heen moest of wat hij kon doen. Liftend, slapend in goederenwagons en achterop vrachtwagens was hij het land doorgetrokken. Misschien kon hij ergens een paar munten lenen om naar Anna te bellen. Zij zou hem vast wel wat geld willen overmaken. Hij vervulde immers haar wens: hij zag nu wat van de wereld. Waar of niet.

Hij slenterde door het park in de buurt van de Parlementsgebouwen. De Hollandse tulpen begonnen net uit te komen. Zijn rugzak werd zwaar en toen hij besloot om even languit in het gras te gaan liggen, zag hij het meisje uit de ambassade weer. Ze sliep. Haar rugzak lag naast haar, half open. Er stak een boek uit. Voorzichtig kwam hij dichterbij. Hij wilde alleen even zeker weten dat zij ook uit Nederland kwam. Misschien kon zij hem wat geld lenen.

Terug naar Oegstgeest. Hij had het gelezen vlak voor hij naar

Canada vertrok. Zij was er nog in bezig, zag hij, want er stak halverwege een briefje tussen. Bijna waaide het eruit. Toen hij het zorgvuldig wilde terugstoppen, zag hij, dat het een lijst met namen was. Allemaal Roberts.

Het meisje vloog overeind en begon meteen te schreeuwen. 'Wie geeft jou het recht om met je poten aan mijn spullen te zitten?!'

Robert schrok zich lam. 'Sorry. Ik zag dat boek.'

'Jij bent zèlf een zak!'

Hij legde het boek terug. ''t Is best mooi.'

'Ja, je wou het jatten zeker.'

'Nee,' zei Robert. 'Ik heb het al gelezen.' Een beetje onhandig bleef hij naast haar staan. Hoe kon hij haar nou ooit om geld vragen?

'Dat zal wel. Zak!'

Nu werd hij ook kwaad. 'Ik heet Robert. Net als die daar.' En met een hoofdknik wees hij op het lijstje namen. 'Wat moet jij met al die Roberts?'

Hij was er totaal niet op voorbereid, dat ze hem zou aanvliegen en voordat hij 't wist lag hij op de grond. Ze rolde over hem heen en begon met haar vuisten op hem in te beuken. 'Hee!' Hijgend probeerde hij de furie van zich af te slaan. Hij hoorde een knappend geluid en zag in een flits tulpestelen breken. En toen verschenen twee glimmend zwarte schoenen. Een stem zei bars: '*Hey you two! Stop that*!'

Pas op het politiebureau schoten Robert de namen van Jenny en David te binnen. Als hij hen zou mogen bellen! Ze wilden vast wel helpen. In Montreal woonden ze, dat wist hij zeker. Anna kreeg regelmatig brieven van Jenny. En na diep nadenken kwam hij op de achternaam – Sullivan. De agent draaide het nummer.

Robert keek naar het meisje naast zich. Ze hadden hun namen moeten geven en hun paspoorten. Hij wist nu dat ze Irene heette, Irene Raaymakers, en dat ze uit Limburg kwam. 'Het spijt me echt,' zei hij.

Irene lachte. 'Ik weet niet wat me bezielde. Heb ik je pijn gedaan?'

Robert schudde zijn hoofd. 'Ik kan wel tegen een stootje.'

Ze liep naar de bank in de wachtruimte, schoof de rugzak met haar voet voor zich uit. 'Een slechte start,' zei ze. 'Ik ben hier nog maar net.'

Robert drentelde achter haar aan. 'Vakantie?'

Ze ging zitten en keek hem een ogenblik peinzend aan. Zou ze het vertellen? Waarom ook niet. Ze was hem wel iets verschuldigd. 'Ik ben op zoek naar mijn vader. Het enige dat ik van hem weet, is dat hij Robert heet – Bob.' Ze probeerde een klein lachje, maar het ging niet van harte. 'Idioot, hè.'

Robert ging naast haar zitten. 'Nee,' zei hij, 'helemaal niet. Ik weet precies wat 't is.'

De agent aan de balie wenkte. Robert stond op en liep naar hem toe. Hij kreeg de hoorn van de telefoon in zijn hand gedrukt. 'Eh . . . Mr. Sullivan? U spreekt met Robert Bayens. Ik hoop niet dat ik u lastig val, maar ik ken hier verder niemand.' Hij hoorde voor het eerst de stem van David – vriendelijk en geruststellend. Hij keek naar het blonde meisje op de bank. 'Ik ben hier niet alleen,' zei Robert. 'Ik heb een vriendinnetje bij me.'

De auto van David stopte in een stille, boomrijke laan in een buitenwijk van Montreal. David rekte zich uit. 'We zijn er.'

Robert draaide zich naar de slapende Irene op de achterbank en bewoog zachtjes haar schouder. 'Hee, wordt es wakker.' Gapend kwam ze overeind.

Het buitenlicht van een vrijstaand huis ging aan en even later verscheen Jenny op de drempel. 'Eindelijk!' Met uitgestoken handen kwam ze hen tegemoet. David droeg de rugzak van Irene. Hij kuste zijn vrouw.

'Alles goed afgelopen?'

Hij knikte. 'Hèt schandaal van Ottawa: opgepakt wegens het plunderen van gemeente-eigendom!'

Ze keek hem verbaasd aan. 'Gemeente-eigendom?'

'Ja,' zei David. 'De tulpen.' En hij liep grinnikend het huis in.

Robert stak zijn hand uit. 'Ik ben hartstikke blij, mevrouw.'

'Zeg maar Jenny.' Ze monsterde hem. 'De zoon van Anna en Jim! Ongelooflijk.' En ze omhelsde hem met warmte.

Hij maakte zich snel los en wees op Irene. 'Wij hebben elkaar in Ottawa ontmoet. Ze zoekt haar vader.'

Jenny sloeg een arm om haar heen. Ze liepen naar de openstaande voordeur. 'Ik heb appeltaart gebakken. En er is koffie. Jullie zullen wel trek hebben.'

Robert kwam er niet onderuit – Jenny en David stonden erop, dat hij eerst zijn vader zou bellen. Ze waren geschrokken, toen hij langs z'n neus weg opmerkte in al die weken niets van zich te hebben laten horen. Irene zat naast David op de bank, de kaart van Canada over hun knieën uitgespreid. Jenny schonk nog eens koffie in en probeerde niet naar het telefoongesprek te luisteren.

Robert kon er niets aan doen: zodra hij Jims stem hoorde, raakte hij geïrriteerd. Die bazige, zogenaamd vaderlijke toon! 'Jij snapt toch wel dat Eva en ik ons grote zorgen hebben gemaakt, jongen!' Mooi, dacht Robert. Dat heb je ervan als je stoer doet met geweren en verhalen over de berejacht! 'Ik heb gewoon gelift,' zei hij. Met een schuin oog keek hij of Irene meeluisterde. 'En hier en daar wat verdiend met een klusje... Ja soms, als 't kon. En af en toe wat gejat... Ja! Ik moest toch éten...? Zit over mij maar niet in hoor, ik red me wel. En de groeten van David en Jenny!' Hij legde de hoorn op de haak en zei met een brede grimas: 'Veel liefs van Jim.' Hij ging zitten en roerde in zijn kopje. Irene keek hem met verbazing aan en hij kreeg onmiddellijk spijt.

Met het plagerige verzoek of ze zich in zijn logeerkamer netjes wilden gedragen, deed David de deur achter hen dicht. Onwennig keken ze elkaar aan en begonnen te giechelen. Irene gooide haar papieren op het bed onder het raam en zei: 'Ziezo. Daar slaap ik. Jij ziet maar.'

Robert schoof gehoorzaam zijn rugzak naar het andere bed. 'Ik ga douchen. En al m'n kleren moeten in de was.'

Toen hij terugkwam, met druipende haren en een handdoek om z'n middel, had Irene zich net uitgekleed. 'Sorry.'

Hij draaide zich verlegen om maar keek pal in de spiegel. Met een rood hoofd en zijn ogen dicht begon hij z'n haren te kammen.

'Dus je meent het echt?' Irene trok een nachthemd aan.

'Ik heb 't toch beloofd,' mompelde hij. 'Op het politiebureau.'

Irene deed haar armband af en legde die naast haar agenda op het tafeltje. 'Ik bedoel maar, het *hoeft* niet.'

'Ik ga mee. Al je vaders langs. Geen Canadees die Bob heet is nog veilig.'

Ze lachte, sloeg de deken opzij en nestelde zich behaaglijk tegen de kussens.

Robert legde de kam neer en keek weifelend om zich heen.

'Slaap jij zó, in die handdoek?'

'Ik heb niks anders.'

'Wacht.' Ze reikte naar haar rugzak en trok er een groot T-shirt uit. 'Dit past je vast wel.'

Hij ving het kledingstuk op en trok het aan, liet toen de handdoek zakken.

Geamuseerd bekeek ze zijn gestuntel. 'Staat je allerliefst,' zei ze. 'Nou, welterusten.'

Robert knipte het lampje naast zijn bed uit en deed alsof hij meteen in slaap viel.

David zette de wekker en kroop naast Jenny in het brede bed. Met grote ogen lag ze naar het plafond te staren.

'Ze vindt hem nooit,' zei Jenny.

'Nee.'

'Geen foto, niks. Alleen maar een voornaam.'

'Tja.'

Hij deed het licht uit. Zij bewoog niet. Rustig wachtte hij af.

'Jim en Anna. Weet je nog? Die avond dat ze trouwden?'

De stunt van Joey. De zwoele zomernacht. Twee zulke blijde gezichten – onafscheidelijk.

'De Veluwe, eenentwintig jaar geleden,' mijmerde Jenny.

Toe maar, dacht hij, laat maar komen. Je bent altijd zo flink. Ik kijk naar je, ik zie waaraan je denkt, maar de tijd waarin wij er met elkaar over praatten, is allang voorbij. Verdriet slaat naar binnen en laat zich niet meer meedelen.

'Robert is twintig.'

Ik hou van je.

'Een zoon van twintig.'

Ik hou zoveel van je.

Met een ruk draaide Jenny zich naar hem toe en borg haar gezicht tegen hem aan. Hij legde een hand op haar hoofd.

'Ons liedje, hoe heette 't ook weer?' Haar stem klonk gesmoord.

'Jij en ik, samen alleen.'

David streelde haar haren.

Robert genoot. Met het geld van David en Jenny konden ze voorlopig vooruit, en met Irene tegenover zich in de trein en een concreet doel voor ogen kon de reis wat hem betreft niet meer stuk. Zijn zwerftocht door Canada, weg van zijn vader en niet terug naar zijn moeder, had plotseling inhoud gekregen. Hij mocht die kleine vechtjas eigenlijk wel dankbaar zijn.

Eén Bob bleek inmiddels verhuisd en onvindbaar. De tweede, Robert Landriault, moest in een stadje noordelijker in Quebec wonen. David had geholpen met het uitstippelen van een reisplan, en Jenny had geadviseerd zoveel mogelijk de Legion Halls op te zoeken, clubs waar oorlogsveteranen elkaar ontmoetten, een biertje dronken en verhalen over vroeger uitwisselden. Maar allebei hadden ze hun twijfels uitgesproken over het slagen van de onderneming. Zoeken naar een speld in een hooiberg. Robert vroeg zich wel eens af, wat Irene nu werkelijk bewoog, waarom ze zo hartstochtelijk naar een vader verlangde. Erg mededeelzaam was ze niet. Soms was ze vrolijk en spontaan – dan weer onbenaderbaar. Hij bleef op z'n hoede; niet graag raakte hij weer verwikkeld in een knokpartij.

Ze hadden afgesproken dat ze eerst zouden opbellen. Het was niet eerlijk, zo'n man onverwacht te confronteren met haar vragen. Hij kon getrouwd zijn en zich generen tegenover zijn vrouw en daardoor meteen afwijzend reageren. Dus Robert stapte de eerste de beste telefooncel in die hij zag. Hij zette zijn rugzak op de grond en begon in het telefoonboek te bladeren. 'Hoe spel je 't? Met O-U of met A-U?'

'A-U', zei Irene. Ze hield de deur van de kleine cel open en keek om zich heen alsof ze bang was dat ze betrapt zouden worden bij een misdaad.

Robert vond het nummer, legde het boek weg en draaide.

Plotseling drong Irene zich tussen hem en het toestel in en drukte op de haak. 'Kom mee.' En ze liep weg.

Verbijsterd liet Robert de hoorn uit zijn handen vallen. Hij greep zijn rugzak. 'Wat doe je nou?'

'Laat maar,' zei Irene. 'Ik wil eerst zien waar die man woont.' Ze zette er stevig de pas in.

Ze vonden het adres in een armoedige, lager gelegen straat. Hier en daar stonden autowrakken. Kinderen speelden rond een kapot fonteintje. Wilde katten scharrelden bij de vuilnisbakken. Steeds langzamer liep Irene de trap af, de straat in. Robert zei niets. Het beste was haar maar gewoon te volgen en te doen wat er in haar hoofd opkwam.

'Nummer zeventien?'

'Nummer zeventien.'

Irene bleef staan. In het midden van een rij woningen die hard aan renovatie toe waren, zat op een voordeur een goedkoop naambordje geschroefd: Landriault.

Robert keek haar afwachtend aan. Ging zij aanbellen, of verwachtte ze dat hij dat zou doen? Hij zag haar twijfel en nam het initiatief. Liep naar de voordeur en drukte op de bel.

Ergens in het huis begon een hond te blaffen. Een mannenstem schreeuwde: '*Shut up*!' En een vrouw riep op ruziënde toon dat hij zelf z'n bek moest houden. De bel had een kleine familiecrisis veroorzaakt.

Irene rende weg. Ze botste bijna tegen een paar kinderen op. Katten schoten opzij. Weg, de lange stenen trap op. Robert, even in tweestrijd of hij fatsoenshalve niet moest wachten tot iemand de deur opendeed, besloot haar achterna te gaan. Idiote griet. Wat wilde ze nou eigenlijk? Bovenaan de trap haalde hij haar in. 'Wat ís er nou?'

Irene zette haar rugzak neer en ging er op zitten. Hijgend schudde ze haar hoofd.

'Ben je bang?'

Ze haalde haar schouders op, moedeloos.

'Bang dat ie het niet is?'

Ze keek hem aan. Hij las verontschuldiging in haar blauwe ogen. 'Ik ben bang dat ie het wèl is,' zei ze.

Hoe kon ze hem ooit uitleggen, dat ze op zoek was naar een droom. Niet alleen een vader zocht ze, maar ook een moeder, en misschien wel een oma, halfzusjes – een familie waar ze in paste. Hij kende dat gemis immers niet.

Hij zat naast haar in de laadbak van de vrachtwagen. De chauffeur was zo vriendelijk hen een lift te geven, en omdat het warm geworden was en ze met hun bagage toch niet in de kleine cabine konden, verkozen ze de buitenlucht. De lange rechte weg werd monotoon. De omgeving – heuvels, groen van de lentezon, en weilanden bespikkeld met vee – bleef urenlang hetzelfde. Robert was in slaap gesukkeld.

Irene staarde naar de plattegrond op haar knieën. Een waanzinnige onderneming. Jenny en David hadden gelijk. Maar ze was er nu eenmaal aan begonnen en ze zou het afmaken ook, zelfs al begon ze langzaam maar zeker haar vertrouwen te verliezen. En wat had ze ánders te doen? Roberts hoofd zakte tegen haar schouder. Hij was lief, trouw, een maatje. Een beetje een verwend kind ook wel. Hij had een vader en een moeder, en hij maakte zich van hen los. Onbegrijpelijk. Misschien moest ze hem wegsturen. Kordaat tegen hem optreden en zeggen, dat hij door haar te helpen zijn eigen beslissingen uitstelde. Het is altijd zoveel makkelijker om voor een ander een besluit te nemen, dacht ze. Maar toch – wat hij deed was zíjn zaak, en ze zou zijn bemoediging, zijn energie missen. Misschien zijn we wel twee verwende kinderen, dacht Irene, en voorzichtig sloeg ze een arm om zijn schouder.

Vogels zongen in de struiken rond het meer. De zon was al over haar hoogtepunt heen, maar het was nog warm genoeg om de bovenkleren uit te trekken en ze met een stuk zeep onder handen te nemen. Robert stond tot aan zijn enkels in het water en gaf zijn spijkerbroek een flinke beurt. Maar hij had zo z'n twijfels. 'Die wordt nooit op tijd droog.' Irene hing een bloesje over een boomstronk. 'We hebben toch tijd zat? Hoe laat komt die trein?'

Robert spoelde de broek uit in het water. 'Laat. Een uur of elf. Zoiets.'

Nog uren de tijd. Irene voelde zich ontspannen, ontdaan van moeheid en zorg. Ze keek even naar de al bruinende rug van Robert, trok toen haar ondergoed uit en nam een aanloop. Vlak voor hem sprong ze het meer in. Hoog spatte het water tegen hem op.

'Hee!'

Uitgelaten maaide ze met haar armen door het water, zorgde ervoor dat hij nog natter werd. 'Kom!'

Even aarzelde hij. Onmogelijk dat iemand hen hier zou zien. En wat dan nog! Een gevoel van baldadigheid maakte zich van hem meester. Hij trok zijn onderbroek uit, gooide die op de kant en dook.

Irene duwde hem onmiddellijk kopje-onder. Toen hij proestend bovenkwam, keek hij in haar lachende gezicht. Dit was vrijheid! En voordat hij wist wat hij deed, kuste hij haar. Ze wendde zich van hem af, dook onder en trok aan zijn benen. Maar hij maakte zich handig los en duwde haar omhoog, boog zich over haar heen en kuste haar nog een keer. Even sloot ze haar ogen – toen zwom ze met sierlijke slagen dieper het meer in.

De golven van Spanje. Manuel. Ze had zich niet willen binden. Ook nu kon dat niet. Ze was nog steeds de weg kwijt.

De treinrails glinsterden in de donkere, maanloze nacht. Robert en Irene lagen op hun buik naast de spoordijk – hun rugzakken binnen handbereik.

'Ik geloof dat ik 'm hoor,' fluisterde Robert.

Irene's hart begon zwaar te bonzen. Ook zij hoorde nu het onaardse geluid van een in de verte naderende locomotief. Een monster, dat de aanval inzette.

'Jij eerst,' zei ze zachtjes. 'Ik geef je de rugzakken aan.'

'Zal ik dat niet doen?'

'Nee.'
'Wàt als ze ons zien?'
'Ze zien ons niet.'
Ze konden nu het dreunen voelen van het naderbij komende geweld. Het ijzer van de rails lichtte op.
'Klaar?'
Robert knikte en kwam overeind.
Daar was-ie, de trein. Hij reed sneller dan Robert had gehoopt. Als er in vredesnaam maar niks mis ging. Dit was geen spelletje meer. Ze konden nog terug. Ze hoefden niet!
Naast hem stond Irene op, in elke hand een rugzak. Haar blik gleed langs de glanzende locomotief – wachtte, schatte. De eerste wagons waren gesloten. Toen begon ze te rennen, om gelijk te komen met het tempo van de trein.
'Niet doen!' schreeuwde Robert. 'Het lukt niet!'
'Lópen!' Het klonk als een bevel.
Robert nam een sprint, passeerde haar en zag een deur die openstond. Hij slingerde zichzelf de treeplank op, greep de stalen beugel en zakte door z'n knieën om de rugzakken van Irene aan te nemen.
Ze struikelde, sloeg bijna over de kop.
'Kijk uit!' Angst joeg door hem heen. Hij stond op het punt om van de trein te springen, toen hij een rugzak op zich af zag komen – feilloos gemikt in de richting van de openstaande deur. Hij slingerde hem naar binnen en reikte naar Irene.
Ze vond zijn hand en trok zich op, de andere tas over haar schouder. Even hingen ze samen vlak boven de rails. Toen wist hij haar naar binnen te trekken. Ze viel over hem heen en plofte in de wagon neer.
'M'n hand,' zei ze hijgend.
In het pikkedonker zocht Robert in zijn zakken. Hij schoof de zware wagondeur dicht en stak een lucifer aan.
Triomfantelijk stak Irene een bebloede hand omhoog. 'We hebben 't gehaald!'
'Doet het pijn?'
Ze haalde haar schouders op en zoog op de wond.
'Wacht,' zei Robert, 'ik heb een zakdoek.' De lucifer doofde

en viel op de grond. Hij pakte zijn zakdoek en zocht zijn weg naar Irene. 'Ik wist niet dat je zo fanatiek was.'

Ze zweeg.

'Waar zit je?'

'Hier.'

Ze hoorde hem stommelen en begon te giechelen. Hij zakte naast haar neer en tastte naar haar hand.

'Ben ik zo fanatiek?'

'Ja. Soms.' Zo goed en zo kwaad als 't ging, wikkelde hij de zakdoek om haar hand. 'Maar dat mag best.'

Irene zuchtte even. Ze hadden 't gehaald, ja, maar zou dat iets uitmaken? Ze deed haar best om iets van zijn gezicht te zien. 'Zeg es eerlijk – denk jij dat we hem vinden?'

Haar stem klonk klein, een kind dat bang is in het donker en gaat twijfelen of het ooit nog licht wordt.

'Ik weet 't niet,' zei Robert. 'Maar er is altijd een kans. En als je 't niet probeert...'

''t Is een stomme vraag.'

Robert schoof iets dichter naar haar toe. 'Welnee.'

De trein denderde door de donkere nacht.

Een restaurant in Winnipeg. Plastic planten, plastic tafeltjes. Muziek uit de jaren vijftig. Zoals afgesproken gingen Irene en Robert een eindje bij elkaar uit de buurt zitten. Robert zou het woord doen. Irene, opeens weer schuw, had er tegenop gezien de man meteen onder ogen te komen. *Als* hij kwam, want door de telefoon klonk hij niet bepaald toeschietelijk, zei Robert. Maar hij was er van overtuigd dat ze ditmaal beet hadden.

Hij bestelde een glas bier. Achter een onnatuurlijk glimmende ficus kon hij Irene zien zitten, nerveus draaiend op haar stoel. Elke keer als de deur openging, ontmoetten hun blikken elkaar. Was dát 'm?

Toen Robert hem zag, wist hij meteen dat dat hem was. Een magere man, asblond haar, keek een beetje schichtig om zich heen en kwam toen doelbewust naar Roberts tafeltje. Hij stak meteen van wal. 'Ben je nou helemaal gek om naar mijn huis te bellen?'

Robert bleef steken in het gebaar om hem een hand te geven en ging weer zitten. 'Wat bedoelt u, Mr. Simmons?'

De man rukte een stoel onder het tafeltje vandaan. 'Ja, wat dacht je. Ik ben fatsoenlijk getrouwd!'

De serveerster kwam aanlopen. Nog voordat zij iets kon vragen, bestelde Simmons een whiskey. Hij stak een sigaret op en keek Robert strak aan. 'Nou? Wat wil je van me weten?'

'U was in Breda, in oktober 1944.'

Simmons haalde z'n schouders op. 'Mogelijk.'

'Herinnert u zich een meisje dat Maria heette?'

'Maria?'

'Denk maar goed na, Mr. Simmons. Ik begrijp 't – er waren natuurlijk zoveel aardige meisjes...'

De man boog naar voren, priemde de sigaret in de richting van Roberts borstbeen. 'Luister es jongen, als jij wilt beweren dat je mijn zoon bent, dan moet je dat eerst maar es bewijzen. Ik zal het ontkennen, en reken erop dat ik je zal aanklagen wegens smaad. Hoor je me goed? Dus weet wèl wat je zegt!' Hij had zijn punt gescoord en leunde voldaan achterover. De serveerster bracht de bestelling. Hij nam een ferme slok. 'Trouwens, je lijkt helemaal niet op mij. Geen spat.' Een smalend lachje bewoog langs zijn mondhoeken.

'Het gaat niet om mij,' zei Robert rustig. 'Het gaat om iemand die wel op u lijkt. Sprekend.'

Simmons schrok zichtbaar. 'Wie?'

'Uw dochter.'

De man drukte zijn sigaret uit, zocht meteen naar een tweede. Zijn volgende zet overwegend, nam hij uitgebreid de tijd 'm aan te steken. 'Als dat zo is... ik zeg áls – dan wil ik haar niet zien.' Hij inhaleerde diep. Robert zag dat zijn hand beefde.

'En waarom niet?'

'Omdat het niet goed is. Voor haar niet en voor mij niet.' Hij speelde met zijn glas, nam een slok.

Onopvallend probeerde Robert naar Irene te kijken. Maar hij zag haar niet meer. Ongerust dwaalde zijn blik door de zaal. Was ze ergens anders gaan zitten?

'Heb je een foto van die eh... Maria?'

Verdomme, dacht Robert. Als ze er wéér vandoor is! Hij schudde zijn hoofd.

'Jammer,' zei Simmons sarcastisch. Zelfverzekerd plantte hij zijn elleboog op tafel. 'Luister es. Ik zal je wat vertellen. Van man tot man. Het kan best wezen, dat ik in de oorlog iets gehad heb met een meisje. Keus te over. Maar wat stelde 't voor? Je was niet zo kieskeurig. Zij niet, en wij niet. Een handvol sigaretten, en je had een avondje lol.'

Robert rook de geur van zijn adem. Hij leunde achterover. De gejaagde, gedempte toon waarop de man sprak, begon hem mateloos te irriteren.

'Het was een zwaar leven, jongen. Je had recht op een verzetje. En als die meiden niet uitkeken, dan was dat hun eigen schuld. Wij draaiden op voor de oorlog – zij voor de gevolgen.'

'Gevolgen?'

'Het waren andere tijden. Je was jong, je had niks te verantwoorden. Jij weet niet wat oorlog is. Dankzij mij kun jij hier nou zitten. Begrijp je? Ik heb een vrouw en kinderen thuis. Daar deel ik alles mee. Maar zo'n meid uit Holland . . . !'

Meiden, lol, gevolgen – Robert keek hem vol walging aan. 'Je hebt het over mijn moeder,' zei hij plompverloren.

Simmons was duidelijk de draad kwijt.

'Je hebt het over mijn moeder. En over mij.' Robert stond op, gooide een paar muntstukken op tafel. 'Ga naar huis, Mr. Simmons. Naar je vrouw en kinderen. Je bent een bang mens!' En fier verliet hij het restaurant.

Maar innerlijk trilde hij van woede. En toen hij Irene buiten op een stoepje zag zitten, viel hij tegen haar uit. 'Je loopt weer weg. Die man is misschien je vader en je loopt wéér weg!'

Irene keek op. Ze zag zijn kwaadheid en ze wist dat het laf was om hem de kastanjes uit het vuur te laten halen en zelf te vluchten. 'Hij wil me niet eens zien,' zei ze kleintjes.

'Hij heeft niks te willen!' Robert beende heen en weer, de handen in de zakken. 'Als jij zijn dochter bent, dan heeft ie dat gewoon te accepteren.'

'Zo'n klootzak hoef ik niet!'

Robert draaide zich fel om. 'Dat is belachelijk! Je hebt je vader niet voor 't uitzoeken. Je kan niet zeggen: deze bevalt me niet!'

Irene stond op. Haar strijdlust keerde terug. 'O nee? En wat doe jíj dan?'

'Dat is heel wat anders.'

Ze kwam op hem af. 'Nee, dat is precies hetzelfde. Jij hebt tenminste een vader die om je geeft. Maar jij maakt ruzie met 'm en geeft hem een grote bek door de telefoon!'

Beste Maria. Zo noem ik je maar, want ik weet niet hoe ik je anders noemen moet. Ik reis door Canada, op zoek naar Bob, en steeds denk ik aan jou. Waarom heb jij nooit gezocht? Kon het je echt niet schelen? Ik moet eerlijk bekennen, dat ik de moed begin te verliezen. Maar als ik hem niet vind, wat dan? Hoe moet ik dan verder? Soms denk ik, dat het beter was geweest als ik nooit bestaan had. Ik heb jouw leven verwoest, en van het mijne heb ik niets terechtgebracht. Mijn pleegmoeder is ongerust. Ik zie dat ze voortijdig oud wordt. Geen mens, geen dier heb ik gelukkig gemaakt. En dat is toch de zin van het bestaan? Hartelijke groeten, Irene.

Ze keek naar het handschrift, niet alleen zo beverig door het gehobbel van de bus. Ze scheurde de bladzijde uit haar dagboek en verfrommelde het papier.

Robert, tegenover haar, keek haar peinzend aan.

De Legion Hall in Edmonton. De laatste kans. Mannen aan het biljart. Andere mannen in een kring om Irene en Robert heen. Er werd stevig bier gedronken. Eén van de mannen, die naar de naam Bob luisterde, had een plakboek op zijn schoot en wees met een bruine nicotine-vinger naar de foto's. 'Dit was in Tilburg, geloof ik.'

Irene bekeek de foto. Stoere jongens rond een tank met een paar meisjes erbij, uitbundig wuivend naar de camera.

'Hoe zag die Maria eruit?'

'Eh... donker haar, donkere ogen.'

'Lang? Klein?'

Irene aarzelde. 'Zoiets als ik.'

'Ga es staan,' zei Bob.

Irene stond op, slecht op haar gemak onder de keurende blikken van de mannen.

'Loop es heen en weer.'

Irene trok haar wenkbrauwen op. 'Sorry?'

'Loop es een stukje.'

Ze voelde zich verschrikkelijk opgelaten, maar wist niet hoe ze zich uit de situatie moest redden.

Bob lachte waarderend. 'Zozo . . . en je lijkt op je moeder?'

'Ze was een jaar of achttien, toen.'

Een van de andere veteranen hief zijn bierglas, knipoogde naar Irene. 'Pas op kind, die ouwe snoeperd lust er nog wel pap van.'

Bob bladerde verder. 'Dit was in Breda. Kijk, daar hebben we Nelly. "*Love forever*, Nelly", dat heeft ze op de foto geschreven. Ze wou met me trouwen, maar ik kneep er net op tijd tussenuit.'

Robert kon het niet langer aanzien. Hij stootte Irene aan. 'Kom mee.'

Irene schudde hem van zich af. 'Eventjes nog.' Ze boog zich over het plakboek. 'Kende u Maria nou wel of niet?' vroeg ze ongeduldig.

'Kalm aan, *baby*, kalm aan. Er waren er zoveel. Ik weet dat er een meisje was . . . een brutaaltje. Ze danste voor ons. Prachtmeid . . . Ze . . .'

Robert greep haar arm. 'Kom mee. *Nu*!'

Hij knikte naar de mannen. 'Hartelijk dank, heren.' En hij sleepte een tegenstribbelende Irene mee naar de uitgang. 'Waarom laat je je vernederen door zo'n stelletje ouwe kerels.'

Ze kwamen buiten. De lucht was fris, helder.

'Wat moet ik anders?'

'Klootzakken zijn 't!'

Irene kon zich niet meer inhouden. 'Ik wil 't weten . . . ik moet toch iets . . .' En gierend begon ze te huilen.

Hij schrok – zo had hij haar nog niet meegemaakt. Hij trok haar tegen zich aan en streelde haar wang. 'Stil maar. Huil maar. 't Geeft niks.'

'Ik wil het niet meer.' Haar schouders schokten.

'Nee, natuurlijk niet.'
'Ik hou ermee op. Het kan me niets meer schelen.'
Hij tilde voorzichtig haar kin op.
'Ik wil naar huis,' zei Irene.

Laat in de avond bereikten ze het busstation. De eerste bus zou pas om zes uur in de ochtend vertrekken. Irene was vastbesloten – ze ging terug. Robert stond erop haar uit te zwaaien. Zo makkelijk kwam ze niet van hem af. Ze aten een broodje in een cafetaria en lachten om de eigenaar, die een goochelact opvoerde. De man had een dankbaar publiek: alle spanningen van de laatste weken kwamen naar buiten in bevrijdend geschater. Toen de zaak sloot, liepen ze over een grasveld terug in de richting van het station.

Halverwege bleef Irene staan. Met een plof liet ze haar rugzak vallen en ze balde haar vuisten. Ze begon als een kat om Robert heen te draaien.

Hij keek haar verrast aan, niet wetend wat ze nu weer van plan was. 'Wil je vechten? Waarom?'

'Zomaar!' Ze schudde haar blonde haar naar achteren en gaf hem een uitdagende stomp. 'Verdedig je, Robbie!'

'Hee!' Hij voelde een tik op zijn wang.

Toen deed hij een snelle uitval en bijna lukte het hem Irene tegen het gras te krijgen. Maar ze ontweek hem en nam de greep over. Voor hij het wist, lag hij languit. Irene dook over hem heen en nam hem in een houdgreep. En tot zijn ontsteltenis kreeg hij de slappe lach, waardoor hij geen enkele kans meer maakte.

Irene keek hem aan, hijgend en triomfantelijk. Haar gezicht vlakbij het zijne. 'Je bent lief,' zei ze. 'Veel liever dan ik eerst dacht.' Ze kuste hem teder op zijn mond. Toen stond ze op en streek haar kleren glad.

De nacht werd kalm en stil. Irene kroop dichter tegen Robert aan op het bankje. 'Weet je . . .'

Hij sloeg een arm om haar heen.

'Ik had een soort droom toen ik hierheen ging.'

'Een droom?'

'Dat ik mijn vader zou vinden. Dat het een aardige man

was – nog tamelijk jong, een beetje grijzend, knap.' Ze glimlachte. 'Ik neem hem mee naar Nederland, naar m'n moeder. M'n echte moeder dus. Ze komt het huis uit, ziet ons staan en dan rent ze naar hem toe en valt hem om de hals. En ze is weer helemaal verliefd. Net als vroeger.'

Onzeker keek ze Robert aan. Hij glimlachte en wist niet wat hij zeggen moest.

'Gek, hè?'

Robert schudde zijn hoofd.

'In mijn droom heb ik alles goedgemaakt.'

'Goedgemaakt?'

Irene kroop nog dichter tegen hem aan, ontweek zijn vragende blik. 'Het is immers mijn schuld dat mijn moeder zo ongelukkig is.'

Op het laatste moment stapte ze de bus in. Ze draaide zich om naar Robert. 'Ga je echt niet mee?'

'Nee.'

Ze aarzelde even. 'Ik ga.'

'Ja.'

'Laat gauw iets van je horen.'

'Ja.'

De conducteur gaf een seintje aan de chauffeur. De motor werd gestart. Een blauwige rookwolk steeg op tussen Robert en Irene.

Hij zwaaide totdat de bus uit het gezicht verdwenen was.

Het was druk in Eva's restaurant. Elke zomer kwamen er meer toeristen die, onderweg naar het nationale park, stopten om iets te eten en te drinken. Jim vond bijna geen gelegenheid om met zijn pickup truck nieuwe voorraden in te slaan. Eva en de meisjes kwamen handen tekort bij de bediening.

In de zomermaanden stonden ook buiten tafels en stoelen. Eva kwam juist met een dienblad de veranda op, toen ze aan de overkant van de weg een jongen zag staan met een rugzak. Tegelijkertijd liep Jim langs haar heen, tussen de tafeltjes door. Eva vergat het zware blad in haar handen en de mensen die op hun bestelling wachtten. Ze keek.

Langzaam liepen Robert en Jim op elkaar toe. Voorzichtig. De jongen is gegroeid, dacht Eva, ouder geworden. Veel meer de gelijke van Jim dan toen hij wegging. Veel meer een zoon van zijn vader.

Jim bleef als eerste stilstaan, liet Robert het laatste stuk overbruggen, en sloeg rustig de armen over elkaar.

'Hi, Dad.'

Jim knikte.

'Daar ben ik weer.'

'Dat zie ik.'

Robert klemde zijn duimen onder de banden van zijn rugzak. Hij had niet verwacht dat Jim erg toeschietelijk zou zijn, maar hij had wel gehoopt dat hij hem een beetje zou helpen.

'Ik eh... heb een meisje uit Holland ontmoet. We hebben samen een beetje rondgereisd. Ze zocht iemand.'

Jim keek hem afwachtend aan. Hij zag een vraag om hulp in de ogen van zijn zoon en besloot hem de kans te geven het helemaal zelf te doen.

'Enne... ik heb Anna gebeld. Ze weet waar ik zit.' Robert likte langs zijn lippen, droog en stoffig van de lange busreis. 'Hebben David en Jenny je verteld, dat ik geld van ze geleend heb?'

'Ik kreeg een brief, ja.'

'Ik moet ze natuurlijk terugbetalen.'

'Dat lijkt me ook.'

Robert glimlachte. 'Dus nou zoek ik een baantje.'

Jim bezweek niet.

'En toen dacht ik: dit is een druk restaurant. Misschien kunnen ze me in de keuken gebruiken. Als de baas het goed vindt.'

Er verscheen een brede grijns op Jims gezicht. Hij stak zijn handen uit en nam Robert in zijn armen.

7

Anna ging op haar hurken zitten, richtte de lens omhoog en drukte precies op het goede moment af. De danser strekte in zijn sprong de armen en kwam soepel neer. Twee, drie, vier anderen sprongen op, maakten een halve pirouette, bewogen met grote passen naar links. Anna's toestel ving de danser die zijn partner optilde – ze rekte haar armen omhoog als in een vraag om hulp, liet ze strelend even langs zijn hoofd en schouders glijden, maakte zich los.

'Stefan, links! Een-twee-drie, krachtiger!' De choreograaf stampte met zijn voet. De pianist keek op, kreeg geen teken om te stoppen. 'Hoger, Stefan! Dramatischer! Dit is een verovering – geen korfbal!' Twee ballerina's, in de coulissen, lachten.

Stefan stopte. Hij hijgde. Zijn bovenlijf glom van het zweet. De piano zweeg. 'Nog een keer,' zei hij. De pianist zette weer in bij het begin van de passage. Met lange passen, de armen smekend uitgestrekt, danste Stefan naar zijn partner en tilde haar op, boog haar achterover, zijn gezicht dicht bij het harc. Strelend gleden opnieuw haar handen langs zijn schouders.

'Beter. Veel beter!'

Anna kwam moeizaam overeind. Ze liep naar haar tas voor een nieuw fotorolletje.

'Heb je genoeg?'

Anna knikte. 'Voorlopig wel.'

De choreograaf klapte in zijn handen. 'Luchpauze.'

De kantine stond blauw van de rook. Anna, een blad met een broodje en een kop koffie in haar handen, keek zoekend om zich heen. Toen zag ze, alleen aan een tafeltje, de danser. Hij wenkte haar en ze liep naar hem toe. 'Kom bij me zitten.' Zijn donkere haar was nog vochtig en hij had pretlichtjes in zijn bruine ogen. Met verbazing keek ze naar de stapel brood voor hem op tafel. 'Jij hebt honger.'

'Als een wolf.'
'Ik zie iedereen hier altijd yoghurt eten.'
'Ik dans het er zó weer af.'
Anna knikte en glimlachte.
'M'n moeder gaf me vroeger naar school acht van die boterhammen mee. In het speelkwartier waren ze al op.'
'Een beweeglijk kind zeker.' Ze roerde in haar koffie.
'Een boerenzoon. Uit Stevensweert.'
Ze keek naar de manier waarop hij at. Eerlijk en onbeschaamd. Gezondheid straalde van hem af. Een sensuele kracht, die uit al zijn bewegingen sprak, ook als hij danste.
'Hoe vind je 't?'
Anna voelde zich betrapt.
'Het ballet.'
Ze zocht naar woorden.
'Gek,' zei hij. 'Anders heb ik nooit zo'n moeite met veroveren. Toch heel wat anders dan korfbal, zeg nou zelf!' Hij leunde achterover, nam een slok melk en keek haar afwachtend aan.
'Ik doe niet aan sport,' zei Anna. 'Ben ik te oud voor.' Voorzichtig bracht ze het koffiekopje naar haar mond. Ze lachten tegelijkertijd.
Stefan liet de melk in het glas ronddraaien. 'Oud genoeg om mij straks naar huis te brengen?'
Ze was even van haar stuk gebracht. 'Ik ben niet met de auto.'
'Mooi,' zei hij tevreden.

Hij leek geen haast te hebben, wilde de zware fototas van haar overnemen maar ze wees het aanbod af. 'Zo oud ben ik nou ook weer niet.' De merels zongen in de bloeiende bomen van het Vondelpark.
'Maar je durft 't me nog steeds niet te vertellen,' zei Stefan.
'Ik was achttien toen de oorlog voorbij was. Dus reken maar uit.'
Hij keek haar ongelovig aan. 'Ik hoop dat ik er dan ook nog zo...'
'Vast wel,' zei Anna beslist. 'Jij speelt korfbal.'

Ze passeerden de ijscoman. Een groep schoolkinderen dromde samen rond zijn kar.

'IJsje?'

Anna schudde haar hoofd. 'Maar als jij . . .'

'Welnee. Word ik maar dik van.'

Dit is een vergissing, dacht Anna. Ik had hem meteen moeten afwijzen. Nou vraagt hij zich af, wat hij hier in vredesnaam doet met een vrouw van middelbare leeftijd, terwijl hij misschien gezellig met z'n collega's een biertje had kunnen gaan drinken. We zijn verplicht een gesprek te beginnen, een vorm van contact, dat we straks onmiddellijk kunnen afbreken – opgelucht.

'Woonde je tijdens de oorlog ook al in Amsterdam?'

Zie je wel. Het wordt zo'n conversatie om-maar-iets-te-zeggen, om de afstand te overbruggen tot we er zijn. Thuis.

'In Zeeuwsch-Vlaanderen. Ik was pas achttien, maar ik had het gevoel dat het altijd oorlog was geweest.'

Wat kon hij zich daarbij voorstellen? Zijn eigen ouders waren toen misschien wel jonger dan zij. Een heel leven had ze al achter de rug, toen hij nog niet eens geboren was. 'Ik had een vriend toen we bevrijd werden. Een Canadees.'

'Hàd?' vroeg Stefan.

'Ja.'

'Gesneuveld?'

'Hij ging naar Canada.'

'Gescheiden?'

'We zijn nooit getrouwd geweest.'

'Sorry,' zei hij. 'Ik ben weer veel te nieuwsgierig.'

Ze keek hem aan. Hij had iets van Jim. De donkere uitstraling, de sterke witte tanden. Maar met een luxe om zich heen die Jim nooit gekend had: zorgeloosheid. Ze hadden zelfs nooit samen gewandeld. Niet eens de kans gekregen zich misschien met elkaar te gaan vervelen. Het was altijd strijd geweest en angst. Hoe zou 't morgen zijn? Zien we elkaar terug? Hoe blijven we op afstand van elkaar houden?

'Ik ben gek op de lente,' zei Stefan. 'Eindelijk weer zon!'

Een paar wintermaanden – voor hem een eeuwigheid. O, kon zij nog maar eens zo jong zijn. Opnieuw beginnen. Uitwissen wat leesbaar was. Nadenken over het eerste te schrijven woord – tijd.

Stefan slingerde zijn tas de lucht in. Hij maakte een paar sprongen, krachtig en gracieus. Draaide zich naar haar om, spreidde zijn armen en lachte.

Anna was verrast blijven staan, niet wetend wat te doen. Toen hoorde ze vanonder de brug een paar jongesstemmen. Iemand riep: 'Hee, aansteller!' Een ander: ''t Is een flikker!'

Stefan hoorde het ook. Zoekend keek hij naar de brug, maar hij zag in het halfduister alleen een paar schimmen. 'Sorry hoor, gewoon een aansteller uit Stevensweert!'

Snelle voetstappen. Een opgeschoten jongen van een jaar of twintig vloog haar voorbij, rende op Stefan af. 'Wat zei jij!' Stefan bleef staan, maakte een verontschuldigend gebaar, maar de jongen pakte hem beet. 'Jij zei wat. Jij maakt geintjes. En dat moet jij niet doen. Daar word ik heel pissig van!' Hij duwde Stefan tegen de grond en begon op hem in te slaan.

Anna gilde. Ze liet haar fototas vallen en rende naar Stefan toe. Op dat moment schoot de tweede jongen uit het duister van de brug vandaan. Hij griste haar tas weg en begon te rennen.

'M'n tas!' schreeuwde Anna.

Stefan wist zich los te rukken en zette het op een lopen. Hij sloeg de jongen neer, pakte de tas en greep Anna bij de hand. 'Hollen!'

Ze nam hem mee naar huis. Zijn broek was gescheurd en zijn knie behoorlijk geschaafd. En dàt vlak voor de première. Zorgvuldig maakte ze de wond schoon en deed er een pleister op. Hun samenzijn was opeens niet vrijblijvend meer – ze hadden nu samen iets meegemaakt en dus iets te delen. Maar hier moet het ophouden, dacht Anna. Ik geef hem koffie en dan breng ik hem naar huis. Ze keek hoe ontspannen hij op haar bank zat en het was alsof hij daar hoorde. Alsof ze hem kende. Jammer, dacht ze. Jammer dat ik niet wat jonger ben. Haastig greep ze haar tas. Stefan begreep het gebaar en stond op.

'Daar links. Daar woon ik.'

Anna parkeerde en zette de motor af.

'Deze scène heb ik heel vaak gedroomd. Ik kom thuis, op krukken, maar met een heldhaftige glimlach. En dan begint het zachtjes te sneeuwen.'

Ze glimlachte. 'Gaat het weer een beetje?'

'Maak je maar geen zorgen.'

Ze reikte voor hem langs om het portier open te doen, maar hij pakte haar hand en drukte er een kus op. 'Zie ik je vrijdag, na de première?'

Verlegen maakte ze haar hand los. 'Misschien.'

Hij stapte uit en sloot het portier. Bukte zich en lachte naar haar door het raampje. Toen was hij weg.

Anna bleef nog even zitten, staarde naar het water van de gracht. Een paar meeuwen streden om een stuk brood. Haar hart bonsde.

* * *

'Irene?' Robert fronste zijn wenkbrauwen.

'Ja. Irene Raaymakers. Weet je nog?'

Die zangerige Limburgse stem. Natuurlijk! 'Dat is lang geleden!'

'Wat is 't een herrie bij jou.'

'Wat?'

Hij kon haar nauwelijks verstaan boven het lawaai van de drukpers. Ze begon harder te praten. 'Hoe is 't met je?'

'Prima.' Hij vroeg zich af wat haar bewoog om hem na al die jaren op te bellen. Na Canada hadden ze een tijdje schriftelijk contact gehad en zich altijd voorgenomen elkaar op te zoeken, maar het was onherroepelijk verwaterd.

'Ik eh . . . ik wou iets met je bespreken,' zei Irene.

'Zeg 't maar.'

'Niet door de telefoon.'

'Waar gaat het over?'

Even viel er een stilte. Toen zei Irene: 'Ik heb een brief uit Canada gekregen. Van mijn vader.'

Hij kon horen dat ze haar adem inhield. Ze was natuurlijk doodzenuwachtig. En kwam weer bij hèm terecht. Hij schudde zijn hoofd. Een brief van haar vader. Daar moest hij 't zijne van weten.

Ze spraken af in een café. En toen Robert binnenkwam, zag hij haar meteen. Ze was mooier geworden, modieus. Gelakte nagels, dure oorbellen. In de asbak voor haar op tafel lagen al een paar peuken. Ze stond op en stak haar hand uit. Maar hij kuste haar. 'Ik mis iets.'

'O ja?'

'Die rugzak.'

Irene lachte. Ze gingen zitten.

'Vecht je nog wel 's?'

'Alleen als 't niet anders kan.'

Hij keek haar onderzoekend aan. Eigenlijk was ze weinig veranderd. De tijd viel weg. Samen in een goederenwagon, samen achterop een vrachtwagen. Canadese heuvels, eindeloos. Haar vlucht uit de Legion Hall. 'Ik wil het niet meer'. En kennelijk was ze toch blijven zoeken.

'Getrouwd,' zei Irene. 'En gescheiden.'

Hij begreep even niet waar ze op doelde.

'Ik dacht dat je wou vragen hoe 't met me was.'

'Ja, natuurlijk.'

'En jij?'

'Getrouwd. Niet gescheiden.'

'Mooi zo.' Irene pakte haar tas en haalde er een paar brieven uit, legde ze voor Robert neer. 'Ik had die Bob McCormick in Edmonton mijn adres gegeven. De laatste die we opzochten, weet je nog? En er heeft een stukje over mij en Breda in een veteranenblad gestaan.'

Robert bekeek de brieven. Calgary. Een keurig, wat zakelijk handschrift. 'Na dertien jaar?'

'Ja, maar daar heeft hij een verklaring voor. Hij heeft overal een verklaring voor.'

Robert opende de enveloppe. 'Ik weet 't niet. Het klinkt aardig, maar het is wel een beetje vaag. Ik zou 't niet vertrouwen.'

Irene stak een sigaret op. 'Dat vond ik eerst ook.'

'Maar...?'

'De eerste brief heb ik niet beantwoord. Ik dacht, het kan

gewoon niet waar zijn. Maar toen kwamen er meer. En ook die foto's.'

Hij zag de jonge soldaten bij een militaire vrachtwagen. Een getekende pijl wees een blozende, blonde jongen aan. Foto's zoals hij die ook in het plakboek van de veteraan in de Legion Hall had gezien. Onbekende, jolige gezichten – alsof het een toneelvoorstelling betrof en niet een oorlog.

'Ik dacht, een ouwe geilaard. Met een goeie smoes en een beetje fantasie . . . nou ja.'

Robert knikte. 'Maar hij heeft wel moeite gedaan.'

'Ik schreef: als 't u om mijn moeder te doen is, dan hebt u pech gehad, want daar heb ik geen contact meer mee. Maar hij zei heel duidelijk: het gaat me om jóu.'

'Hij *zei*?'

Irene bloosde, tipte de as van haar sigaret en keek van hem weg. 'Hij belde. Hij komt naar Nederland voor z'n werk. Een beurs in de RAI.'

Robert stopte de brief terug in de enveloppe, schoof de foto erbij. 'Jij wilt helemaal geen raad. Jij wilt gewoon horen dat het best waar kan zijn.'

Irene draaide zich driftig naar hem toe. 'Die man is misschien wel mijn vader! En dit keer is híj op zoek naar míj!'

Ze had haar droom nog niet verloren. Hoe was 't ook weer? Een aardige, grijzende man op wie haar moeder weer helemaal verliefd zou worden. En dan had zij het goedgemaakt. Nee, ze was in al die jaren niets veranderd.

Irene pakte zijn hand. 'Je moet me helpen, Robert. Alsjeblieft?'

Hij kon onmogelijk weigeren.

* * *

De auto van Jim reed door de heuvels. De raampjes dicht, om de gloeiende wind buiten te sluiten. Joey zat strak voor zich uit te kijken, had nog geen woord gezegd sinds de begroeting op het station. Jim had zich erop verheugd zijn kameraad terug te zien. Het was al veel te lang geleden. Hij herinnerde zich Davids stem door de telefoon: 'Het gaat niet zo best met 'm. Hij zit daar een beetje te verpauperen.' En Jim had voorgesteld hem op te bellen. In zijn restaurant was werk zat en betrouwbaar personeel was niet makkelijk te krijgen.

'Ken je 't hier, Joey?'

'Zeker.'

'Deze streek ook?'

'Gras is overal 't zelfde.'

Hij zat een beetje op z'n sigaar te bijten. Leek ergens op te broeden. Hij zag er Indiaanser uit dan vroeger. De lange haren waren hier en daar al grijs. Diepe groeven langs zijn mond. Jim vroeg zich af wat zich in Joey's leven had afgespeeld en of hij daar ooit iets over vertellen zou. 'Hoe gaat 't met je bedrijf?'

Geen antwoord.

'Kun je 't een beetje bolwerken?'

Joey zweeg.

Ze zouden samen zijn gaan vissen. Joey kende de meren van Canada als z'n broekzak. Lekker samen het water op, en laat de rest maar barsten. Het was als de dag van gisteren – de dag van Rons dood. Kameraden waren ze toen. Wat hadden ze niet allemaal samen beleefd. Niet alles was even gelukkig verlopen. Zonder Joey had hij Anna misschien niet verloren. Maar misschien toch wel – de dingen gaan zoals ze gaan, al lijkt het alsof je de zaken zelf in de hand hebt. Joey, met z'n ondoorgrondelijke ogen, z'n warme joviale stem: '*Ah, come on Jimmy-boy* . . .' Was dat wel de Joey die hij zojuist had opgehaald?

Plotseling trapte Jim op de rem. Slingerend kwam de wagen tot stilstand.

'Wat is er aan de hand?!'

Jim keek hem aan. 'Dat is precies wat ìk graag wil weten.'

Joey keek op, betrapt, zocht een vluchtweg. Hij opende het portier, smeet zijn sigaar naar buiten en stapte uit. Hij greep het armzalige koffertje uit de achterbak en begon te lopen.

Verbluft keek Jim hem na. Dit was niet wat hij beoogd had. Hij stapte uit en liep achter Joey aan. 'Zeg op! Wat zit je dwars?'

Joey draaide zich fel om. 'Ik hoef geen liefdadigheid, als je dat maar weet! Ik snap wel hoe 't gegaan is. David komt bij me. Ha die Joey, hoe gaat 't makker? Hij kijkt rond. Denkt bij zichzelf: die jongen redt 't niet. Eenzaam. Geen luis om dood te drukken. Raar zaakje in autobanden. Weet je wat? Ik zal es iemand bellen.' Dreigend keek hij naar Jim.

'Dat zie je verkeerd, Joey. Dit is geen samenzwering. Kom mee terug naar de auto.'

'Ik stap niet in die rotauto van jou tot je weet wat ik op m'n lever heb!'

'Okay.'

Joey deed een stap dichterbij. 'David heeft jou gebeld, waar of niet? "Kan jij niet wat doen voor die arme sloeber?"'

Jim knikte. 'Je slaat de spijker op z'n kop.'

'En toen zei jij: "ik kan 'm wel gebruiken in m'n restaurant. Dat houdt 'm van de straat".'

'Afwassen,' zei Jim met een stalen gezicht.

Joey kneep z'n ogen tot een kier, probeerde te peilen of hij voor de gek gehouden werd. 'Sta je me nou te belazeren?'

Ernstig schudde Jim zijn hoofd. 'Woord van eer.' Strak keek hij Joey aan. Gaf hem toen een snelle knipoog.

'Rotzak!' Joey lachte ondanks zichzelf.

Jim sloeg hem kameraadschappelijk op de schouder. 'Kom op.'

'En waarom zou ik?'

Jim knikte naar de versleten laarzen van z'n vriend. 'Omdat je in de koeiepoep staat.' Hij liep terug naar de auto.

Verbaasd keek Joey naar de weg. Geen spoor van mest. Hij holde achter Jim aan. 'Maar geen liefdadigheid! Hoor je dat?'

Jim opende het portier. 'Je zult er hard voor moeten werken.'

'Ik was niet af. Geen vork!'

'Wacht maar tot je Eva leert kennen.' Hij stapte in en startte de motor.

Joey kwam naast hem zitten. Grijnzend. Hij zocht in zijn zak naar een nieuwe sigaar.

Een half uurtje later passeerden ze de huifkar met het uitnodigende bord '*Drive a Mile for a Smile*'. 'Dus je hebt 't druk?' vroeg Joey.

Jim knikte. 'Nog wel.'

'Hoezo?'

Hij wees naar de horizon. Een wolk van stof en activiteit. 'Totdat de weg daar klaar is.'

Joey zag de zandhopen. Bulldozers waren druk in de weer. Een klein vliegtuig cirkelde rond.

'Ze maken een heel stuk vierbaans. Geen hond die hier dan nog langs komt.' Jim minderde vaart.

'En daar kan zelfs jouw glimlach niet tegenop?'

Jim schudde z'n hoofd. 'Maar ach. Erzsi en Brian willen toch iets anders. Brian heeft z'n oog laten vallen op een zaak in Drumheller.'

'En jullie?'

'We hebben wat opzij gelegd. En samen houden we 't misschien nog een tijdje vol.' Peinzend staarde hij naar de weg in aanleg. Zijn vingers trommelden op het stuur. 'Eva is erdoor gefascineerd. Ik snap niet waarom, maar ze is daar bijna niet vandaan te slaan.' Hij keek Joey even aan. 'Blij dat ik je zie, makker. Het begon een beetje stil te worden.'

* * *

Stone heette hij. Robert Stone. Hij logeerde in een hotel vlak bij Schiphol. Irene had zich bij de balie gemeld en de receptionist gaf de boodschap aan Mr. Stone op zijn kamer door. Het was nu een kwestie van een paar minuten.

Irene stak een sigaret op. Robert speelde met de ring rond zijn vinger. Veel te wijd. Maar zij had erop gestaan: 'je weet hoe die Canadezen zijn.' De trouwring van haar ex-man. Ze dekte zich in, wilde niet zomaar een vriend meebrengen maar een echtgenoot. Om sterker te staan tegenover de vreemdeling, die beweerde dat hij haar vader was.

'Hij komt vast niet,' zei Robert. 'Hij laat je gewoon zitten.'

'Zo is ie niet.'

'Hoe weet je dat?'

De liftdeuren gingen open. Een gezin kwam de lift uit. De

kinderen holden meteen naar de verleidelijke vitrine met exclusieve souvenirs. De liftdeuren sloten zich weer.

'Hij heeft je moeder ook laten zitten.' Robert wilde niet rot doen, maar probeerde haar vast te houden in de realiteit.

Irene keek hem vernietigend aan, richtte haar blik op de andere lift die zich met een 'ping' aankondigde. Een paar heren stapten uit. Twee zakenlui met koffertjes schudden elkaar de hand, gingen ieder huns weegs. Een derde man keek zoekend om zich heen.

'Dat is 'm,' zei Irene. Ze doofde haar sigaret en stond op. De heer uit haar droom. Grijs haar. Een keurig pak. Vriendelijke ogen. Haar moeder zou zó weer verliefd worden. 'Bob Stone?'

De man kwam dichterbij en glimlachte alsof hij haar herkende. 'Irene!' Hij nam haar hand in zijn twee handen.

Irene knikte en draaide zich naar Robert, die achter haar kwam staan. 'En dit is mijn man Robert.'

Maar Stone schonk geen aandacht aan hem. Hij staarde Irene aan, alsof hij haar nooit meer zou loslaten. 'Dit is... dit is geweldig.'

'Ja.' Irene wist met haar houding geen raad.

'Ik kan m'n ogen niet geloven. En je bent getrouwd.'

Robert legde losjes een arm rond Irene's schouder. 'Ja.'

'En? Kindertjes?'

Welja, dacht Robert, doet u er nog maar een paar kleinkinderen bij. 'Eh... nog niet,' zei hij haastig.

'Kom.' Eindelijk liet Stone Irene's hand los. 'Laten we gaan zitten. Wat willen jullie drinken?'

Ze trokken zich terug in een rustige hoek van de lounge. Stone bestelde een pot thee. 'Zoveel dingen die ik zeggen wil,' begon Stone. 'Ik ben er een beetje van in de war.' Hij sloeg zijn benen over elkaar, zorgde ervoor dat zijn pantalon keurig in de vouw bleef. 'Jullie mogen best weten dat ik slapeloze nachten gehad heb. Wij Canadezen... we hebben ons niet altijd even netjes gedragen toen. Misschien zijn we wat te makkelijk omgegaan met de gevoelens van die meisjes. Soms wist je niet eens hoe ze heetten. Maar nu ik jou zie...' Hij legde een hand op Irene's knie. 'Nu ik jou zie... misschien kan ik eindelijk iets goedmaken.'

Irene speelde met een sigaret. 'Mijn moeder zei, dat u de volgende dag al een ander had.' Ze keek hem aan met iets van verontschuldiging.

Stone aarzelde. 'Ik weet 't niet meer. Maar het zou best kunnen. En dan spijt me dat. Ik heb je al geschreven, dat ik het vreselijk moeilijk zou vinden om haar terug te zien.'

De thee werd gebracht. Irene, blij iets te doen te hebben, schonk de kopjes vol.

'Waarom deden we die dingen?' Stone keek peinzend voor zich uit. 'Uit een soort opportunisme? We voelden ons zo sterk in die tijd. Winnaars. De hele wereld was van ons. De roes steeg ons naar 't hoofd. Maar ondertussen... Dat vergeef ik mezelf nooit.'

Robert luisterde, probeerde tussen de zinnen door de waarheid te horen. De man leek in elk geval oprecht. Maar de wereld is vol eerlijke mannen met goede bedoelingen. Waarom zou nou toevallig déze...

Stone boog zich voorover, pakte zijn kopje. 'Jij, Irene, jij bent de balsem voor m'n ziel.'

Ze bloosde en lachte, keek even naar Robert. Hij reageerde niet.

* * *

Er waren talloze manieren te bedenken waarop Anna ervoor had kunnen zorgen dat Stefan de foto's kreeg. Ze had ze kunnen afgeven bij de schouwburg. Ze had ze gewoon kunnen posten: daar waren brievenbussen voor uitgevonden. En nu ze voor zijn deur stond, kon ze de enveloppe alsnog door de bus laten glijden. Maar nee. Ze wilde hem zien. Ze moest zeker weten, dat ze het zich niet had verbeeld en dat die wederzijdse spanning echt was. En dan zou ze het eerlijk en zakelijk kunnen zeggen: dit kan niet – ik vind je aardig, mooi en al die dingen, maar we moeten nergens aan beginnen.

Zo lang was ze al alleen geweest. Nooit meer verliefd, dat is een wereld buitensluiten. Werken, Robert opvoeden, af en toe een etentje, een goeie film. Maar geen passie. Geen armen om je heen, niemand in je hart laten kijken. Dat is geen leven, dat is doorgaan met ademhalen. Maar wilde zij dat dan? Wàt wilde ze nou juist van deze jongen, die haar zoon zou kunnen zijn? Liefde – of alleen een beetje aandacht. Weten dat ze nog aantrekkelijk was. Nog niet voorgoed op een zijspoor. Welnee, dacht Anna, natuurlijk niet. Hij heeft er gewoon recht op te weten waarom ik hem vrijdag na de première niet heb opgewacht maar rechtstreeks naar huis ben gegaan. Kom, een beetje lef. Ze had waarachtig wel moeilijker dingen gedaan in haar leven.

Ze drukte op de bel. Misschien was hij niet eens thuis. Dat zou alles oplossen. Ze kon een excuus neerkrabbelen op de enveloppe. En dan had zij haar best gedaan.

Maar hij was wel thuis. Verrast stond hij in de deuropening. 'Anna!' En de moed zonk haar in de schoenen. Ze wist meteen, dat ze het niet zou redden.

Hij ging haar voor. Twee trappen op, en opende de deur van zijn appartement. Muziek kwam haar tegemoet. Callas. *'Follie! Delirio vano è questo! Povera donna, sola, abbandonata in questo popoloso deserto*. . .' Anna bukte zich intuïtief vanwege de lage balken aan het plafond en keek rond. Veel felle kleuren. Spiegels. Grote posters aan de muren.

'Wat wil je drinken?'

'Oh, geeft niet.'

Hij schonk twee glazen wijn in. Reikte haar een glas en zette de muziek zachter. 'Ik miste je vrijdag.'

Ze ontweek zijn blik. 'Ik moest nog ergens anders heen.' Fout, dacht ze. Ik stel het uit.

Stefan pakte de enveloppe en bekeek de foto's. Knikte goedkeurend. 'Prachtig zijn ze.' Een voor een liet hij ze door zijn handen glijden.

'Ik heb wat extra afdrukken gemaakt. Je mag ze houden.' Ze liep naar de fotowand. Stefan dansend, Stefan met meisjes, Stefan met een jonge kat, Stefan tussen de koeien. 'Stevensweert?'

Hij kwam achter haar staan. 'Mijn ouders wonen daar nog steeds. Af en toe ga ik erheen.'

Zo weinig weet ik van je. Een heel leven staat tussen ons in. Maar ik voel je achter me – ik voel de spanning. Ze wendde haar blik af.

'Je ontliep me na de première.'

'Ik was bang. En ik geneer me.'

Hij dronk zijn wijn. Hielp haar niet, wachtte rustig af. Maar zijn donkere ogen hielden haar vast.

'Het kan niet.'

'Wat kan niet?'

Ze keek hem smekend aan. Als ik twintig, dertig jaar jonger was... snap het dan. Maar snap ook, dat 't belachelijk is. 'Hè toe, je weet best wat ik bedoel.'

Hij legde een arm om haar heen. Draaide haar naar de spiegel. Samen keken ze naar zichzelf. Een oude vrouw, dacht Anna, en een schitterende jonge kerel. Wat wil je me nog méér laten zien?

'Alles kan,' zei Stefan zacht.

'Ik heb een zoon van drieëndertig!'

Zijn hand bleef tegen haar hals liggen. 'En ik een poes van anderhalf.' Zijn duim bewoog langs haar wang, speels. *'So what?'*

Anna voelde haar weerstand breken. Vreugde golfde door haar heen. Hij had gelijk – wat kon 't schelen? Als dat verlangen nou wederzijds was? 'Ik ben nog niet helemaal tevreden over de foto's,' zei ze. 'Ik zou graag willen dat je nog eens poseerde. In mijn studio.'

* * *

Jim en Erzsi kwamen net met een paar kratten lege flessen de keuken uit naar de vrachtwagen, toen ze het paard zagen aankomen met Eva, die uitgeput om zijn hals hing. Jim liet de kratten vallen en rende erheen. Voorzichtig tilde hij Eva van het paard af. Ze zag lijkbleek, zelfs haar lippen waren grauw. Fijn zweet parelde om haar mond. Ze zei niets, had haar ogen dicht. Het dier was blijkbaar uit zichzelf teruggelopen naar huis.

Erzsi holde naar binnen en riep Brian. 'Ga een dokter halen, gauw!' Ze hield de deur wijdopen om Jim binnen te laten. Hij legde Eva op de grote tafel en trok zijn jasje uit, propte dat onder haar hoofd. 'Water!' Erzsi vloog naar de kraan.

'Wat is er? Wat heeft ze?' Joey stond met grote ogen toe te kijken.

'Geen idee. Dit is nog nooit gebeurd.' Jim pakte het glas aan van Erzsi en probeerde Eva's hoofd een klein stukje op te tillen. Ze opende haar ogen, keek zoekend om zich heen.

'Vliegen,' fluisterde ze.

'Vliegen?' Jim begreep er niets van. Hij hield het glas dicht bij haar mond.

Eva nam een klein slokje. 'Ik ga vliegen.' Hij kon het verstaan omdat hij zo dichtbij stond.

Joey keek hem vragend aan.

'Misschien bedoelt ze dat vliegtuigje bij de snelweg. Dat voert mensen en materialen aan.'

Eva verslikte zich bijna, liet haar hoofd terugvallen.

Joey kwam dichterbij. 'Wat maak je me nou, Eva? Elke dag ben je uren op stap. Zijn die kerels daar beter gezelschap dan wij?!'

Er verscheen een zwak glimlachje op Eva's gezicht. Ze keek naar Jim. 'Laat die malle Indiaan maar kletsen.'

Hij pakte haar hand. 'Ik breng je naar bed. Straks komt de dokter. Zal Erzsi een beetje kruidenthee voor je zetten?' Hij tilde haar op – ze woog bijna niets. Joey liep voor hen uit, deed de deur van de kamer open, liet hen binnengaan en sloot de deur achter hen.

'Nee, geen thee,' zei Eva. 'Ik wil jou.'

'Je hèbt mij. Al jaren.'

Ze strekte zich behaaglijk uit op het bed.

Jim pakte een stoel en ging naast haar zitten. 'Je moet dat paard echt een tijdje laten staan. Het is veel te vermoeiend voor je. Wat zoek je daar toch steeds bij die nieuwe weg?'

Langzaam kwam de kleur terug op Eva's wangen. 'Dat paard is al zo oud – die wordt moeier van mij dan ik van hem!' Ze zag zijn zorgelijke gezicht. Er kon geen lachje af. 'Niet zo somber, Jim. Jij neemt alles veel te zwaar op.'

'Bedoel je dat ik meer op Joey zou moeten lijken?'

Eva lachte. 'Joey is een engel. Hij breekt een boel borden, maar...'

'Hij doet z'n best.' Jim boog zich voorover, schikte de lakens. 'Luister. Morgen brengen we je naar het ziekenhuis voor een onderzoek. We redden 't niet meer met een natte doek en een kopje kruidenthee.'

Ze sloot haar ogen. 'Onderzoek.'

'Ja.'

'Jim? Hou je van me?'

Hij streelde het haar van haar voorhoofd. Ze voelde warm aan. Te warm. 'Dat weet je toch.'

'Kom dan bij me.'

'Je bent ziek.'

'En wat zou dat?' Ze sloeg de deken opzij en tikte met haar hand op de matras. 'Eventjes maar. Ik wil voelen dat je er echt bent.'

Hij bleef bij haar liggen tot ze in slaap gevallen was. Toen maakte hij zich voorzichtig los en verliet de kamer. Uit de koelkast in de keuken pakte hij twee blikjes bier.

Joey zat buiten, op de veranda. Zwijgend pakte hij het blikje aan.

Jim ging naast hem zitten. 'Ik ben bang.'

Joey keek naar de bergen. Wolken, gevangen in de opwaartse lucht uit het dal, cirkelden om de toppen van de Rockies heen.

'Het gaat niet goed.'

Joey nam een slok, bedachtzaam, en likte zijn lippen af. 'Gaat ze dood?'

Dood – Jim had het woord niet eens durven denken. Dood is voor oud, voor later. Voor ver in een mistige toekomst. Nooit dichtbij. Hij huiverde.

Joey boog zich voorover en speelde met het bierblikje. 'Vroeger zaten jonge Indianen dagenlang op een heuvel,' zei hij peinzend. 'Ze vastten en baden om de goden gunstig te stemmen, zodat ze hen een visioen zouden geven. Want pas als ze een visioen hadden, zouden ze iets bereiken in het leven.' Joey sloeg z'n benen over elkaar, nam een slok. 'Dat geduld heb ik nooit opgebracht, *Jimmy-boy.* Ik ben oud en moe, en nooit een echte Indiaan geweest. Vervreemd van alles om me heen. Ik ken de geest niet meer van kiezelstenen, van wolven en bomen. Ik herken de stem van de *chinook*-wind niet meer.

Ik ben zelfs vergeten wat 't woord betekent!' Hij dronk de rest van het bier in één teug op.

Jim keek hem aan. Joey die zich in zijn hart liet kijken... Hij voelde zich plotseling ontroerd en uit zijn somberheid opgetild.

'Respect voor de geest en de ziel van alles wat leeft en dood is. Kom er nog es om!' Joey gooide het lege blikje op de grond, plette het krachtig onder zijn hak. 'Dus als je troost van mij verwacht, dan ben je aan 't verkeerde adres.' Zijn blik zocht die van Jim.

Hij las verdriet. Hij legde een hand op de arm van zijn vriend. 'Sneeuw-eter.'

'Wat?'

'*Chinook* betekent sneeuw-eter.'

Ze glimlachten. In de verte maakten de wolken zich los van de bergtoppen en waren eindelijk vrij.

* * *

Bob Stone had de wens te kennen gegeven Breda terug te zien. Irene nam hem mee. Uit haar paperassen van dertien jaar geleden had ze de plattegrond opgediept, die de archivaris haar had gegeven. Stone liep het terrein op, waar zijn eenheid destijds kwartier had. Zelfverzekerd ging hij de opslagplaats binnen. Irene herkende de omgeving, waar zij toen doelloos had rondgedwaald, op zoek naar een teken, een houvast. Wat was ze dichtbij geweest!

Ze ging achter hem aan naar binnen. De loods werd gebruikt door een bierbrouwerij. Metershoge stapels kratten. Een zurige lucht van hop en mout.

'Daar.' Stone wees naar een hoek. 'Daar stond de militaire band. Ik weet het vrijwel zeker.' Hij keek omhoog. 'Overal hingen slingers en lampions. En toch was het bijna donker.' Hij draaide zich om, kijkend, als een acteur verdwaald op een te groot toneel. 'Het werd steeds drukker op de dansvloer. Nou ja, dansvloer?' Hij tikte met zijn voet op de grond. 'Kaal beton. Net als nu.'

'Hebt u hier met mijn moeder gedanst?'

Stone haalde z'n schouders op. 'Het zou kunnen. Zoveel meisjes. Zoveel soldaten. En een heleboel drank.' Hij hoorde een zucht. Ze stond daar, een beetje eenzaam, de tas tegen zich aangeklemd alsof ze het koud had. Of misschien was ze bang. Hij liep naar haar toe en legde een hand op haar schouder. 'Ik schaam me.'

Ze keek op. Verrast.

'Ik schaam me diep.'

We zullen het nooit weten, dacht Irene. Hij niet en ik niet. Allebei zijn we op zoek naar een droom. Hoe had hij zich zijn dochter eigenlijk voorgesteld? 'Laten we naar buiten gaan. Het is hier kil.' Ze draaide zich om en liep naar de uitgang. Stone keek nog één keer om zich heen en volgde haar.

Samen staken ze de straat over. Het stadsparkje, aan de overkant, baadde in het zonlicht. Een groot contrast na de duisternis van de loods. Stone hield Irene tegen toen ze, verblind, bijna een fietser omverliep. 'Voorzichtig!' Pas op het veilige grindpad van het park liet hij haar weer los.

'Toen ik uit de oorlog terugkwam, was 't groot feest,' vertelde hij. 'Er was een kalkoen gebraden en de whiskeyglazen mochten niet leegraken. De hele familie zat er. En maar praten over wat ze hadden meegemaakt. Die was getrouwd met die, en zus had een baby, en zo had een huis gekocht.' Hij bleef staan bij een vijvertje en ging op een bank zitten.

Irene, verbaasd door de onverwacht bittere toon in zijn stem, ging stilletjes naast hem zitten.

'En opeens drong het tot me door: ik ben drie jaar weggeweest. Engeland. Frankrijk. België. Ik heb Duitsers doodgeschoten. Ben twee keer gewond geraakt en een keer bijna doodgevroren. En niemand die de moeite neemt om te vragen: zeg Bob, vertel es – hoe wàs 't daar nou eigenlijk?' Nerveus grabbelde hij in zijn broekzak. Hij vond een zilveren doosje en nam er een pilletje uit, stak het in zijn mond. 'Geen hond die wat aan mij vroeg. Het kon ze niet verdommen. Het kon ze gewoon niks verdommen!'

Irene durfde hem niet aan te kijken. Nu was het haar beurt om zich te schamen. Ook zij had hem niets gevraagd. Ze had hem alleen maar gebruikt. Plotseling herinnerde ze zich de

Legion Hall in Edmonton. De bierdrinkende mannen, het beduimelde plakboek. De ranzige sfeer van voorbije glorie. Geen wonder dat ze elkaar opzochten, als thuis niemand naar hun verhalen luisterde. Geen wonder, die gretigheid, die nieuwsgierige blikken en knipoogjes – eindelijk was er iemand op zoek naar een Held. En dat wilden ze allemaal wel zijn – dat wáren ze eigenlijk ook allemaal. Vermoeide helden, thuisgekomen van een kouwe kermis. Wat stom, dacht Irene, wat ontzettend stom.

* * *

Anna deed de spots uit. 'Ziezo. U mag zich weer aankleden, meneer.'

Stefan greep zijn kleren van het kledingrek. 'Dank u, dokter.' Hij trok zijn trui over zijn hoofd, stak de armen in de mouwen. 'En?'

'En?' Anna legde haar camera's op de werktafel en begon het statief op te vouwen.

'Ja! Ik wil natuurlijk wel graag de uitslag.'

Anna schudde haar hoofd. 'Over twee weken.'

Hij kwam naar haar toe, het jasje in zijn hand. 'Komt u 'm brengen? Of moet ik 'm komen halen?'

Ze lachte, hield het statief tussen hen in. 'Dat zullen we moeten afspreken.'

Hij liep langs haar heen naar de tafel, pakte pen en papier en schreef iets op. 'Alsjeblieft.'

'Wat is dat?'

'Mijn adres in Stevensweert.' Hij begon zijn jasje aan te trekken. 'M'n ouders zijn volgende week weg. En ik ben vrij en er valt vast wel iets te doen aan het kippenhok. Ik ben er de hele week. Niemand weet waar ik zit. Behalve jij, Anna Bayens.' Hij kamde met zijn vingers door zijn zwarte haren en keek haar lachend aan. 'Maar... het aanbod is exclusief en eenmalig.' Hij pakte zijn tas en liep naar de deur. 'Ciao!'

Ze hoorde hem de trap af lopen. De voordeur sloeg dicht. Ze stond nog steeds met het briefje in haar handen. Stevensweert. Wat moest ze daarmee! Alsof ze zomaar, als een jonge meid achter hem aan zou hollen. Peinzend pakte ze de camera's. Ze zou aan de slag kunnen gaan in de doka. Maar ze zou hem zien – alle portretten die ze vanmiddag had gemaakt. Hij was een uitstekend model geweest, had de poses geraffineerd afgewisseld. Onvermoeibaar.

'Nee.' Ze zei het hardop. Ik ga naar Robert, dacht ze. Koffie drinken. Gewoon even een babbeltje maken. Horen hoe het met Lia is. Vragen of het goed gaat met de drukkerij. Afleiding. Afstand.

'Het zit me niet lekker,' zei Robert. Hij zette de Heidelberger af. Het werd wonderlijk stil opeens. Hij pakte de stapel zojuist gedrukte folders uit de machine en legde die op tafel. 'Hij zegt met dikke tranen in z'n ogen tegen Irene dat het hem zo spijt en dat hij ervan wakker ligt. Maar intussen wil hij die Maria, met wie alles begonnen is, niet eens zien. Nou – is dat vreemd of niet!' Hij keek naar zijn moeder, die rustig een sigaret stond te roken.

'Dat moet je niet aan mij vragen,' zei Anna ironisch. 'Ik ben weer een heel ander geval.'

'Jij kunt me vast wel helpen aan het adres van Maria.'

'Ze is verhuisd, jaren geleden.'

'Maar je hebt 't toch wel?'

'O vast. Ergens.' Ze doofde haar sigaret. 'Ik bel het je wel door.' Ze wilde weg. Ze had geen woord over Stefan gezegd, want het juiste moment had zich niet voorgedaan en nu voelde ze zich merkwaardig opgejaagd.

Robert pakte een nieuwe stapel voorgesneden papier. 'Opa Zeeland belde vanmorgen. Lia had 'm aan de lijn. Hij wordt oud, zei ze.'

Zeeland. Ze was er veel te lang niet geweest en ze nam zich voor daar een dezer dagen toch eens heen te gaan.

'Zeg.' Robert draaide zich om en keek haar plotseling nieuwsgierig aan. 'Ik heb gehoord dat jij kennis hebt aan een danser.'

Haar hart stond even stil. 'Wie beweert dat?'

'Is het waar?'

Ze haalde haar schouders op. 'Er is... eigenlijk niks.'

Hij zette z'n handen in zijn zij en bleef plagerig naar haar kijken. 'Het zou anders wel mooi zijn.'

'Hoezo?'

'Mam, je moest es weten hoe vaak ik heb gehoopt: laat ze alsjeblieft nog eens een keer verliefd worden. Regelrecht verliefd, en niet zo op een afstand.'

Anna sloeg haar ogen neer, zocht in haar tas haastig naar het pakje sigaretten. 'Die jongen . . . is jonger dan jij.'

'Ik val van m'n stoel,' zei Robert.

'Het is belachelijk.' Haar hand, die de sigaret aanstak, beefde. Ze hoopte dat hij het niet zag.

'Eindelijk eens iemand anders die alle aandacht van je krijgt.' Robert stelde de inktbak bij en zette de Heidelberger weer aan. 'Jij hebt altijd zulke hoge eisen aan jezelf gesteld, dat ík het ook nooit goed kon doen.'

Hij doet het met opzet, dacht Anna. Hij zet dat ding aan, zodat ik belemmerd word. Hij verschuilt zich achter het lawaai. Maar zo makkelijk kwam hij er niet vanaf. Ze wilde precies weten wat hij bedoelde. Kennelijk zat hem iets dwars waar zij zich nooit van bewust was geweest. 'Ik heb je juist veel te weinig aandacht gegeven! Ik was altijd aan 't werk!'

'Maar ík was altijd het middelpunt van jouw belangstelling. En die plaats sta ik graag af aan een ander.' Hij kwam naar haar toe. Zijn stem werd zachter. 'Het is niet m'n bedoeling om je verwijten te maken, mam. En ik vind 't wel lollig – jij verliefd en onzeker. Een moeder die bloost. Ik mag dat wel!' Hij trok plagend aan de kraag van haar jasje. 'Sta jezelf de dingen nou gewoon eens toe!' Ze voelde een snelle kus op haar wang. 'Kom op,' zei Robert. 'Laten we boven bij Lia koffie gaan drinken. Ik beloof je, dat ik 't er niet meer over zal hebben.'

Anna was naar Stevensweert gereden. Ze had het boerderijtje makkelijk gevonden en toen ze het erf opreed, was ze zo zenuwachtig als een tiener. Maar ze kon al niet meer terug. Stefan kwam net de schuur uit en leek helemaal niet verbaasd dat zij daar stond. Op dat ogenblik kreeg ze bijna een hekel aan hem – dat zelfvertrouwen! Maar toen hij haar ter begroeting kuste, had ze tegen hem aangeleund en hem bijna niet meer willen loslaten.

In de woonkamer hadden ze samen de maaltijd klaargemaakt en gegeten. En veel gelachen. Stefan vertelde anekdotes van beroemde dansers, Anna de missers uit haar eigen carrière. Maar al die tijd was ze zich bewust gebleven van de klok die voorttikte. Van het licht dat steeds minder werd. De lampen die aangingen. Avond. Nacht bijna.

Stefan stond als eerste op. 'Kom.' Hij strekte zijn arm uit, liet haar naar zich toe komen. Hij kuste haar – voorzichtig eerst, tastend, toen hartstochtelijker en hij begon haar blouse los te maken. Hij liet zijn arm strelend langs haar naakte schouder glijden terwijl hij haar naar de slaapkamer bracht. Hij was lief, geduldig. Maar een vreemde. De passie, die zij nu al weken voelde als ze aan hem dacht en naar zijn foto's keek, bleef plotseling weg. Een vreemde geur, een vreemde smaak. Niets dat vertrouwd was. Geen herkenning. Zelfs het huis waarin ze zich bevond, was onbekend. Anna voelde zich eenzamer dan ze zich in jaren gevoeld had. Hoek van Holland. Het vertrek van Jim. Nog kon ze de pijn in haar keel voelen, nadat ze uitzinnig van wanhoop zijn naam had geschreeuwd. *'Jim!'* Maar hij werd weggevoerd. En nu stond zij op het punt hem weg te stúren. En alles in haar kwam daartegen in opstand.

Ze maakte zich los uit Stefans omhelzing en ging op het bed zitten. Ze knoopte haar blouse dicht en staarde naar de rieten mat op de grond. Wat moest die jongen in vredesnaam van haar denken. Een frigide trut.

Stefan kwam naast haar zitten. 'Ik begin het te begrijpen, geloof ik.'

'Waarom zou je.' Ze durfde hem niet aan te kijken, bang dat het te vroeg was en dat er tranen in haar ogen zouden komen. Het zou makkelijker zijn, als hij boos werd en een ruwe grap maakte. 'Ik stel me aan en ik verknoei m'n leven. En het is m'n eigen schuld.'

'Hoho, niet alles tegelijk.' Hij legde zijn hand op haar arm.

Ze probeerde een lachje, vertrouwde haar ogen weer en keek hem aan. Hij leek in de verste verte niet op Jim. Hoe had ze dat ooit kunnen denken. Hij was Stefan. Een lekkere kop, een leuk lijf, een groot talent. Een jongen voor wie alles nog komen zou en die goed was begonnen.

'Je stelt je niet aan, Anna Bayens. Integendeel.'

'Wat lief.' Ze had zijn gezicht willen strelen, maar ze was bang dat hij het verkeerd zou opvatten. 'Dat je me troost.'

'Ik troost je niet. Misschien kwets ik je wel met wat ik ga zeggen, maar ik zeg 't toch.' Hij stond op en liep naar een schilderijtje aan de muur, trok het recht. 'Ik ben geen psycholoog, en ik heb nog niet zoveel verstand van zaken, maar voor mij is het duidelijk dat jij maar met één ding zit. Eén ding dat je leven beheerst. Hoelang al? Een jaar of vijfendertig? En als je daarvoor kiest, nog veel langer.' Hij draaide zich weer naar haar toe. 'Je mist die ene man. Die liefde van toen.'

'Ik ga,' zei Anna. Ze probeerde zich te herinneren waar haar tas stond. In de woonkeuken nog, waarschijnlijk. Hoe kon ze dit gesprek op een aardige manier beëindigen? Eindelijk iemand die in haar hart keek. Daar had ze naar verlangd. Maar nu het gebeurde, deed het pijn.

'Je wilt het jezelf nog steeds niet toegeven, hè?' Zijn stem klonk zacht, bijna teder. Hij leek opeens dertig jaar ouder.

'Ik heb me vergist.'

Hij kwam recht voor haar staan. 'Wanneer – toen of nu?'

Ze haalde haar schouders op. Hij zei dingen waar ze over wilde nadenken, in alle rust, alleen. Ze kon nu niets bedenken.

Op dat moment begon in de gang de telefoon te rinkelen. Onaangenaam sneed het geluid door de nacht. Stefan aarzelde even. Toen verliet hij de kamer en nam op.

Anna schikte haar haar, streek haar rok glad. Hij had gelijk: ze miste Jim. Ze was een vrouw voor wie maar één grote liefde kon bestaan. En al het andere was onzin, geknoei in de marge. Het was haar volstrekt duidelijk.

Stefan kwam de slaapkamer in. 'Het is voor jou.' Hij keek verbaasd, een beetje bezorgd.

Haar hart sloeg over. Alleen Robert kon weten dat zij hier was. En als hij haar belde, dan was er slecht nieuws. Snel liep ze naar de telefoon. 'Ja?'

'Ik heb iemand van die dansgroep uit bed gebeld, mam, en gevraagd naar een danser die een boerderij had. Zodoende.'

'Hoe wist je dat ik hier zat?'

'Luister...' Robert pauzeerde even, zocht kennelijk naar

woorden. 'Ik ben net gebeld uit Zeeland. Oma is dood. Plotseling. Zomaar.'

Anna haalde diep adem. Stilte suisde in haar oren. Ze kreeg het verschrikkelijk koud.

'Mam?' Roberts stem kwam van heel ver. 'Heb je me gehoord?'

Anna vertrok onmiddellijk naar Zeeland. Samen met haar vader sprak ze met de begrafenisondernemer. Moeder Bayens werd opgebaard in de zijkamer, waar stilletjes de dorpsbewoners in- en uitliepen om afscheid te nemen. Anna zette koffie, thee, zorgde dat haar vader regelmatig iets at. En sliep 's avonds in haar oude kamertje boven, waar niets veranderd was sinds ze er vierendertig jaar geleden wegging. In de lange nachten probeerde ze zich voor te stellen hoe haar leven verlopen zou zijn, als ze toen was thuisgebleven en Robert had grootgebracht in het dorp dat zwaar was van rust. Ze had geen ogenblik spijt gehad over het besluit weg te gaan. Maar de mogelijkheid die ze onbenut gelaten had: Jim achternagaan, zich niets aantrekken van heersend fatsoen... Als Willet er niet geweest was om heen te vluchten, om bij onder te duiken als het ware – misschien was ze dan toch gelukkiger geworden. Soms kon het zweet haar uitbreken als ze bedacht, dat het leven haar voorbijging en nooit terugkwam. Rusteloos draaide ze zich om en om in het smalle bed en verlangde hartstochtelijk naar de ochtend, die plichten met zich meebracht. In de dag was ze iemand – Anna Bayens, bekend fotografe, moeder van een volwassen zoon, schoonmoeder, een zelfstandige, zelfbewuste vrouw. In de nacht het kind, angstig en verdrietig, met twijfels en wat nog het ergste was: spijt. De meest vruchteloze van alle gevoelens. Dan sloop ze naar beneden en zat naast de kist van haar moeder en hoopte op antwoorden, die nooit zouden komen omdat niemand ze heeft.

Maar iets van de rust van de dode deelde zich aan haar mee. De angst viel weg, ook de angst voor de dood. Ze kreeg het gevoel dat de liefde van haar moeder nog in deze kamer aanwezig was en niets en niemand losliet. Ongehinderd door woorden en gebaren kon ze meer van haar moeder houden dan ze vroeger ooit had gedaan. Ze werd erdoor gevoed en bemoedigd, kreeg weer hoop, en de ochtend kwam sneller en mooier te voorschijn.

In het kleine keukentje, waar het schort van moeder Bayens nog aan de spijker hing en pannen en borden roerloos op haar bezige handen leken te wachten, zette Anna thee en daarna wekte ze haar vader.

Hij was kleiner geworden. De barse vitaliteit van vroeger was langzaam uit hem weggesijpeld. Hij was dankbaar voor haar aanwezigheid, en dankbaarheid was een eigenschap die ze nooit in hem had gezien, die haar een beetje deed huiveren. De rollen werden omgedraaid. Hij raakte afhankelijk van haar, werd meer haar kind dan zij het zijne.

Ze begeleidde hem op zijn dagelijkse wandeling over de dijk, waar hij uitkeek over het water, en ze probeerde zich voor te stellen wat er door hem heen ging. Je vrouw verliezen na zoveel jaar huwelijk, dat moet erger zijn dan een amputatie. Maar hij schudde zijn hoofd en sprak over Gods wil. Moeder was nu eindelijk Thuis en hij mocht haar die vrede niet ontzeggen. Het was immers ook zíjn toekomst – het Huis van zijn Vader telde vele woningen.

Het ging haar te ver, te hoog. Ze wilde hem terughouden van dat toekomstbeeld, verlangde ernaar dat hij haar vader was en niet zomaar een vrome bejaarde man aan het eind van zijn leven. 'Ik ben niet gelukkig,' zei Anna.

Hij keek haar onderzoekend aan.

Ze aarzelde even. 'Ik weet dat het raar klinkt, onder deze omstandigheden. Misschien zou ik er niet over moeten beginnen.'

Samen daalden ze het trapje van de dijk af. Anna hield haar hand licht tegen zijn mouw, voor het geval hij zou wankelen. Maar hij liep kalm als een mens die zijn beperkingen kent.

'Weet u, ik heb altijd m'n best gedaan. Altijd rekening gehouden met u en met moeder, vooral na de dood van Gees. Ik wilde u geen pijn doen. En ik hield rekening met wat mocht en wat niet mocht – met wat het dorp zou denken en de dominee.'

Haar vader bleef staan. 'Dominee heeft me getroost. Hij kent moeder al sinds haar belijdenis. Hij heeft ons getrouwd. Bijna zestig jaar geleden.' Hij schudde zijn hoofd in verwondering.

Anna stopte haar handen in haar zakken. 'Maar soms wou ik, dat ik het anders had gedaan. Dat ik meteen met Jim naar bed was gegaan en met hem vertrokken was. Kan me niet schelen waarheen. Dat zou jullie pijn gedaan hebben. Moeder in tranen en u woedend. Maar was ik dan nu niet vrijer geweest? Gelukkiger?'

Ze zag iets trekken om zijn mond – ze kwetste hem. En plotseling dacht ze terug aan het gesprek met Robert in de drukkerij. Hoe ze onverwacht geconfronteerd werd met een verwijt en hoe machteloos ze zich had gevoeld. Je denkt het goed te doen, je doet je best, als ouder, en dan blijkt het kind andere verwachtingen en herinneringen te hebben. En nooit kun je terug, nooit valt er iets over te doen. Het enige dat er op zit, is zo goed mogelijk te leven met wat er is misgegaan.

Anna zocht haar vaders hand. Hij greep de hare, knelde die stevig vast. 'Ik ben bang dat ik het niet begrijp,' mompelde hij. Ze glimlachte. Misschien is begrip ook niet het belangrijkste, dacht ze. Misschien is gewoon samenzijn, naast elkaar staan en over het water kijken veel belangrijker. Je kunt wel alles wensen – zelfs iemand anders willen zijn, maar je blijft wie je bent.

Ze bracht zijn hand naar haar wang, in een poging troost te geven en te vinden.

Laat die avond, toen haar vader sliep, belde ze Stefan. 'Je had gelijk,' zei ze, 'wat je toen zei over Jim.' Het bleef even stil aan de andere kant. Hij begreep dat het haar manier was om afscheid van hem te nemen.

* * *

Iedereen wist het, maar niemand sprak erover. Ook Eva zelf niet. Ze probeerde zoveel mogelijk mee te draaien in de zaak, maar protesteerde niet als Jim haar naar bed stuurde, of als Joey haar onder een voorwendsel meenam in de auto en samen met haar op een mooi plekje terecht kwam om te dagdromen.

Hij bleek dit keer een picknickmand bij zich te hebben en een fles vruchtensap. De sigaren liet hij liggen, omdat hij wist dat de rook haar kon hinderen. Hij had een heuvel uitgezocht vanwaar ze het restaurant konden zien en ook de nieuwe weg die werd aangelegd. Hij gaf haar een broodje, maar ze at nauwelijks. Diepe kringen lagen rond haar ogen. Het mooie donkere haar was dof en futloos geworden. Als hij naar haar keek, vroeg hij zich af of hij er iets over moest zeggen. Ze zou hartverscheurend eenzaam kunnen zijn, als iedereen het onderwerp van haar ongeneeslijke ziekte onaangeroerd liet. Maar hij bracht de moed niet op. Ik ben even laf als de rest, dacht hij.

'Kijk!' Eva wees naar het vliegtuigje dat als vanuit het niets kwam aanzweven, een bocht nam en daalde in de buurt van de graafmachines en bouwketen. 'Ik weet precies wanneer het komt en gaat.'

Joey pakte een appel uit de mand en begon die met zijn zakmes te schillen.

'Ze hebben me beloofd dat ik een keer mee mag.' Eva plukte aan het brood. Haar ogen kregen een bijna kinderlijke glans. 'Zo oud al, Joey, en nog nooit gevlogen!'

'Kom kom.'

'Jim vindt 't niet goed. Van Jim mag ik niks. Hij is veel te bezorgd. Die mannen daar... toen ik er nog komen kon...' Ze zuchtte even. 'Die nemen me zoals ik ben. Ze weten niet beter en ze verwachten niets.' Ze keek hem aan en glimlachte. 'En dat is heerlijk. Zo wil ik het graag.'

Joey sneed de appel in stukken, reikte haar een partje aan maar ze weigerde. Ze had het antwoord gegeven op zijn onuitgesproken vraag.

Ze speelde met de ketting om haar hals. Haar vingers gleden over de blauwe steen op het kruisje. 'Joey?'

Hij keek op.

'Mag ik je wat vragen?'

'Alles. Behalve waarom ik nooit ben getrouwd.'

Ze lachte even. 'Jij hebt dit kruisje aan Jim meegegeven.'

Hij knikte.

'Daar ben ik je erg dankbaar voor.'

Joey haalde z'n schouders op en stak een stuk appel in zijn mond.

'Maar waarom heb je 't me niet zelf gebracht?' Ze keek hem recht aan. Hij stopte met kauwen, wist niet wat hij zeggen moest.

'Je had medelijden met me, hè? Jij wist hoe Ron was.' Haar blik liet hem los, dwaalde naar het vliegtuig, dat uitgeladen werd. *'Hey you!* Hoe heet je? Eva? Nee maar, wat toevallig...!'

'...Zo heette mijn moeder ook...'

'Niemand had zoveel moeders als Ron! En toch, Joey... ik hield zielsveel van hem.' Ze wiegde het kruisje in de palm van haar hand. 'Zielsveel.'

Joey knikte. 'Hij heeft m'n leven gered.' Nooit had hij het verteld – nooit had zij ernaar gevraagd. En daar was hij blij om. Hij zou zijn stem niet vertrouwen, als hij alles moest terugroepen wat al die jaren vlak onder zijn huid leefde, klopte – zo dichtbij, als de dag van gisteren. Het schreeuwen van Ron, zijn lichaam dat als een brandende fakkel uit de ontplofte jeep viel. Het zwartgeblakerde, bebloede gezicht dicht bij het zijne. En zijn eigen woede, dat hij niet sterker geweest was en hem had verboden in die jeep te gaan zitten. Schuld. Als hij tijdig had ingegrepen, had Ron nog geleefd. Was hij teruggekomen bij Eva. Zou Jim hier niet terechtgekomen zijn en was Anna misschien niet alleen achtergebleven. Soms vroeg Joey zich af, wat hij in zijn leven anders gedaan had dan anderen ongelukkig maken. Hij pakte een sigaar uit het zakje van zijn overhemd, maar stak hem niet op.

'Je moet me toch eens vertellen hoe dat gegaan is,' zei Eva.

'Ja.' Joey zocht naar woorden. Waar beginnen? Bij de ontploffing? Of bij de eerste ontmoeting in kamp Shilo?

'Niet nu,' zei Eva. 'Maar je mag er niet te lang meer mee wachten.'

Ze wil het niet weten, dacht Joey. Ze wil alleen maar zeker weten dat het verhaal te vertellen is. Dat ze erbij kan, en door de woorden heen Ron kan zien – op elk gewenst moment.

Moeizaam stond Eva op. 'Ik wil nog één groot feest, Joey.

Met een heleboel mensen.' Ze draaide zich naar hem toe. In de verte begonnen de motoren van het vliegtuigje weer te ronken. Het nam een lange aanloop en steeg op.

* * *

Robert parkeerde zijn auto op het terrein van de RAI. 'Je was nog niet bij hem langsgeweest?'

Irene stapte uit, hing haar tas over de schouder. 'Nee. Niet interessant, volgens hem. Schoonmaakmachines, gevelreinigers, vloerpoetsers, dat soort dingen. Daar heeft hij patenten op.'

Samen liepen ze naar de hoofdingang. 'Nog geen contact opgenomen met je moeder?'

Irene schudde haar hoofd. 'Hij vindt het te pijnlijk. Ze zal 't hem nooit vergeven, denkt ie.'

'Nee,' zei Robert. 'Zeker niet als hij nou de kans voorbij laat gaan.' Hij liep naar de informatiebalie in de hal en meldde zich. 'Wij komen voor Mr. Stone, uit Canada.'

'Toronto,' voegde Irene eraan toe.

De receptioniste drukte op een knop van de intercom en riep de boodschap om.

'En nou maar wachten.' Robert grijnsde.

'Ja.' Irene schoof met haar schoen over de gladde tegels van de vloer. 'Hij komt vanavond bij me eten. Nog een paar dagen, en dan is hij alweer weg.'

Een jongeman met een bril kwam naar de balie toe. Hij stak zijn hand uit. 'Stowe.'

'Stowe?'

De man knikte.

'Sorry,' zei Robert. 'Wij komen voor Mr. Stone.'

'CanClean Company,' zei Irene.

'Ah!' Er ging Stowe een licht op. 'Bob Stone? Die zit toch bij de transportafdeling?'

Irene schudde haar hoofd. 'Nee. Hij is managing director.'

Stowe keek haar verbaasd aan.

Robert pakte Irene bij de elleboog. 'Waar is die transportafdeling?'

Stowe ging hen voor. Robert liet Irene niet meer los. Ze doorkruisten de grote hal van de beurs. Honderden mannen in driedelig grijs. Keurige dames die nieuwe apparaten demonstreerden. Via een paar trappen bereikten ze de achterkant van het gebouw.

'Daar.' Stowe wees naar buiten. Ze keken door grote ramen op een terrein, waar vrachtwagens werden in- en uitgeladen, en ze zagen hem tegelijkertijd. Bob Stone liep in een donkerblauwe overall met papieren in z'n hand langs een van de wagens, riep iets tegen de chauffeur en gaf een goedkeurende klap tegen het portier.

Irene draaide zich naar Robert toe. 'Wist jij dit?'

Robert zei niets.

Precies op tijd stond hij voor de deur, achter een groot boeket roze rozen. Irene knikte ter begroeting, ging hem voor naar de woonkamer.

'Mooi,' zei Bob Stone. Hij keek het smaakvol ingerichte interieur rond. 'Prachtig.'

Irene was bij de deur blijven staan met de bloemen in haar handen. Ze keek koel, leek niet zichzelf.

'Wat is er?' Hij kwam naar haar toe.

'Ik heb geen eten gekookt.'

'Dan neem ik je mee naar een restaurant.'

Irene schudde haar hoofd. 'Ik ben vandaag in de RAI geweest.' Ze bleef hem strak aankijken. 'Je zag mij niet, maar ik jou wel.'

'En dus denk je dat ik een leugenaar ben.'

Irene trok een wenkbrauw op. 'Niet dan?'

Hij knikte langzaam. 'Ik heb gelogen, ja, want ik dacht dat jij liever een vader had met een belangrijke functie. Net zoals... net zoals jij dacht dat ik liever een getrouwde dan een ongetrouwde dochter wou hebben.'

Ze sloeg haar ogen neer. Hoe was hij daar achtergekomen? Ze had niet genoeg over Robert verteld, misschien. En hier in huis – nergens een foto van hem, geen spoor.

Stone pakte haar hand, die het boeket nog steeds omkneld hield. 'Wat dom van ons. Waarom willen we zo graag indruk op elkaar maken? Vergeef 't me, alsjeblieft. Het was een slecht begin. Zullen we 't overdoen?'

Irene knikte langzaam. Hij was net zo eenzaam als zij. Haar woede betrof niet alleen hem, maar vooral ook zichzelf. Alles leek altijd onder haar handen af te breken. Geen vader, een moeder die haar niet wilde zien, pleegouders die gestorven waren, en een mislukt huwelijk met een echtgenoot die veel ouder was dan zij, geen kinderen meer wilde en zijn vertier elders zocht toen zij, verstrikt in verlangen en onzekerheid, hem steeds vaker afwees. Ik ben nooit in staat geweest een band met iemand op te bouwen, dacht ze. Alles loopt dood, voert nergens heen. En hier staat iemand die dat misschien een beetje begrijpt. Die even verdwaald is als ik.

Hij zag tranen in haar ogen komen. 'Met een stukje kaas en een glas wijn ben ik ook tevreden.' Zijn stem klonk zacht. Hij pakte een zakdoek.

'Dit heb ik altijd zo gemist,' zei Irene beverig. Ze deed geen moeite om haar tranen tegen te houden.

'Ik weet 't.' Stone nam het boeket van haar over en legde het op tafel. Toen trok hij haar naar zich toe. 'Ik ook.'

Maria Bloemink nam de afslag naar Amsterdam en probeerde zich te ontspannen. Sinds het telefoontje van Robert Bayens was het een chaos in haar hoofd geweest. 'Uw dochter heeft bezoek van een Canadees die beweert haar vader te zijn.' En alle rust die Maria in de afgelopen jaren met veel moeite had opgebouwd, was weggeslagen. 'Alleen ú kunt 'm herkennen,' had hij gezegd. 'Wilt u komen? Ik denk dat het belangrijk is.' Belangrijk voor Irene. Maria had daar vraagtekens bij gezet. Als dat kind zo graag een vader wilde, misschien moest ze dan maar in die illusie geloven. Aan de andere kant – als ze later zou ontdekken dat hij haar bedroog, dan werd ook háár leven een aaneenschakeling van teleurstellingen en mislukkingen. Het was tenslotte een kleine moeite. Robert had haar beloofd dat ze de man niet zou hoeven spreken. Hij wist dat Irene met hem in Amsterdam ging eten op zijn laatste avond hier. Maria zou hem alleen maar hoeven zien en tegen Robert zeggen of 't hem was of niet. Een kleine moeite...

Maria reikte naar het dashboardkastje en haalde een oud pakje sigaretten te voorschijn, stak er een op. In eerste instantie was ze razend geworden. Hield het dan nooit op! Bleef het verleden zich voortdurend aandienen, haar leven lang? Ze had het goed. Was hoofd van de kinderafdeling. Een paar aardige vriendinnen. Verjaardagen thuis bij Zus in Breda, die vier kinderen had, en allemaal waren ze dol op hun tante. Een ruime flat, een eigen auto. Ze leefde onopvallend, fatsoenlijk. Ze hield haar verbeeldingskracht stevig in de hand en dus sloegen de stoppen nooit meer door. Niemand die wist wat zij vroeger had meegemaakt. En nu moest ze terug naar af?

Als het Bob was, zou ze koeltjes tegen Robert knikken en onmiddellijk het pand verlaten. Ze wilde niet weten waarom hij haar in de steek gelaten had, vijfendertig jaar geleden. Ze had geen behoefte aan smerige smoesjes, aan laffe uitvluchten. En Irene zou een gelukkig kind zijn. Als het Bob níet was, bleven alle vragen onbeantwoord – voor iedereen.

En toch – ver weg, nauwelijks hoorbaar, een nieuwsgierig stemmetje. Hoe zou hij eruit zien? Het blonde haar grijs geworden, het gezicht smaller, de buik dikker? Een gearriveerd man, bij wie je je moeiteloos een gezin voorstelt, een snelle wagen en een toppositie? Een heer wie het verleden niet is aan te zien en die zijn best doet om zijn zoons op het rechte pad te houden? Als hij het was, en als hij aan dat beeld beantwoordde, dan zou zij eindelijk van die obsessie verlost kunnen zijn. Wie? Bob? O ja, die heb ik ooit nog es teruggezien. Een keurig type, niks op aan te merken, totaal oninteressant.

Maria reed de stad binnen en zocht haar weg naar het restaurant. Ze moest een paar rondjes rijden voordat ze een parkeerplaats vond, en werd nerveus. Ik had thuis moeten blijven, dacht ze. Wat kan 't me schelen. En wat Irene doet, moet zíj weten, dat is mijn verantwoordelijkheid niet! Driftig sloot ze de auto af en liep naar de ingang.

Een donkere jongeman wachtte haar op. 'Robert Bayens.' Hij schudde haar hand. Hij leek niet erg op Anna, zag ze. 'Ik ben blij dat u gekomen bent. Het zal niet makkelijk voor u zijn.'

Ze liepen naar binnen. Robert ging voor. Hij leidde Maria

naar de bar en bestelde koffie. Toen wees hij het tweetal aan. Maria keek.

Ze zaten boven. Ook al lag er vijfendertig jaar tussen, het was haar meteen duidelijk dat het Bob niet was. En ze was blij dat ze dit gedaan had want ze voelde de rust terugkomen. Ze kon een zucht van opluchting niet onderdrukken.

Robert keek haar aan. 'Dat dacht ik al.'

'Waarom?'

Hij haalde even z'n schouders op. 'Het zou wel erg toevallig geweest zijn.'

Maria roerde in haar koffie. 'Wat nu?'

'Ik weet 't niet.'

Maria keek naar haar dochter. Onbereikbaar ver weg. Moest ze naar haar toegaan en haar bij de arm nemen? Kind, laat je niet voor de gek houden!

'Hij is aardig,' zei Robert. 'Hij bedoelt 't goed. Hij verlangt kennelijk net zo hard naar een kind als zij naar een vader.'

Ze zagen hoe het tweetal zat te praten en te lachen. Irene liet de man een hapje proeven van haar voorgerecht. Ze genoten. Nu nog samen – morgen weer duizenden kilometers bij elkaar vandaan.

'Laat haar,' zei Maria. 'Waarom zouden we haar met de waarheid om de oren slaan.'

* * *

Eva kreeg haar feest. Speciaal voor haar speelden Bela en zijn mannen de vurigste muziek. Vrienden en bekenden uit de omtrek dansten en dronken. En Eva genoot.

Joey, achter de bar, trok aan zijn sigaar en keek toe. Hij zag hoe ze zich onder de gasten mengde, voor iedereen een hartelijk woord had. Ze leek op te bloeien. Haar ogen straalden. Maar Jim, naast hem, bleef somber. Hij zei niets, reageerde niet op Joey's grappen, en toen het hem allemaal teveel werd, liep hij met grote stappen naar buiten, de nacht in.

Eva zag hem gaan.

Hij stond op de veranda. Oud en moe. Ze ging achter hem staan en legde een arm om zijn middel. 'Het is een prachtig feest. Iedereen is blij en gelukkig. Waarom jij niet, Jim?'

'Je hebt je medicijnen niet ingenomen.' Zijn stem klonk nors.

'Wat krijgen we nou? Word ik gecontroleerd?' Ze probeerde de spanning te breken, maar hij gaf geen krimp.

'Je hebt me beloofd dat je ze trouw zou innemen.'

Eva schudde haar hoofd. Trok hem iets dichter naar zich toe. 'Ze helpen niet,' zei ze zachtjes. 'Ik wil ze niet meer.'

'Eva...'

Ze legde haar hand op zijn mond. 'Laat me gaan, Jim. Je moet me laten gaan.'

Hij draaide zich naar haar toe, een geschokte blik in zijn ogen. Hij wilde iets zeggen, maar ze was hem voor.

'Ik heb je altijd te leen gehad.'

Nee. Dat was precies wat hij niet horen wilde, wat zij niet mocht zeggen. 'Eva, ik heb van je gehouden, elke dag dat we samen waren.'

'Ik weet 't.' Ze glimlachte, streelde zijn haar. 'Het geeft niet. Als je me maar belooft dat je niet alleen blijft als ik weg ben.'

Hij trok haar tegen zich aan om de verbijstering te verbergen die hij voelde. Ze mocht niet weg, niet dood – hij wilde niet alleen zijn. Hij zou haar nooit loslaten.

'Luister.'

Ze hief haar hoofd op. 'Die muziek! Ik wil met je dansen. Kom.'

Hij bleef haar vasthouden, maar ze was nog sterk en trok hem mee terug naar binnen.

En ze dansten. Langzaam, dicht tegen elkaar aan. Andere paren maakten ruimte, keken vertederd toe. Wat heerlijk om na zoveel jaar nog zo verliefd te zijn!

Joey knipperde met zijn ogen, drukte zijn sigaar uit en stak een nieuwe aan. Romantiek – ver van zijn bed. Makkelijk te overschreeuwen en te ontkennen. Maar nu zo dichtbij en breekbaar. Wat is liefde, dacht Joey, als je er altijd weer afstand van moet doen. Hij zag hoe Eva de ketting met het kruisje over haar hoofd trok en die met een teder gebaar om Jims hals hing. Maar misschien, als je eenmaal van iemand houden kan, misschien is dat door te geven en wordt iedereen er een beetje beter van.

Na het feest ging het hard achteruit. Judit kwam over. Brian en Erzsi bleven in de buurt. Jim was niet bij Eva's bed weg te slaan, liet zich slechts met moeite overhalen om even te slapen en een ander te laten waken. Maar hij was erbij, als enige, toen Eva op een vroege ochtend stierf. En pas een paar uur later riep hij de anderen.

Na de crematie vertrok Judit, en Brian en Erzsi gingen naar Drumheller om hun eigen zaak te beginnen. Joey bleef. *'What the hell,'* had hij gemompeld, 'ik heb toch niks beters te doen.' Maar hij wilde zijn makker in de gaten houden. Hij vertrouwde 't niet: Jim was overspoeld door verdriet en leek zelfs geen poging te doen zichzelf te redden. Uit de kelder haalde hij de ene fles whiskey na de andere. Hij weigerde zich te scheren, schone kleren aan te trekken. Hij zat op de veranda als het mooi weer was, aan de keukentafel als de *chinook* te hard waaide. Joey sloeg hem gade, dronk met hem mee, maar probeerde zijn verstand een beetje bij elkaar te houden. Hij nam Jim mee naar buiten om het paard te voeren. 'Dieren hoeven er toch niet onder te lijden!' En keek toe hoe hij een hele zak haver in de voerbak uitstortte.

Hij hielp met het aanbrengen van een bord, waarop stond dat het restaurant gesloten was, en zorgde ervoor, dat er af en toe een paar eieren gebakken werden en bleef zitten totdat Jim alles had opgegeten. Nou zijn we twéé arme sloebers, dacht Joey. Twee verlopen kerels, met een baard van een paar weken en een adem die een uur in de wind stinkt. En geen David in de buurt om ons hier uit te halen. Langzaam maar zeker verzuipen we in het moeras van de melancholie. Plotseling verlangde hij hevig naar het visioen, dat de jonge Indianen vroeger aan de goden afsmeekten.

De avonden werden korter en kouder. Maar Jim was niet naar binnen te krijgen. Hij zat op de veranda, voorovergebogen, draaide een bijna lege fles tussen zijn handen. Joey begon slaap te krijgen maar wilde er niet aan toegeven. 'Vliegen,' mompelde hij. 'Nou heeft ze nog de kans niet gekregen om te vliegen.'

Jim keek op – langzaam, zodat de wereld niet al teveel zou draaien. 'Jij bent nooit getrouwd, Joey.'

Joey schudde zijn hoofd. 'Nee. En waarom niet?'

'Dat... wou ik nou net vragen. Waarom niet?'

Joey trapte de sigaar uit. Zocht naar een andere in zijn binnenzak, maar zijn vingers leken gezwollen en onwillig. 'Omdat er niet genoeg vrouwen zijn. Daarom.'

Jim lachte ongelovig. 'Waarom zijn er niet genoeg?'

Joey boog zich voorover, priemde zijn vinger in de schouder van zijn vriend. 'Omdat sommige zuipschuiten 'r twee nemen. Eén om zwanger te maken, en één om mee te leven.' Hij hikte.

Jim probeerde na te denken. Er was iets gezegd waar hij kwaad om moest worden. Maar hij kreeg z'n gedachten niet goed op een rij. Hij wees met een zwaaiende vinger in de richting van z'n makker. 'Jij! Jij hebt me naar Anna gebracht. Naar dat grote huis op de... naar dat huis. En jij hebt ons getrouwd!'

Joey gromde. Hij had z'n sigaar te pakken, boog zich naar de vensterbank waar de olielamp stond en stak 'm aan. Onzeker zette hij de lamp weer terug.

'En toen... heb jíj me hierheen gebracht. Hier, naar Eva!' Jim knikte tevreden. Hij had hem nou es goed de waarheid gezegd. Hij leunde achterover en viel in slaap.

Joey keek hem verbijsterd aan. Was het zíjn schuld? Ach ja, dat had hij zelf toch ook al eens bedacht. *So what.* Toen zijn oogleden dichtvielen, verzette hij zich niet langer.

Jim droomde. Het huis op de Veluwe. Een gloeiendhete dag in juni. Hij liep de kamers door, trappen op en af, maar nergens kon hij Anna vinden. En toch hoorde hij haar roepen. Hij begon steeds harder te lopen. Z'n kleren plakten aan z'n lichaam, het zweet droop van hem af. Naar de badkamer. Misschien was ze dáár. Ze zou er staan, glimlachend en met een glas water in haar handen. 'Drink. Wat heb je 't warm, m'n arme schat. Kom hier.' Ze trok hem naar zich toe, hij leunde doodmoe tegen haar aan maar ze gaf mee, bood geen tegenwicht, en hij viel – bleef vallen.

Hij schrok wakker omdat de stoel wankelde. De warmte

bleef. Een vreemde, roze gloed. Krakende en sissende geluiden. Paniek schoot door hem heen – brand! Hij trapte de stoel opzij. 'Joey!!' En holde naar binnen, naar de keuken waar de brandblusser hing. Zijn hoofd was merkwaardig helder – wakker geschud uit een slaap van veel langer dan een paar minuten.

Joey keek verdwaasd om zich heen. Brand? Toen vloog hij overeind en rende naar de deur. En zag daar een visioen, een gestalte, omgeven door vlammen, die ergens mee worstelde, alsof hij gevangen zat en niet kon loskomen. Joey bedacht zich geen ogenblik. Hij stortte zich in de vuurzee en greep de gestalte vast, wilde hem mee naar buiten nemen, weg! Misschien dat hij dit keer te redden was. Maar hij voelde een enorme dreun tegen zijn hoofd, wankelde terug de deur uit en viel buiten op de grond.

Het lukte Jim de brand onder controle te krijgen. Alles zag wit van het schuim. Hier en daar smeulde nog wat. Jim trok zijn jas uit en sloeg erop los. Hijgend bleef hij staan en keek om zich heen naar de puinhoop. Toen herinnerde hij zich Joey.

Hij lag op het grind en had zich niet bewogen. Jim strompelde naar hem toe, tilde zijn hoofd op. 'Joey?' De ogen bleven dicht. Hij schudde hem voorzichtig door elkaar. 'Waarom deed je dat?'

Langzaam sloeg Joey zijn ogen op. En hij keek alsof hij de hel van binnen had gezien.

Jim trok hem omhoog, liet hem tegen zich aanleunen. 'Ik moest het vuur toch doven? Waarom wou je me tegenhouden?'

'Ron. . .' Joey's stem leek gebarsten. 'Vuur. Dood. Iedereen dood.' Hij liet zijn hoofd zakken en snikte als een klein kind.

De nachtmerrie. Het altijd weer terugkerende beeld van een brandende man, die reddeloos verloren was. De oorlog die nooit voorbij ging. De onmacht om te helpen. Het leven zien wegglijden, de laatste ademstoot.

'Ach Joey. . .' Jim nam hem in zijn armen en wiegde hem. 'Ach Joey. . .'

8

Een merkwaardige helderheid had zich sinds de brand van Jim meester gemaakt. En dat terwijl er zoveel vragen open bleven, zoveel onzekerheden. Hij wist niet wat hij ging doen als het restaurant was verkocht, waar hij terecht zou komen. Maar hij wist nu in elk geval wat hij níet wilde: niet langer als een slaapwandelaar tastend door de dagen gaan, en hij wilde zeker niet híer blijven. Samen met Joey begon hij de chaos op te ruimen. Ze sleepten halfverbrand meubilair naar buiten en hakten het aan stukken. Er werd een advertentie geplaatst voor een veiling en toen op een ijskoude winterochtend een Indiaanse opkoper kwam, nieuwsgierig geworden door de 'Gesloten'-borden, lieten ze hem door de kamers lopen en op zijn wagen laden wat hij hebben wilde. Maar toen de man bij het weggaan belangstelling toonde voor het paard van Eva, fronste Jim zijn wenkbrauwen.

'Die ouwe ribbenkast wilt u zeker ook kwijt?'

Jim schudde zijn hoofd.

'Veel te oud om op te rijden.'

Joey, met zijn instinct voor zaken, kwam tussenbeide. 'Waarom wil je d'r dan kopen?'

De Indiaan klopte het dier keurend op de hals. 'Mijn zwager is paardenslager. Er zit nog best vlees aan.'

'Nooit,' zei Jim.

'U kunt 'm zelf afmaken,' zei de man. 'En dan alsnog mijn zwager laten komen.'

Jim liep naar de merrie. De zachte lippen zochten zijn hand. 'Nooit van m'n leven.'

De man vertrok met een hoog opgetaste vrachtwagen. Jim liep naar de brievenbus aan de weg en vond post uit Montreal. Verrast maakte hij de enveloppe open en liep al lezend terug naar Joey. 'Van David.'

Joey nam een laatste slok uit zijn koffiebeker. 'Wat heeft ie?'

'Iets over een herdenking in Holland. In mei is de bevrijding vijfendertig jaar geleden. David en Jenny begeleiden een groep veteranen. Of wij ook meegaan.' Hij keek zijn vriend vragend aan.

Joey maakte een onverschillig gebaar. 'Wat moeten wij in Holland, na zoveel jaar?'

'Nou ja,' zei Jim. 'Het heeft nog even de tijd.' Hij stopte de brief in zijn zak en ging naar binnen. Maar de gedachte bleef haken in zijn hoofd. Het was een mogelijkheid. Gewoon met de groep meegaan. Robert en Anna bezoeken, kijken hoe ze leefden en hoe ze veranderd waren door de jaren. Net als hij. Herinneringen ophalen. En dan na een paar weken met de groep terug naar Canada. Wat was daar eigenlijk op tegen?

* * *

Toen Anna van Robert gehoord had, dat Stone Irenes vader niet was, liep ze wekenlang rond met de gedachte Maria op te bellen. Maar ze wist niet hoe ze beginnen moest. 'Ik heb gehoord dat . . .' Het klonk zo goedkoop. Maria zou het idee krijgen, dat er over haar gepraat werd. En Maria kennende wist Anna, dat ze zich onmiddellijk zou afsluiten. Maar toen in maart Anna de behoefte kreeg er eens een paar dagen tussenuit te gaan, zag ze eindelijk haar kans schoon om contact te zoeken. 'Ik wil naar Vlieland,' had ze gezegd. 'En alleen is maar alleen. Ga je mee?' En tot haar verbazing aarzelde Maria geen moment. 'Goed idee.'

Samen liepen ze over het stille strand. De zee was grijs en onderscheidde zich bijna niet van de lucht. Anna zette de kraag van haar jas nog wat hoger op. Vanwaar eigenlijk dat verlangen om deze rust met Maria te delen, vroeg ze zich af. We hebben elkaar zo lang niet gezien en toch is ze me dierbaar. Ze hoort bij mij en mijn verleden. En ik ben altijd een beetje jaloers op haar strijdbaarheid geweest. Ze keek naar de vrouw naast haar – dat besliste profiel. Het haar kwam glanzend te voorschijn onder de muts en er was nog geen grijs te bespeuren. Ze vond Maria dapper, want er moest veel moed nodig zijn om te leven met zoveel pijn. En omdat Maria meer ontspannen leek dan vroeger, hoopte Anna dat ze nu misschien bereid was haar herinneringen te delen.

'Heb ik je ooit verteld, dat ik toen naar Canada ben geweest?' vroeg Anna.

Maria keek op, knikte even.

'Dat was het krankzinnigste wat ik ooit in m'n leven gedaan heb. Al die moeite, al die duizenden kilometers reizen. Heel Canada door. En toen ik er was, maakte ik rechtsomkeert.' Ze lachte. 'Krankzinnig toch?' Toe, dacht ze, stel me een vraag, help me verder. Dan kan ik jou misschien helpen. Maar Maria zei niets. 'Robert was nog een baby. En ik moest Jim zien, ik moest weten wat ik te verwachten had.' Ze bleef staan. De punt van haar laars zocht tussen de schelpen, kantelde een stuk wrakhout.

Maria stopte haar handen diep weg in haar jaszakken. 'En je hebt hem gezien.'

'Ja. Heel even.'

'Ik heb Bob helemaal nooit meer gezien.'

Anna keek haar aan. Het was geen opening, meer een constatering, het einde van een gesprek. Maar ze wilde niet toegeven. 'Heb je het ooit geprobeerd?'

Maria keek naar de zee. 'Gaan we morgen fietsen huren?'

Eén ogenblik dacht Anna, dat Maria haar door de harde wind misschien niet gehoord had. Maar toen wist ze zeker dat ze werd afgewezen. Opnieuw. En ze dacht terug aan het eerste bezoek aan Maria, in haar flat, toen ze de foto's kwam brengen. 'Ik kan niet met je praten.' Maar er is één verschil – onwillekeurig balde ze haar vuisten – dit keer laat ik me niet afschrikken.

Ze liepen door. De wind leek een storm te worden. Anna stak haar arm onder die van Maria en lachte. 'Maar ik heb je vast niet verteld dat ik grootmoeder word.'

Maria kneep in haar arm. 'Wat?' Haar ogen leefden op. 'Wat enig! Wanneer?'

'Over een paar maanden. Het begin van de zomer.'

'En alles gaat goed?'

Anna knikte. 'Heel goed.'
'Wat zal Robert trots zijn.'
'Ja. En Lia ook. En ik ook.'
Maria legde haar hand op die van Anna. 'Jij wordt een leuke oma!'

Anna deed haar best om die sfeer vast te houden. Ze bestelde wijn bij de maaltijd en een cognacje na het dessert. Ze vertelde over haar werk en dat ze iemand in opleiding had genomen omdat ze het wat rustiger aan wilde gaan doen. Ze vroeg naar Maria's werk en luisterde naar de verhalen over de kinderafdeling en de problemen bij het vinden van gemotiveerd personeel, want de salarissen bleven achter bij de werkdruk. De avond vloog voorbij. Maria leunde achterover en speelde met het cognacglas.
'Jij praat zoveel makkelijker dan ik,' zei ze.
Anna keek verbaasd. 'Ik heb anders al een hele tijd aan je lippen gehangen!'
'Dat bedoel ik niet.'
Anna pakte haar sigaretten en bood Maria er een aan, maar ze weigerde.
'Je weet best wat ik bedoel.'
Langzaam zoog Anna de rook naar binnen. 'Al dat praten van mij... het is niet dat ik bang ben voor de stilte,' zei ze bedachtzaam. 'Maar ik hoop dat jij door mijn verhalen ook een beetje loskomt.'
'Wat wil je dan horen?' Maria zette het glas aan haar mond, maar het was leeg.
Anna haalde even haar schouders op en keek naar de dansende vlam van de kaars op tafel. 'Dat moet je echt zelf weten, natuurlijk.'
'Zeg het dan.'
'Ik zou willen weten wat je me nog niet verteld hebt.' Ze tipte de as van haar sigaret. 'Toen we elkaar net kenden, heb ik je meegesleept naar Limburg. Daar in dat klooster moet je een vreselijke ervaring hebben gehad. Ik wou je mee naar binnen nemen, en dat was misschien dom van me, maar ik dacht dat het je zou helpen.' Ze bestudeerde haar sigaret. Ze

zei precies wat ze zeggen wilde, en toch aarzelde ze. Met Maria wist je het nooit – één verkeerd woord, één mislukte timing en het contact was verbroken. 'Wat is daar gebeurd? Wat heeft jou zo... kapotgemaakt?' Ze keek op.

Maria zweeg.

'Je houdt het weg, hè? Die deur blijft dicht.'

'Die deur zit op slot.'

'Waarom?'

'Ik heb slaap,' zei Maria. 'Al die drank, dat ben ik niet gewend.' Ze stond op. Er lag iets van verontschuldiging in haar stem. 'Welterusten.' Ze bleef even staan alsof ze toch nog iets wilde zeggen, toen liep ze weg.

Anna keek haar na. Bij ieder ander zou ze allang hebben gedacht: barst maar, je zoekt 't maar uit. Bij Maria was het anders. Geen nieuwsgierigheid, niet een opgeklopte behoefte om iets voor een ander te doen – het was om Maria zelf, die altijd net op tijd een beetje ruimte open liet waardoor ze dacht: ik wil je naar me toe trekken, m'n armen om je heen slaan, want je bent een fijn mens. En er is meer warmte in je, dan je zelf gelooft. Alles wat ik wil, is je op weg helpen, zodat je zelf weer verder kunt.

Anna doofde haar sigaret. Langzaam maar zeker groeide er een idee.

In de badkamer liet Maria het koude water over haar polsen stromen. Het litteken van jaren geleden was nauwelijks meer zichtbaar, maar zij zag het altijd. Als het gelukt was, toen, zou ze niet veel gemist hebben. Wat was er nou helemaal in haar leven gebeurd, na die affaire in dat gore hotelletje in Breda? Pijn, moeite, verdriet. Maar ze besefte dat de poging mislukt was, omdat ze de dood niet zocht. Omdat ze altijd ergens op gehoopt had, al wist ze niet wat ze verlangde. Misschien een ander mens. Iemand als Anna. Het had haar verbaasd, dat Anna het niet opgaf. Ze verdiende een prijs voor haar doorzettingsvermogen. Ze verdiende... Maria draaide de kraan dicht en droogde haar handen. Nee, Anna verdiende niets – het gaat in vriendschap niet om vraag en aanbod. Het punt was, dat àls ze het ooit aan iemand vertelde, ze het aan haar zou vertellen.

Zij zou eens moeten weten, hoe vaak ze bijna was begonnen: Anna, luister, eerst bonden ze me een blinddoek voor . . . en-toen-en-toen-en-toen. De woorden zouden over elkaar heen rollen, uren zou ze praten, niet meer te remmen. Maar de drempel was te hoog. Ze zou duizelig worden. Vallen. Zich opnieuw bezeren. En iemand die zich eenmaal gebrand heeft, vermijdt voortaan de hitte wel.

Maria liep langzaam de kamer in. De storm beukte tegen de ramen. Ze hoorde de golven op het strand slaan. De kracht van de elementen, ze was er jaloers op. Te zijn zoals je bedoeld bent, ongehinderd door onzuivere gedachten en verlangens. Helder te zijn, scherp en duidelijk. Soms hunkerde ze ernaar zoals een mens visioenen hebben kan van een glas water, een stuk brood. Eéns zou ze schoon schip maken. Maar niet nu. Ze huiverde en sloeg de armen om zich heen. Voor alles was een tijd, en die tijd was nog niet aangebroken. Ze moest hier weg.

Ze zette zich aan het tafeltje en schoof het briefpapier van het hotel naar zich toe. Het was niet eerlijk tegenover Anna, om nog langer bij haar te blijven in de wetenschap dat ze de deur op slot liet.

De volgende ochtend nam ze de eerste boot terug naar het vasteland.

Maria's onverwachte vertrek maakte Anna vastbesloten. Zo snel mogelijk bracht ze haar plan ten uitvoer. Ze ging naar Robert en vroeg hem naar het adres van Irene. Hij deed daar een beetje aarzelend over, alsof hij haar nog steeds moest beschermen, maar uiteindelijk gaf hij toe. En net toen ze wilde weggaan, vertelde hij dat hij een brief van Jim had gekregen. Anna wilde 'm lezen maar Robert ontweek haar verzoek. Zei alleen maar: 'Hij komt naar Nederland. In mei.'

Het was alsof de grond onder haar voeten wegviel. Ze was verbijsterd en niet in de laatste plaats over haar eigen reactie. Robert keek haar peilend aan. 'Wat is er nou?'

Anna greep haar tas, liep met grote passen naar de deur. 'Waarom moet ik zoiets altijd via een ander horen!'

Hij kwam haar achterna en ging tussen haar en de deur staan. Rustig sloeg hij zijn armen over elkaar.

‘Toen Joey me schreef dat Jims vrouw overleden was, dacht ik ook: verdomme, waarom schrijft hij me dat niet zèlf!’

Robert schudde zijn hoofd. ‘Dat weet je toch? Hij durft niet.’

Driftig knoopte ze haar jas dicht. Wat moet ik met zo’n... zo’n klootzak! dacht ze, en het woord luchtte haar aanmerkelijk op.

Hij haalde de brief uit zijn achterzak. ‘Hier.’

‘Nee,’ zei Anna. ‘Een andere keer.’ En ze ging de deur uit.

Die woede was precies wat ze nodig had. Hij gaf haar vaart en energie. Het werd tijd, hoog tijd, dat de dingen uit de doeken gedaan werden. Dat er duidelijkheid kwam, en dat er niet langer getwijfeld werd. Soms hebben mensen keiharde confrontaties nodig, dacht Anna, terwijl ze richting Utrecht reed. En toen pas besefte ze, dat dit ook op haarzelf van toepassing was. Binnenkort zou ze met Jim worden geconfronteerd. In een reflex nam ze haar voet van het gaspedaal maar ze herstelde zich meteen. En wat dan nog? Laat maar komen, die man. Als hij het lef had haar op te zoeken, zou zij het lef hebben hem te woord te staan. En daar was niks moeilijks aan. Ze had niets te verliezen en dus was het mogelijk hoog spel te spelen. Wie bang is, wint nooit.

Anna nam een gok. Ze had Irene niet gebeld, want ze wilde haar geen tijd geven om uitvluchten te bedenken. Enigszins overrompeld liet Irene haar binnen.

‘Wij kennen elkaar niet,’ zei Anna. ‘Maar u kent mijn zoon en ik ken uw moeder.’

Irene keek haar afwachtend aan.

‘Het is een goede gewoonte om je niet met andermans zaken te bemoeien,’ vervolgde ze, ‘maar soms moet je de regels aan je laars lappen.’ Ze zag in de jonge vrouw tegenover zich hetzelfde ontoegankelijke als in haar moeder. Ze keek de kamer rond. Er was veel geld uitgegeven om het mooi te maken, maar gezellig was het er niet. Bloemen die precies op hun plaats stonden, banken waarop geen mens in slaap zou kunnen vallen. Geen vlekje, geen stofje te bespeuren – alsof de bewoonster zelden aanwezig was.

'Wilt u koffie?' Irene's stem klonk weinig uitnodigend.

Anna schudde haar hoofd. 'U bent maanden in Canada geweest, op zoek naar uw vader.'

'Ja.'

'En iemand uit Canada was op zoek naar u, naar zijn dochter.'

'Ja.'

Anna beet even op haar lip, zocht naar woorden. 'Uw moeder woont in Eindhoven. Dat is hoeveel. . . zeventig kilometer?'

Irene liep de kamer door en pakte haar sigaretten. 'Is dat belangrijk? Ik weet niet of u dat ook weet, mevrouw Bayens, maar mijn moeder heeft me afgeschreven. Dat is jaren geleden en ik zit er niet meer mee.' Ze stak een sigaret op. 'Heeft zij u gevraagd om mij de les te lezen?'

Anna ging naar de glazen tafel en zette voorzichtig haar tas neer. 'Ik kom hier niet om je de les te lezen.'

'Waarom dan?' De vraag kwam pijlsnel. Irene bewoog zich niet, rookte, en keek naar Anna.

'Ik heb een voorstel. Jij luistert vijf minuten naar me en daarna kun je kiezen. Of je blijft vinden dat ik me nergens mee mag bemoeien en dan ga ik de deur uit en we zien elkaar nooit weer – of je gaat vanmiddag met me mee.'

Irene pakte een asbak en ging zitten.

De eerste hindernis is genomen, dacht Anna. Ze liep naar Irene toe. 'Wat weet jij van de omstandigheden van je geboorte?'

'Genoeg,' zei Irene. 'Het was in een tehuis in Limburg.'

'Heb je dat uitgezocht?'

Irene knikte.

'En doorgevraagd?'

'Ik kreeg de kans niet. Dat weet je best. Mijn moeder. . .'

'Dus. . .' Anna ging naast haar zitten. 'Dus als de eerste de beste Canadese oplichter je opzoekt, dan luister je naar hem en je gaat leuk met 'm eten. Maar je moeder. . .'

Irene stond op en doofde driftig haar sigaret. 'Zó mag je niet over hem praten!' Haar stem sloeg over.

'Sorry,' zei Anna. 'Het spijt me.' Ze had een gevoelige snaar geraakt – met opzet, en het werkte. 'Ik weet ook niet precies waarom je moeder je destijds heeft afgewezen. Ik weet alleen dat het alles te maken heeft met de dag waarop jij geboren bent.'

Irene liep naar de schoorsteen. Verschoof een beeldje, liet peinzend haar hand erop rusten. Moeder-met-kind, zag Anna – eskimokunst uit het noorden van Canada. Die keuze kon niet toevallig zijn. Ze stond op en kwam achter Irene staan. 'En ze kan er nog steeds niet over praten,' zei ze zacht. 'Maar ik weet een manier om erachter te komen.' Ze pakte Irene bij de schouders en draaide haar behoedzaam naar zich toe. 'En dan is er nog iets. Bob Stone was jouw vader niet.' Ze wachtte op een reactie maar die bleef uit. 'Die laatste avond, toen jij met hem in een restaurant zat, heeft Maria hem gezien.'

Irene keek haar ontzet aan.

'En ze wist heel zeker dat hij het niet was.' Ze liet haar handen van Irene's schouders glijden. 'Je moet er maar vanuit gaan dat je je vader nooit zult kennen. Maar wie je moeder is... dat kun je nog te weten komen. Ga met me mee.'

Deze keer had Anna tijdig een briefje geschreven, en toen zij zich meldde bij de kloosterpoort, werden ze binnengelaten. Een non ging hen voor door de hoge, glimmende gangen. 'Ik heb de moeder-overste uw brief voorgelezen,' zei ze. 'Want ze kan nauwelijks meer zien. Ze is hoogbejaard en ik moet u met klem verzoeken om het niet te lang te maken.'

Anna knikte. Ze keek even naar Irene, die zwijgend en nerveus naast haar liep. Hun hakken klikten op het graniet. Anna pakte Irene's hand en gaf haar een bemoedigend kneepje.

De non opende een deur en liet hen voorgaan. Een benauwende geur van zeep en medicijnen kwam hen tegemoet. Een spaarzaam ingerichte kamer. Een bed, een paar stoelen en een tafeltje. Een groot Mariabeeld met een brandend lampje aan de voet. Het hoge raam gaf uitzicht op een binnenplaats, waar bomen stonden te kleumen. Er moest een school in de buurt zijn, want in de verte was het gejoel hoorbaar van kinderstemmen.

Zuster Ignatia zat in een van de stoelen – een kleine vogel

in een veel te groot verenkleed. Het gezicht gerimpeld, de ogen grijs-beslagen, ondiep, en zoekend in de richting van de deur.

'Hier is mevrouw Bayens,' zei de non. 'En de dochter van Maria Bloemink.'

Ze gaven Zuster Ignatia een hand en mompelden een begroeting.

'Van zoveel meisjes ben ik de gezichten vergeten,' zei Ignatia en haar stem klonk verrassend sterk. 'Maar Maria kan ik me nog duidelijk voor de geest halen.'

Zwijgend wees de non hen een plaats. Anna schraapte haar keel, zei toen: 'Het is voor haar dochter erg belangrijk, dat u haar vertelt over de geboorte.'

Ignatia knikte. 'Ze was te vroeg, ik weet 't nog goed. Een klein zwak poppetje.' Haar ogen dwaalden weg. 'We hebben allemaal gebeden dat ze het zou halen.'

Irene keek naar Anna, onzeker of ze iets moest zeggen of vragen. Ze besloot de moeder-overste de tijd te geven die ze nodig had.

'Alles was anders, in die tijd. Ik heb er vaak aan getwijfeld. Het was moeilijk. Maar we deden wat we dachten dat goed was.' De beslagen ogen zochten de bezoekers. 'Achteraf... het is altijd zo makkelijk om te oordelen. Nu zouden we het niet meer zo doen.'

Irene vroeg: 'Mijn moeder... heeft zij mij m'n naam gegeven?'

Ignatia schudde haar hoofd. 'M'n lieve kind, dat kon toch niet. Ze wist immers niet of ze een jongen of een meisje gekregen had.'

'Waarom niet?'

'Ze kreeg je niet te zien. Dat waren de regels, in die tijd.'

Irene begreep er niets van. 'Maar hoe...'

'Een blinddoek,' zei de non naast Ignatia. 'Ze kreeg een blinddoek voor.'

Er viel een zware stilte. Anna hield haar adem in. Ze had zich op iets vreselijks voorbereid, maar dít?

Ignatia zuchtte, zocht naar adem. 'Bij de bevalling werden de meisjes geblinddoekt, en daarna werd de baby zo snel mogelijk weggenomen. Dat was het beste.' Haar handen streken over het habijt. 'Maar Maria moest haar kindje zelf voeden, omdat het te vroeg was. Elke drie, vier uur.'

'En elke keer,' vroeg Irene, 'met een blinddoek voor?'

Ignatia knikte.

Anna vond haar stem terug. 'Dat voeden, hoe ging dat dan?'

'Op een stoel naast het bed. Een van de zusters bond de polsen van het meisje vast aan de leuningen, deed de blinddoek voor en maakte het hemdje open. Dan kwam een andere zuster binnen met het kind op de arm.'

'En dan werd het aangelegd?'

'Ja.'

'Ze kon me niet aanraken?' Irene huiverde.

'Het was het beste. Als een moeder eenmaal gehecht raakt, kun je haar het kind niet meer afnemen. En die meisjes waren nog zo jong. Wat wisten ze van het leven?' Ignatia schudde het hoofd. 'Ze konden immers niet voor hun baby zorgen. Het was voor hun eigen bestwil.'

'En wat deed Maria? Protesteerde ze niet?'

'O ja.' De ogen van Ignatia keken terug, de jaren door, en zagen het verkrampte, verbeten gezicht van Maria. 'Ze huilde en smeekte. Ze was overstuur.' Ze sloeg haar ogen neer – haar ademhaling ging gejaagd.

De non keek naar Anna en Irene. 'Het was zwaar. Voor iedereen. Ook voor ons.'

Irene staarde naar het vale kleed op de grond. 'Een blinddoek voor en de armen vastgebonden...'

'Daar haddden we een riem voor,' zei de non.

Buiten verstomde het geluid van kinderstemmen. Het speelkwartier was voorbij.

De bleke hand van Ignatia zocht die van Irene. 'M'n ogen hebben me in de steek gelaten. Maar als ik jouw stem hoor... Ik weet zeker dat je op haar lijkt.'

Irene ontweek haar hand.

'Hoe heet je?'

'Irene.'

'Vrede...' Ignatia zuchtte. 'Dat betekent vrede.'

Zwijgend verlieten Irene en Anna het klooster. Zwijgend stapten ze in de auto. Anna speelde met het sleuteltje in haar hand, kon er niet toe komen de motor te starten. Ze was die beklemmende ontzetting nog lang niet kwijt.

Irene keek uit het raampje naar de kale bomen en een vijver, waarin eenden zwommen. Vrede! Wat mensen elkaar allemaal niet aandoen. Opeens herinnerde ze zich de woorden van haar moeder: 'Echt wreed zijn de mensen die het goed met je bedoelen.' Die hese stem, de harde ogen. Ze had er niets van begrepen, toen, maar nu was alles duidelijk. Om bestwil. Daarom gebeuren de vreselijkste dingen. Ze dacht aan haar eigen verlangen naar een kind. Het te krijgen, en het dan niet te mogen zien, niet te kunnen aanraken. Ze hadden Maria haar eigen hart afgenomen, en het was Irene een raadsel hoe zij het gepresteerd had verder te leven.

'Ik moet naar haar toe.' Ze keek naar Anna, die wit en peinzend naar het contactsleuteltje staarde.

In de vroege avond reden ze Eindhoven binnen. Toen ze in de buurt van Maria's flat kwamen zei Irene: 'Ik weet niet of ik 't durf.'

Anna reed kalm en doelbewust het parkeerterrein op. 'Blijf jij maar in de auto. Ik ga haar halen en breng haar naar je toe.'

'En dan?'

Anna glimlachte even. 'Dan gaat 't vanzelf. Dat voel ik.' Ze parkeerde en stapte uit. In de auto stak Irene met trillende handen een sigaret op.

Maria deed open en was blij verrast. 'Anna! Kom binnen.'

'Nee. Dank je.'

'Het spijt me van Vlieland,' zei Maria. 'Ik voel me er nog steeds schuldig over.'

Anna schudde haar hoofd. 'Welnee. Dat ben ik allang vergeten. En daar kom ik niet voor.' Ze nam Maria bij de hand. 'Ik ben in Limburg geweest. Met Irene.' Ze voelde Maria verstrakken. 'Ze is beneden, en ze wacht op je.'

De auto was leeg. Geschrokken keek Anna om zich heen. Ze zou toch niet, op 't laatste moment . . . Maar toen zag ze dat een schim zich losmaakte uit het donker van de garages.

Aarzelend kwam Irene naar hen toe lopen. Anna liet Maria los en ging in de auto zitten.

Maria bleef staan. Gespannen. Dit was niet de manier waarop ze zich had voorgesteld haar dochter terug te zien. Maar het was goed zo. Ze zag de jonge vrouw langzaam op zich af komen, en toen besloot ze haar tegemoet te gaan.

'Ik heb 't gezien.' Irene's stem klonk moeizaam – alsof teveel woorden zich tegelijkertijd in haar keel samenbalden. 'En ik wil je zeggen dat ik je bewonder.'

Maria keek haar aan. Bewondering was niet wat ze zocht.

'Mamma?'

Het schoot door haar heen dat dit de eerste keer was. Zo'n eenvoudig woord – het eerste dat ieder kind kan zeggen, en dat had nog nooit iemand tegen háár gezegd.

'Mamma... ik wil graag dat je nu doet wat je toen niet kon.'

Ze stonden tegenover elkaar. Ze kon Irene's adem voelen, rook de geur van haar huid.

'Raak me aan?'

Maria stak haar armen uit en trok Irene naar zich toe.

Vanuit de auto zag Anna hoe de twee vrouwen elkaar omhelsden en niet meer loslieten.

Jenny arriveerde als eerste. 'Om kwartier te maken,' zoals ze zelf lachend zei. Ze had een grappig Canadees accent gekregen en moest soms zoeken naar het juiste woord. Ze logeerde bij Anna, en de eerste avond zaten ze uren samen op de bank te praten. Anna had een grote pot koffie gezet en presenteerde op speciaal verzoek speculaasjes.

Jenny schopte haar schoenen uit en krulde haar benen onder zich. 'Morgen moet ik naar Breda,' vertelde ze. 'Daar wordt de parade voor de *liberation* van Zuid-Nederland gehouden.'

'Bevrijding,' zei Anna. 'Prima. Ik zal je brengen.' Ze reikte de schaal aan.

'David komt eind volgende week en dan moet alles in orde zijn. Het is zo'n organisatie! Je weet toch dat Jim en Joey ook meekomen? Ach ja, dat weet je natuurlijk al lang.' Jenny knabbelde op haar koekje en keek Anna nieuwsgierig aan. Maar er kwam geen reactie. 'Vind je 't leuk om hem terug te zien?'

'Wie?' vroeg Anna.

Jenny trok haar wenkbrauwen op. 'Jim! Wie anders?'

Anna pakte haar kopje en roerde in de koffie. 'Welke Jim?' Het was flauw, dat wist ze zelf, maar ze was haar woede nog niet kwijt. En ze wilde uithalen – het gaf niet naar wie en hoe.

Jenny keek haar peinzend aan. In alle brieven in de loop der jaren had ze Anna goed leren kennen en ze meende te begrijpen wat er in haar om moest gaan. 'Hij heeft de zaak verkocht,' zei ze zacht. 'En Joey is bij hem gebleven nadat . . .'

Anna legde voorzichtig het lepeltje neer. 'Ik moet er zo vaak aan denken. Die twee mannen daar, in dat uitgebrande gebouw, vlakbij de bergen.' Ze glimlachte. 'Er gaat geen dag voorbij of ik denk eraan. En nu . . .' Ze sloeg haar ogen neer. 'Nu komt hij straks hier en ik weet niet hoe ik met hem praten moet. Er staat zoveel tussen ons in.' Ze dacht aan dat kleine donkere vrouwtje, Eva – hoe ze daar stond, tussen de tafeltjes, de stofdoek in haar ene hand, de andere op haar zwangere buik. De hete wind, die door haar eigen haren joeg. Robert die opgroeide, en nu zelf vader werd. Stefan, de hartstocht die ze gevoeld had en die een vroegtijdige dood stierf – afgeknepen door een andere, veel grotere passie. Ze voelde Jenny's hand op haar arm.

'Dat zie je dan wel weer, Anna.'

* * *

Jim liep voor de laatste keer door het lege restaurant, en de onttakelde woonvertrekken. Hij luisterde naar stemmen van vroeger – klanten, Eva, de kinderen – maar hoorde niets. Hij zocht naar sporen – een haarspeld, tussen de planken gevallen en vergeten, een kinderringetje, het verlies ooit bitter betreurd – maar hij vond niets. En zo was het goed. Alles bleef immers bestaan, want hij droeg het mee in zijn hoofd en in zijn hart. Zolang hij bestond, was Eva onsterfelijk. Hij voelde zich licht, toen hij het laatste raam sloot en de deuren op slot draaide. Er stonden hem nog twee dingen te doen en dan was hij klaar voor een nieuw, onbekend leven.

Samen met Joey laadde hij het paard in de trailer en reed weg. Bij de kruising stopte hij. Terwijl Joey verwonderd toekeek, pakte hij een jerrycan uit de achterbak en liep naar de huifkar. Royaal sprenkelde hij de benzine over de kar en het bord. Niemand hoefde meer een mijl te rijden voor een glimlach. Daarna gooide hij zijn brandende aansteker in de kar. Het duurde maar kort – toen vraten de steeds groter wordende vlammen zich door het hout, reikten naar de palen en klommen naar het bord. Een triomfantelijke toorts – het einde van zijn geschiedenis met Eva.

Joey leunde tegen de auto. Het vuur joeg hem geen angst meer aan. Hij keek naar Jim, die de vlammen in de gaten hield – ze mochten zich niet over het gras verspreiden en meer vernietigen dan de bedoeling was. Rustig wachtte hij af, en pas toen hij de zekerheid had dat het vuur zichzelf zou doven, keerde hij terug naar de auto.

Zwijgend reden ze langs de Rockies. De sneeuw smolt en het blauw van de lucht weerspiegelde op de hellingen. Zo dreigend in de winter – zo vriendelijk en kwetsbaar in het voorjaar, als de flanken van een gigantisch, rustend dier dat geen weet heeft van jagers.

Bij een weiland, waar met zwiepende staarten paarden graasden, stopte Jim opnieuw. Hij knikte tegen Joey, stapte uit en begon de deuren van de trailer open te maken. Joey kwam hem te hulp, klakte met zijn tong en gaf het paard een klapje op de bil. Onzeker stapte het dier achteruit, het loopplankje af en liet zich door Joey bij de manen pakken. 'Wat nu?'

Met een hoofdbeweging wees Jim naar het weiland. Hij sloeg zijn arm om de warme hals van de merrie, waar het bloed nog krachtig klopte en legde even zijn wang tegen het hoofd. '*Good luck, old girl.*' Toen opende hij het hek en joeg het paard naar binnen. Samen keken ze toe, hoe het eerst bevreemd om zich heen keek, onwennig op de onafzienbare vlakte, maar toen naar de andere paarden liep – steeds sneller, tot in draf, en hoe de andere dieren naar haar toe kwamen en mee-galoppeerden, nieuwsgierig geworden naar het onbekende doel van de nieuwkomer. Joey sloeg een arm om Jim heen, gaf hem een vriendschappelijke tik op de schouder. Zij was thuis en vrij in een nieuwe wereld.

'Toronto?'

'Toronto,' zei Jim.

Vanuit het vliegtuigraampje zag Jim de ochtendnevel als een luchtige sluier boven Nederland hangen. En voor het eerst voelde hij ontroering en vrees door zijn maagstreek trekken. Een sensatie die naar boven kroop en zich met duizenden kleine tentakeltjes vasthaakte in zijn hoofd, waar de lichtheid van het afscheid verbleekte en hem benevelde – een prikkelend, gejaagd gevoel zoals op de ochtend na een avond met teveel drank. En het liet hem niet meer los, drukte zich sterker tegen hem aan toen hij in de aankomsthal om zich heen keek en niet zag wie hij hoopte te zien. Jenny wuifde uitbundig, omhelsde David alsof ze hem in geen jaren gezien had, kuste Jim en Joey en ging hen voor naar de uitgang. Jim volgde gehoorzaam, temidden van de groep veteranen, hem voor het merendeel onbekend, behangen met parmantige rijtjes medailles en tassen met drank en rookwaren met zich mee torsend. Wat had hij verwacht? Zijn eigen kleine parade? Zijn zoon en Anna met een spandoek '*welcome home*'? Hij schuifelde, anoniem, tenger en onwennig in zijn nieuwe pak, de aankomsthal uit en knipperde tegen het felle zonlicht buiten. Het geraas van het verkeer overviel hem – Holland was voor hem een dorp in Zeeuwsch-Vlaanderen, een veldje achter een schoolgebouw, geen welvaartsstaat op de eerste trede van de jaren tachtig. Plotseling besefte Jim dat hij zonder het te weten een belangrijke stap gedaan had en hij wantrouwde zijn eigen motieven. Duizelig, op de rand van onpasselijkheid, stapte hij in de bus. Zelfs Joey leek een vreemde.

Ze deelden een hotelkamer. Daar had geen van beiden bezwaar tegen gemaakt, maar nu speet het Jim. Hij gaf Joey de ruimte om zijn bagage uit te pakken en hoopte dat hij spoedig naar beneden zou gaan voor de welkomstborrel. En toen hij eindelijk vertrok, schoof Jim het telefoontoestel naar zich toe, bladerde in zijn agenda en draaide het nummer van Anna.

De telefoon ging twee keer over. Hij hoorde haar stem en hoewel hij niet kon verstaan wat ze zei, was het hem meteen duidelijk dat het een antwoordapparaat was. Maar hij sprak geen boodschap in, want hij had geen idee hoe hij moest beginnen. Na de pieptoon hoorde hij de stilte uitnodigend naar zich toe komen. Een blanco vel, dat ingevuld moest worden. '*Dear Anna - it is me, Jim.*' En dan? Hij legde de hoorn op de haak en wist niets beters te doen dan ook naar beneden te gaan, waar iedereen al met een glas in de hand stond. Waar gegevens over eenheden, plaatsnamen en data van geslaagde acties werden uitgewisseld. Waar de opgetogen stemming heerste die past bij een langverwachte reünie. En Jim kreeg het ontstellende gevoel van isolement van iemand die bij het verkeerde feest is terechtgekomen.

Anna reed de stad binnen. Het was veel later geworden dan haar bedoeling was geweest en ze gaapte. Met moeite had ze zich losgemaakt van Maria, die in Utrecht bij Irene logeerde. Ze hadden met z'n drieën gegeten en Anna had geboeid geluisterd naar hun verhalen. Hoe Maria Irene had meegenomen naar de loods in Breda – waar ze gedanst had met Bob. En Irene had Maria verteld over Bob Stone en over haar schaamte, toen ze hoorde dat niemand ooit belangstelling had getoond voor zijn oorlogservaringen. Daarna waren ze het centrum in gegaan en hadden koffie gedronken, kleren gekocht en gepraat – gepraat. Vijfendertig jaar verhalen.

Anna had naar die twee zitten kijken. Dicht zaten ze naast elkaar, met glanzende ogen. Kibbelend over wie aan de beurt was om een sigaret te presenteren, lachend over een veel te dure blouse die Maria gekocht had en die ze zichzelf nooit zag dragen. Een nieuwe intimiteit, die geen derden toeliet. En ze voelde zichzelf verstillen totdat ze het koud kreeg.

Maria had haar naar de auto gebracht, gevraagd wanneer Jim aankwam en verbaasd gereageerd toen Anna vertelde dat de veteranen die ochtend gearriveerd moesten zijn. 'Wanneer zal ik hem zien?' had Maria gevraagd en Anna haalde haar schouders op, zocht haar sleutels die ze al in haar hand hield.

Maria draaide haar naar zich toe. 'Nu is het jouw beurt,' had ze gezegd. 'Sluit je niet af.' Maar dat had de eenzaamheid in Anna's hart er niet minder op gemaakt.

Ze reed de gracht op en vond een parkeerplaats niet ver van haar huis. Ze stapte uit en reikte naar de achterbank om haar fototas uit te laden. Twee filmpjes had ze volgemaakt van Maria en Irene, in de tuin in Utrecht, en in de huiskamer, waar het plotseling veel gezelliger was geworden. Toen ze de auto afsloot en de straat overstak, zag ze een man op zich af komen. Hij liep stram, alsof hij uren had staan wachten.

'Hallo Anna,' zei Jim.

Ze bevroor.

Hij kwam dichterbij. Ze zag dat hij een snor droeg en dat maakte hem tot een volkomen vreemdeling.

'Je ziet er goed uit.' Hij lachte en het bloed joeg naar haar hoofd. *'I'd like to see you again' – 'No.' – 'No?' – 'Never.' 'Never ever?'* En in haar kamertje had ze in haar woordenboek gezocht naar dat woordje *again*: opnieuw, weer.

Anna klemde de tas tegen zich aan. 'Waarom ben je hier?' Met moeite kreeg ze de woorden naar buiten. Haar stem, haar kaken, haar hele lijf leek dienst te weigeren.

'Waarom ik hier ben? Je zou moeten vragen waarom ik hier niet geweest ben, al die tijd.'

'Maar dat vraag ik niet.' Ze voelde haar woede terugkomen. Ze zou willen stampvoeten, haar tas op de grond smijten en hem een dreun geven. *Alles.* Hoe haalde hij het in z'n hoofd om onaangekondigd bij haar op de stoep te staan, en te glimlachen alsof 't gisteren was dat ze elkaar kusten en vasthielden en beloftes deden. De arrogantie!

Hij deed een stapje naar haar toe. 'Kunnen we praten? Mag ik binnenkomen?'

Ze schudde haar hoofd.

'Even maar. Dat beloof ik.'

'Nee!' De woede liet haar weer in de steek. Ze liep langs hem heen, zocht met trillende vingers naar de sleutel in haar zak. Ze beefde over haar hele lichaam en als ze nog langer bleef staan zou ze langzaam in elkaar zakken, dat wist ze zeker. 'Ik ben doodmoe. Ik wil naar bed.' Ze stak de sleutel in het slot van de voordeur. Ga weg, schreeuwde ze, laat me met rust! Maar ze zei niets meer.

'Anna, ik. . . ' Hij kwam haar achterna.

Plotseling draaide ze zich driftig naar hem toe. 'Waarom heb je niet geschreven of opgebeld! Waarom moet je. . . waarom overval je me zo?'

Hij bleef bedremmeld staan.

Ze kreeg eindelijk de voordeur open, schoof haar tas naar binnen en smeet de deur met een klap achter zich dicht.

Ze belde Robert, en totdat hij kwam, liep ze heen en weer door de grote kamer, rookte de ene sigaret na de andere. En kon onmogelijk helder denken. Ze voelde zich bespied, omdat ze niet wist of Jim nog buiten stond. En toen de bel ging, sloeg haar hart van schrik een paar slagen over.

Robert ging zitten en keek haar afwachtend aan. Ze hoefde hem niet te vertellen dat ze Jim gezien had en hoewel zijn hart naar haar uitging, kon hij toch een licht gevoel van geamuseerdheid niet onderdrukken. Hij sloeg zijn armen over elkaar. 'En nou ben je kwaad?'

Ze schudde haar hoofd, liep naar de boekenkast, draaide zich om en liep weer terug.

'Je schrok?'

Ze bewoog haar hand, zoekend naar woorden. 'Ik kon 't niet hebben. . . zo ineens.'

Hij knikte. 'Was ie erg veranderd? Je vond hem vast oud geworden.'

'Ja.' Ze stond stil. 'Nee.' Ze draaide zich weer om. 'Dat was het niet.'

Robert boog zich naar de tafel en pakte de fles wijn die zij in afwachting van zijn komst had klaargezet. 'Kom zitten. En drink wat, voor de schrik.'

Gehoorzaam ging ze tegenover hem zitten, pakte een paar kussens en legde ze weer opzij. 'Natuurlijk was ik boos. Die idioot, die schrijft jou een brief omdat hij niet weet wat hij mij moet schrijven.'

Robert schoof het wijnglas in haar richting, nam een sigaret en stak hem rustig aan. 'Je voelde je gepasseerd. Dat is heel begrijpelijk.'

Anna keek hem aan. Opeens viel het haar op, hoe volwassen hij geworden was. Een grote zoon, met de donkere trekken van Jim. Zelfs de manier waarop hij rookte, was die van zijn vader. 'Ik weet 't weer', zei ze zacht. '*Too tired to smoke.*'

Robert fronste zijn wenkbrauwen. 'Pardon?'

'Het eerste dat hij tegen me zei, in Zeeland, achter de school.' Ze glimlachte en voelde zich rustig worden. 'Hij hield zijn sigaret net zoals jij nu. En hij had z'n ogen dicht. Hij was doodmoe. Ik pakte de sigaret uit z'n vingers, want ik wilde niet dat hij zich brandde.' Een kalm, bijna prettig gevoel van melancholie trok door haar heen. Zó was 't gegaan. Dat was het begin geweest van hun geschiedenis. Ze had het nooit aan iemand verteld. Een alledaagse gebeurtenis, die ze gekoesterd had als een zoet geheim.

Robert lachte. 'Je hebt 't toch over negentienvierenveertig? De wereld staat in lichterlaaie. En Anna Bayens maakt zich zorgen over de blaar op de vinger van een soldaat die ze niet eens kent.' Er klonk vertedering in zijn stem. Hij keek naar zijn moeder. Ze zat nu ontspannen, haar ene hand streelde gedachteloos het kussen naast haar. Hij besefte plotseling weer hoeveel hij van haar hield, en dat hij ernaar verlangde dat ze niet langer alleen zou zijn. 'Dat was het begin?'

Ze knikte.

'Ook van mij dus, in zekere zin.'

Ze keek hem bijna verlegen aan en bloosde.

'Hij logeert in het Parkhotel,' zei Robert.

Anna sliep die nacht niet. Ze staarde voor zich uit in het donker totdat de eerste merel begon te zingen. Het besluit was genomen: ze zou naar Jim toegaan. Het was geen nieuw besluit – het was jaren geleden al genomen, toen ze hem voor het eerst zag. Zij hoorden bij elkaar – zo duidelijk had ze dat gevoeld en zo openlijk was het uitgesproken, dat de vijfendertig jaren die ertussen lagen meer een eindeloos lange omweg leken te zijn dan een verwijdering. En nu was het tijd om die draad weer op te pakken en het leven toe te laten. Opnieuw. *Again.*

Jim kleedde zich voor het ontbijt en probeerde de onderzoekende blikken van Joey te vermijden. Hij had niets verteld over het mislukte bezoek aan Anna, was zwijgend in bed gestapt en had gedaan alsof hij meteen in slaap viel, maar geen ogenblik was die gekomen. Hij had het stom aangepakt en een diep besef van spijt en schaamte spreidde zich als een klamme deken over hem uit. De brutaliteit! Eva is dood – lang leve Anna. Zat het zó? Probeerde hij te ontsnappen aan een eenzaamheid waar hij niet tegen kon, en was Anna een goede remedie? In de donkere dreiging van de nacht zag hij geen uitweg, geen oplossing, hoorde hij geen enkel verlossend woord. En in de ochtend voelde hij zich uitgeput en gemangeld, alsof er een regiment soldaten over zijn lichaam had gemarcheerd.

Hij deed zijn best zich niet te storen aan het opgewekte geroezemoes in de ontbijtzaal en dronk met kleine slokjes de hete thee. En toen Joey hem aanstootte en met een hoofdbeweging naar de deur wees, dacht hij een ogenblik dat hij toch in slaap gevallen was en droomde. Even verloor hij elk besef van werkelijkheid. Anna stond op de drempel en ze keek naar hem.

Stram liep hij op haar af, zoekend naar een woord van verontschuldiging. Maar ze was hem voor.

'Ik was niet erg aardig tegen je, gisteravond,' zei ze.

'Begrijpelijk.'

Ze keek hem onderzoekend aan. Hij zag er slecht uit en de glimlach die ze verwachtte, bleef weg. 'Wat staat er vandaag op jullie programma?'

Hij zocht door de watten in zijn hoofd en trachtte greep te krijgen op het leven van alledag. Maar dat leven bestond niet meer. Dit was een nieuwe situatie. Ik word oud, dacht hij.

Anna legde even een hand op zijn arm. 'Nou?'

'Vandaag? Ik geloof dat we vrij zijn. Om te winkelen.' En door de vondst van dat alledaagse woord werd de wereld weer licht en grijpbaar. Eindelijk kon hij haar in de ogen kijken.

'Mooi,' zei Anna. 'Zullen we dan gaan winkelen in Zeeland?'

Het was een heldere, zonnige dag geworden. Rustig reed de auto naar het zuiden. Anna vertelde over haar jaren met Willet, het verdriet om zijn dood, hoe moeilijk het soms was geweest om Robert alleen op te voeden. Maar ook over het plezier in hem, en in haar werk, en het gevoel dat alles gegaan was zoals het moest en dat er veel, heel veel was om met respect op terug te zien. Jim vertelde over zijn jaren met Eva, van wie hij echt gehouden had en toch. 'Soms was ik in een andere wereld,' zei hij. 'In een andere tijd en ruimte.' Het was moeilijk uit te leggen, die gespletenheid – waar twéé waarheden bestonden, die elkaar niet schaadden maar eerder leken te verhevigen.

'En nu?' Anna keek hem even aan. 'Waar ben je nu?'

Hij keek peinzend naar de weg. 'In een niemandsland.'

Anna knikte. Ze begreep precies wat hij bedoelde. 'En dat is angstig, hè?'

Hij voelde zich warm worden. De stramheid trok uit zijn botten weg, hij werd weer lenig en jong. Hij haalde makkelijker adem. 'Maar ook avontuurlijk,' zei hij. 'Want daar ben ik nog nooit geweest. Alles is nieuw.' Hij legde een hand op haar knie. 'En ik heb het idee, dat ik daar niet alleen ben.'

'Nee,' zei Anna. 'Misschien kunnen we samen de weg vinden.'

Ze reden het dorp in Zeeuwsch-Vlaanderen binnen. Moderne buitenwijken, meer verkeer. Maar in de straat waar het schoolgebouw stond, robuust en onaangetast door de tijd, was het alsof de jaren wegvielen. Anna parkeerde en Jim pakte haar arm terwijl ze het pad langs het huis opliepen in de richting van de moestuin.

Anna's vader was bezig met planten. Verrast keek hij op toen ze naast hem op haar hurken zakte. 'Ik heb iemand meegebracht, vader.' Hij keek opzij. Jim naderde en zag dat de oude man hem niet herkende.

'Dat is Jim.' Anna stond op en hielp haar vader overeind.

'Jim?' Hij fronste zijn wenkbrauwen.

'Uit Canada. De vader van Robert!'

Jim stak zijn hand uit. Het gezicht van de bejaarde man

brak open in een brede glimlach. 'Ach, natuurlijk!' Hij schudde Jims hand en wist niet meer wat hij zeggen moest en in welke taal.

'Laten we naar binnen gaan,' zei Anna. 'Wij hebben trek in koffie.'

Jim keek de huiskamer rond. De foto van Gees stond nog net zo op de schoorsteenmantel. Hetzelfde zware kleed over de tafel, dezelfde ongemakkelijke stoelen. Maar de ouderwetse grammofoon was verdwenen. 'Hebt u 'm weggedaan?'

Vader Bayens schudde zijn hoofd en wees naar boven: 'Op zolder. Maar kijk...' Hij schuifelde naar een mahoniehouten meubel, waarop een televisietoestel stond en opende de deurtjes. Er kwam een betrekkelijk nieuwe platenspeler te voorschijn. 'Ik ben met m'n tijd meegegaan, Mr. Weaver!'

Jim lachte waarderend. Hij pakte een doos sigaren uit zijn binnenzak en presenteerde. 'Misschien kunnen we straks een eindje gaan wandelen samen,' zei hij. 'Ik wil u iets vragen.'

Anna waste de koffiekopjes af en maakte het aanrecht schoon. Soms hield ze van die kleine huishoudelijke bezigheden, waardoor haar hoofd tot rust kwam en haar gedachten helder werden. Ze wist waarom Jim haar vader had meegenomen naar de dijk en ze wist wat er gebeuren ging als ze thuiskwamen. Toen ze hen door het keukenraam zag aankomen, geanimeerd pratend, dacht ze: daar komt hij, mijn man. Nooit weggeweest – want altijd heb ik hem in mijn hart bewaard.

Even later stond hij achter haar. 'Je vader heeft me toestemming gegeven om je iets persoonlijks te vragen.'

Ze draaide zich om.

'Anna Bayens, wil je met me trouwen?'

Ze lachte. 'Ja, Jim Weaver.' En ze omhelsde hem.

Het was feestelijker dan koninginnedag, want de herdenkingsparade ging gepaard met veel emoties. Duizenden mensen langs de route, zwaaiend met Nederlandse en Canadese vlaggen. Gebrul van motoren, jeeps, *weapon carriers* en tanks, die langzaam in een trotse processie door de straten trokken.

Majorettes met slanke benen en korte rokjes, en allemaal precies in de pas. Muziekkorpsen en overal flarden muziek, gezang en gejuich. 'Leve de Canadezen!'

Anna stond met Robert, Lia, Jenny, Maria en Irene achter de dranghekken, opgewonden wachtend tot Jim, Joey en David zouden langskomen. Ze had met opzet haar fototoestel thuis gelaten, want ze wilde een deel zijn van de uitbundige menigte, genieten, en dit keer niet de observerende toeschouwer zijn. Maar ze herinnerde zich die dag in 1944, toen ze met het moeizaam bij elkaar gespaarde boxje in de hand de huisdeur was uitgerend, de bevrijders tegemoet. En hoe ze Jim voor het eerst had gezien: via de lens van haar fototoestel.

Jenny kneep in haar arm. 'Daar komen ze!'

Ze zaten tussen andere veteranen op een tank, wuifden en lachten, zeiden af en toe iets tegen elkaar. Anna stak haar armen omhoog om Jims aandacht te trekken. Ze zag hem zoekend over de menigte kijken, totdat zijn ogen de hare vonden. Hij wierp haar een kushand toe, legde zijn hand tegen zijn hart. Toen dreunden de rupsbanden voorbij. De grond trilde onder haar voeten. Maria keek haar lachend aan. 'Dat was 'm, hè!' Anna knikte, haar ogen waren vochtig.

Iemand drong zich tussen hen door. Een nog tamelijk jonge man. Hij droeg een zelfgetimmerd bord met zich mee, waarop in grote letters stond: *It happened in Tilburg, December 1944. And here I am, Dad!* Verbeten worstelde hij tegen de stroom mensen in. In zijn ogen was weinig hoop. Irene keek hem peinzend na en zag hoe hij verdween – het bord als een breekbaar bootje boven de golvende mensenmassa.

De dagen vlogen voorbij. Het huwelijk was vastgesteld op de langste dag. Jenny zorgde ervoor, dat de tickets van haar en David, Jim en Joey werden verlengd. Anna en Jim gingen in ondertrouw, reserveerden een kerk en spraken met een predikant. Robert ontwierp en drukte een fraaie trouwkaart, en toen hij daar net mee klaar was, werd zijn zoon geboren. Joost. De familie schaarde zich om de wieg en tot Anna's verrukking herkende ze in het kind de trekken van zijn vader en grootvader.

De huwelijksdag werd een feest. De kleine kerk zat vol met vrienden en collega's. Door de gebrandschilderde ramen scheen de zon veelbelovend naar binnen en viel op het boeket van rozen. Anna herhaalde de woorden van de dominee. 'Ik beloof je lief te hebben in openheid en eerlijkheid, vergeving te schenken en te ontvangen, in tijden van ziekte en gezondheid, armoede en rijkdom, in meningsverschil en eenheid – totdat het leven op aarde een einde genomen heeft.' Jim schoof de ring aan haar vinger en hield haar hand vast, rustig en warm. Ze keek hem aan en dacht: dit is mooier dan een droom, dit is de vervulling van mijn leven. Geen mens is zo rijk als ik.

Een roomkleurige limousine haalde het bruidspaar na de receptie op en de chauffeur wilde niet zeggen waarheen hij hen bracht. 'Maar ik mag u wel op de mogelijkheid wijzen...' Hij zag in het achteruitkijkspiegeltje dat Jim de klep van het koelkastje al had ontdekt.

'Champagne!' riep Anna. Jim schonk twee glazen vol en knipoogde. 'Op de laatste oorlogsbruid!' Genietend leunden ze achterover en het kon hen niet meer schelen waar de rit heenging, al was het naar het eind van de wereld.

Maar toen ze na een goed uur een bospad opreden en een statige oprijlaan naderden, begon Anna het te begrijpen. Ze draaide zich naar Jim. 'Wist jíj dit?'

Hij schudde zijn hoofd. 'Maar ik heb zo'n vermoeden wie hier achter zit!'

Het statige landhuis met het bordes en de hoge rhododendronstruiken. Het grote gazon in het midden. Aan de zijkant het terras. Alles was nog net zo als zesendertig jaar geleden. 'Hoe heeft-ie dat nou voor elkaar gekregen,' bromde Jim.

'Je kunt het hem vragen,' zei Anna en ze wees naar de stoep, waar hun vrienden wachtten.

Jim stapte uit, liep om de auto heen om het portier voor Anna open te doen, maar de chauffeur was hem voor. Jim wendde zich tot Joey, die hen tegemoet kwam. 'Dat heb jíj versierd!' riep hij en Joey grijnsde. 'Je had nog wat van me tegoed, makker!' En hij gaf hem een vriendschappelijke stomp. Robert omhelsde zijn moeder. 'Je had ons moeten zien, mam. Joey en ik in ons beste pak en met een prachtig verhaal over de bevrijding en een oorlogsliefde en hoe jullie hier zogenaamd getrouwd waren. En die mensen maar aandachtig luisteren en er niets van snappen, natuurlijk. Totdat we vroegen of we het feest nog eens dunnetjes over mochten doen en tot onze verbazing vonden ze het meteen goed!' Hij maakte een uitnodigend gebaar naar de grote voordeur. 'Het hele huis is voor ons!'

Anna kuste Maria en Irene. 'Ik ben zo blij dat jullie er zijn.'
'Ik zou het voor geen goud willen missen,' zei Maria.

Vader Bayens kwam hoofdschuddend dichterbij. 'Ik heb me vaak afgevraagd wat ik aanmoest met zo'n koppige dochter, maar vandaag ben ik een gelukkig mens.' Het was de langste toespraak die Anna ooit uit zijn mond gehoord had, en ze zag aan zijn vochtige ogen dat die recht uit zijn hart kwam.

'Vooruit,' zei Jenny. 'Ga je bloemen in het water zetten. Wij hebben nog wat te doen hier.'

David sloeg Jim op de schouder. 'Je weet de weg, hè?'

Jim lachte. Met een breed gebaar nam hij Anna in zijn armen en tilde haar op, de drempel over en droeg haar de hal door.

'Hou je dat wel vol?' plaagde ze.

'Dat zal jíj es zien!' Hij droeg haar de trap op, de gang door en duwde met zijn knie de deur open van de slaapkamer, waar ze hun eerste en enige nacht samen hadden doorgebracht. Toen pas zette hij haar hijgend neer.

'O Jim!' Anna keek de kamer rond. Het meubilair was vervangen, maar hetzelfde zijden behang bekleedde nog de muren en ze herkende de zware velours gordijnen voor de ramen. 'O Jim!' Het werd haar teveel.

Met een teder gebaar tilde hij haar kin op. 'Wat is er?'

Ze beet op haar lip en bracht het boeket naar haar gezicht. Ze was er nog niet aan gewend om hem haar gevoelens te laten zien. 'Kan dat wel? Opnieuw beginnen?' De rozeblaadjes trilden door haar adem.

Jim trok haar dichter tegen zich aan. 'Gewoon begínnen,' fluisterde hij. 'Is dat al niet mooi genoeg?'

Op het terras, waar zoveel jaar geleden de ijzeren beugels van de champagneflessen als trouwringen hadden dienst gedaan, hadden de vrienden een compleet buffet neergezet. Anna keek de kring rond. De wijn was ingeschonken. Iedereen had een glas in de hand voor een toast. Het was haar beurt om iets te zeggen.

'Hier heb ik mijn hele leven op gewacht,' begon ze. 'En het was de moeite waard. Soms krijg je uiteindelijk wat je wilt. Je begint met een vader...'

Vader Bayens hief zijn glas.

'En dan een minnaar. De liefste die er is.'

Jim sloeg een arm om haar schouder.

'Een fantastische zoon.'

Robert glimlachte.

'En dan zijn er vrienden, die zoveel voor je doen.' Haar stem begaf het.

'Daar drink ik op!' zei Joey.

'Op onze vriendschap!' zei David.

Jims glas raakte dat van Anna. Toen draaide hij zich naar Maria en trof haar middenin een beweging. De rode wijn spatte uit het glas tegen zijn jasje en vloeide uit over zijn overhemd.

'Sorry!' Maria schrok en schoof haar stoel achteruit. 'Ik zal...'

'Hoeft niet.' Jim probeerde haar tegen te houden. 'Mijn fout.' Maar ze was al naar binnen gelopen.

Jim stond op. 'Even een schoon overhemd aandoen.' En hij verliet het terras.

Irene klonk met Robert. 'Op de gezondheid van je zoon!' Ze nam een slok. 'Het is een beeld van een kind, heb ik gehoord. Maar wat wil je ook: met zó'n vader!'

Robert zette zijn glas neer en nam een stuk kaas. 'Heb je nog wel eens iets gehoord van Stone?'

'Hij is erg ziek. Een hartafwijking.' Irene vulde haar bord met salade. 'Daarom is hij niet naar Nederland gekomen.' Haar vork zweefde even boven de schaal. 'Ik denk dat ik naar hem toe ga.'

Robert keek haar aan.

'Ik wist het wel,' zei ze. 'Hij was mijn vader niet. Maar het kwam er heel dicht bij.'

Jim was halverwege de trap toen Maria met een natte doek uit de keuken kwam. Hij had zijn jasje al uitgetrokken en maakte de boord van zijn overhemd los.

'Geef maar,' zei Maria. 'Ik krijg 't er nog wel uit.' Ze liep naar hem toe. Hij bleef hoofdschuddend staan. 'Het was m'n eigen schuld.' Maar hij wilde haar niet kwetsen en begon zijn overhemd los te knopen. Toen zag hij haar gezicht verbleken. Ze verstijfde in haar gebaar om zijn hemd aan te nemen.

'Maria?'

Ze staarde naar zijn borst. Onwillekeurig bracht hij zijn hand naar de ketting met het kruisje.

'Wat is er, Maria?'

Haar handen knepen in de doek. Druppels water vloeiden uit over de marmeren vloer. Nooit had hij iemand zo onthutst gezien en hij werd er bang van. Hij daalde de traptreden af.

Langzaam vouwde haar hand zich open. Ze wees naar de ketting. 'Dat kruisje...' Haar stem kwam van een andere wereld.

'Dit?' Hij nam het in zijn hand. 'Dit was van mijn overleden vrouw.'

Maria keek hem vragend aan.

'Het is van haar man geweest. Hij zat in dezelfde compagnie als Joey en ik.' Een idee maakte zich vrij in zijn hoofd.

'Heeft hij in Nederland gevochten?'

Jim knikte. Hij kwam vlak bij haar staan. Als ze alles zou horen, zou ze hem nodig kunnen hebben. Zijn armen om haar heen.

'Hoe heette hij?'

'Ron Callahan,' zei Jim.

'Ron?' Maria's ogen dwaalden weg, zochten een ander antwoord en vonden het niet.

'Maar hij gebruikte soms een andere naam.' Jim voelde gêne in zich opkomen, maar hij kon niet meer terug. 'In Tilburg noemde hij zich Tom. In Breda Bob.'

Iets wat op een zucht leek ontsnapte Maria, maar het kon

ook een snik zijn. 'Bob... wat is er met hem gebeurd?'

'Maria...'

'Zeg het!'

'Hij is gesneuveld. In maart 1945.'

Ze zweeg.

Hij pakte haar arm.

'Mag ik het aanraken?'

Hij haalde de ketting van zijn hals af. 'Je mag het hebben.' Ze liet de doek vallen en hij legde de ketting met het kruisje voorzichtig in haar handpalm. Het steentje ving het licht van de kroonluchter in de hal. Toen zakte ze neer op een trede van de trap.

Haastig liep Jim terug naar het terras en zocht Irene. 'Je moeder heeft je nodig,' fluisterde hij. 'Ze is binnen.' Geschrokken schoof Irene haar stoel achteruit en liep de hal in.

Jim boog zich naar Anna. 'We hebben net ontdekt dat Eva's eerste man de minnaar van Maria geweest moet zijn.'

Ze keek hem met grote ogen aan en zette haar glas neer. 'En de vader van Irene?'

Jim knikte. Hij wendde zich tot Joey. Maar Joey had het gehoord en was al op weg naar de hal.

Hij trof de twee vrouwen onderaan de trap. Irene had haar arm om haar moeder heengeslagen. Joey bedacht hoe wonderlijk het was, dat hij het verhaal van Rons dood hier zou gaan vertellen. Eva had het niet willen horen, de wetenschap dat het onder handbereik was, was voor haar genoeg geweest. Maar aan de manier waarop Maria hem aankeek zag hij, dat hij geen detail zou mogen overslaan, wilde zij rust krijgen. Hij haalde diep adem en knielde bij haar neer. 'Ron was mijn vriend,' zei hij schor. 'Ik was erbij, toen hij stierf.' En voor het eerst in z'n leven was hij daar blij om.

De volgende dag gingen ze met z'n drieën naar de militaire begraafplaats. Honderden witte kruisen symmetrisch opgesteld. Kort geschoren gras, dat het geluid van hun voetstappen dempte. In de verte het geruis van een snelweg. Aan de hand van Joey's plattegrond vonden ze dat ene kruis, waarop de naam stond die zij zochten. Maria stond stil. Ze voelde zich opgenomen in een zuil van rust – al het verdriet voorbij. En ze wist opeens heel zeker, dat ze van hem gehouden had. Het doet er immers niet toe, hoe lang of hoe kort we liefhebben, dacht ze. Eén moment heb ik in zijn ziel gekeken. Eén keer heb ik wezenlijk een ander gekend.

Ze legde de bloemen neer. Toen haalde ze de ketting uit haar zak. Met langzame, eerbiedige gebaren schoof ze wat aarde aan de voet van de steen opzij en vleide het sieraad in de grond, bedekte het – zoals een moeder haar kind toedekt. Slaap maar, dacht ze, alles is goed.

Eind juni vertrok Jim met Jenny, David en Joey naar Canada. Hij wilde zijn dochters bezoeken, voordat hij zich permanent in Nederland vestigde en hij moest nog wat zaken regelen. Anna bracht hen weg. Ze omhelsde Jenny, die beloofde dat ze volgend jaar terugkwamen om bij hen hun vakantie door te brengen. David kuste Anna op beide wangen. 'Tot ziens, Mrs. Weaver!' Anna maakte zich lachend los. 'Anna Bayens. Ik blijf wie ik ben – die naam hoort nou eenmaal bij me.'

Joey zocht nerveus naar een sigaar en bedacht toen, dat hij niet zou mogen roken voordat hij door de douane was. Anna kwam naar hem toe. 'Bedankt,' zei ze. 'Je hebt er een prachtig feest van gemaakt.' Ze sloeg haar armen om hem heen en kuste hem. Hij bloosde.

'Wat ga je doen in Canada, Joey? Waar ga je heen?'

Hij haalde zijn schouders op en frommelde aan de sigaar. 'Waar de *chinook* me brengen wil.'

Ze keek hem aan en meende verlegenheid te zien in zijn donkere ogen. 'Pas goed op jezelf.'

Hij knikte en draaide zich om. Als eerste verdween hij langs de marechaussee die de paspoorten controleerde.

Jim zette zijn handbagage neer. 'Ik kom terug. Over zes weken.' Hij trok haar dicht tegen zich aan. 'Ik mis je nú al!'

Anna verkocht het huis in Amsterdam en vond op de Veluwe een huisje, dat groot genoeg was voor haar en Jim. Er was een tuin omheen waar vogels zongen en allerlei wilde bloemen bloeiden. En nog net voor de herfst trokken zij er in. Hun leven samen was eindelijk begonnen. In de avond maakte Jim de open haard aan en las onder het lamplicht, terwijl Anna haar foto-archief op orde bracht. In de ochtend ontbeten ze buiten en genoten van de dag, die zich als een zee van ruimte voor hen uitstrekte. In de nacht lagen ze in elkaars armen en luisterden na de liefde naar verhalen, die het donker naar hen toebracht en naar de stilte ertussen, die sprak van verlangen en die de leegte opvulde van de vele gescheiden jaren. En de een luisterde naar de ademhaling van de ander die sliep en zorgde ervoor dat de deken ingestopt bleef. Ze stegen boven zichzelf uit – de spijt overwonnen en de pijn vergeten. Zo voegden de dagen zich aaneen en vormden een schitterende band, kostbaar en sterk.

Op een ochtend laat in oktober werd Anna wakker en zag dat Jim al was opgestaan. Hij zat in de tuin en had zijn stoel neergezet in het licht van de koeler wordende zon. Ze ging naar hem toe en legde haar handen op zijn schouders, drukte een kus op zijn hoofd.

'Ik had een vreemde droom,' zei hij.

Ze ging naast hem zitten.

'Ik stond in een lichte kamer en er werd op de deur geklopt. Twee mannen kwamen binnen. Ze droegen een uniform en ze lachten vriendelijk. Ik vroeg wat ze kwamen doen, en een van hen zei: de eerste sneeuw is gevallen – u kunt maar beter meegaan. Alles is stil en wit. Er is geen voetstap te zien.' Hij keek haar aan met een mengeling van verbazing en angst.

Anna stond op en onderdrukte een opkomende huivering. 'Wat wil je voor je ontbijt?'

Hij glimlachte en probeerde in 't Nederlands: 'Kopje thee.'

'Eieren?'

'Gekookt.' Anna lachte, omdat de taal zo grappig klonk uit zijn mond. In het voorbijgaan legde ze even haar hand op zijn arm en hij pakte die vast, keek naar haar op. De angst was verdwenen.

Terwijl ze bezig was in de keuken bedacht ze, dat het te koud werd om nog buiten te zitten. Ze zouden eraan moeten wennen dat de winter kwam. En ze verheugde zich erop. De feestdagen met Robert en Lia en Joost. En daarna de lente, tijd om in de tuin te werken. En in de zomer hun vrienden uit Canada. En misschien eens een briefje van Joey. Ze nam zich voor om Maria en Irene te eten te vragen. Ze hadden zich misschien een beetje teveel opgesloten, de laatste maanden. Ze zette de eieren en de thee op een dienblad en liep de tuin in.

Jim had zich niet bewogen. Toen ze het blad neerzette en naar hem keek, dacht ze een ogenblik dat hij opnieuw in slaap was gevallen. Voorzichtig legde ze een hand tegen zijn wang. Hij mocht niet schrikken. Straks zou ze erop aandringen, dat hij naar binnen ging. Natuurlijk zou hij protesteren, maar hij zou gaan en de haard aanmaken, een boek pakken en even naar haar kijken. En hij zou zeggen: 'Heb ik je vandaag al verteld dat ik van je hou?'

Maar hij bleef roerloos, en toen ze zijn hand pakte bleef die zwaar in de hare liggen. Hij was dood.

Anna trok hem tegen zich aan, alsof ze haar lichaamswarmte aan hem kon doorgeven. Adem toch! dacht ze wanhopig. Ga zo niet van me weg! Ze wiegde hem, streelde zijn haar. Er is nog zoveel – zoveel dat ik je niet heb gezegd!

Ze keek omhoog, waar een vogel zijn tak verliet en opvloog. En ze was alleen. *Again*. Opnieuw.